贵人

叶 炜 著

中国书籍出版社
China Book Press

图书在版编目（CIP）数据

贵人 / 叶炜著 . — 北京：中国书籍出版社 , 2019.1（2024 . 1 重印）
ISBN 978-7-5068-7114-3

Ⅰ . ①贵… Ⅱ . ①叶… Ⅲ . ①长篇小说—中国—当代
Ⅳ . ① I247.5

中国版本图书馆 CIP 数据核字（2018）第 258598 号

贵人

叶　炜　著

图书策划	牛　超　崔付建
责任编辑	成晓春
责任印制	孙马飞　马　芝
出版发行	中国书籍出版社
地　　址	北京市丰台区三路居路 97 号（邮编：100073）
电　　话	（010）52257143（总编室）（010）52257140（发行部）
电子邮箱	eo@chinabp.com.cn
经　　销	全国新华书店
印　　刷	三河市华东印刷有限公司
开　　本	650 毫米 ×940 毫米　1/16
字　　数	230 千字
印　　张	17.75
版　　次	2019 年 1 月第 1 版　2024 年 1 月第 2 次印刷
书　　号	ISBN 978-7-5068-7114-3
定　　价	68.00 元

版权所有　翻印必究

目录

导语：危机来啦

日志 1. 私人日志被共享了 / 001
日志 2. 最特别的面试 / 009
日志 3. 职场里的沉默与宽容 / 015
日志 4. 难伺候的上司 / 019
日志 5. 谁盗了我的 QQ 密码 / 023
日志 6.QQ 空间秘密多 / 028
日志 7. 谁来过 QQ 空间 / 032
日志 8. 升职靠的不仅是实力 / 038
日志 9. 被开除的真正原因 / 042

主体（一）：职场哲学

日志 10. 花花公子的爱情哲学 / 047

日志11. QQ里出现了一个陌生人 / 052
日志12. 这个神秘人物到底是谁 / 057
日志13. 不要放过任何一次机会 / 066
日志14. 思想动向被一手掌握 / 072
日志15. 一次成功的竞聘 / 078
日志16. 意料之外的失败 / 087
日志17. 有关竞聘的内幕 / 092
日志18. 识别君子和小人 / 098

主体（二）：职场哲学

日志19. 又一次升职的机会 / 105
日志20. 管住自己的嘴 / 115
日志21. 搭档擦出火花 / 126
日志22. 对付上司最好的办法 / 130
日志23. 向领导表明态度 / 137
日志24. 和上司谈话 / 146
日志25. 遥远的相爱 / 152
日志26. 亦敌亦友 / 159

主体（三）：职场哲学

日志27. 上下级的界限 / 165
日志28. 爱或不爱 / 173
日志29. 事业爱情双丰收 / 181
日志30. 露水鸳鸯 / 187

日志 31. 妹妹你大胆地往前走 / 193
日志 32. 谨小慎微 / 199
日志 33. 竞争需要真本领 / 206
日志 34. 不妨陪他"耍耍" / 209
日志 35. 不能耽误了大好前程 / 216
日志 36. 下一盘大棋 / 221

结尾：决胜千里

日志 37. 职场的派系斗争 / 229
日志 38. 两全其美的结果 / 233
日志 39. 给别人使绊子的人 / 240
日志 40. 职场晋级的一个前提 / 248
日志 41. 藏而不露 / 255
日志 42. 关键在领导 / 261
日志 43. 任用喜欢的人 / 267
日志 44. 正确的选择 / 272
日志 45. 职场奋战的日子 / 275

贵 人

导语：危机来啦

日志1. 私人日志被共享了

今天早上一上班，我就感觉采编部办公大厅的气氛有些异常。空气仿佛打了无数个结的麻绳，一圈一圈地绕着我柔软的身体旋转。麻绳越缠越紧，让我透不过气来。

《快报》记者部位于东莞新光传媒公司大楼三楼大厅，是整栋大楼最大的一间办公室。整个大厅光线充足，显得十分通透。站在大厅门口，我几乎能察觉到每个人脸上的表情。

同事们脸上的表情十分复杂、暧昧。

记者部不要求按时坐班，这个时间点是人最少的时候。偌大的办公室，晃动着五六个人影。

年纪大一点的张姐和李姐面色凝重，看我的眼光充满了疑惑和不屑。

几个和我同一年进公司报社工作的小年轻脸上则飘着一丝不易察觉的冷笑。

那个喜欢跟在领导屁股后面的百合嘴角挂着一丝嘲讽；表面老实却很有心计的林絮不停地吸溜着鼻翼；什么都不关心与世无争的紫苓不停地朝我身上瞟；工作勤勉却一直不得志的钟灵则瞪着一双无辜的眼睛，随着我身体的移动而移动……

直觉告诉我，办公室出事了，而且这事肯定和自己有关。

在东莞新光传媒公司工作了近一年，我早就学会了如何依据同事们的表情来判断办公室的政治走向。这些一起共事的人，每天相处的时间比家人还长，她们可以一起家长里短地闲聊，可以在酒桌上称姐道妹，可以在公司之外手挽手地逛街购物，但她们又揣着各自的小心思，打着各自的小算盘，为了业绩与前途争得头破血流。只要稍微留心就会发现，她们所思所做的任何一件事，包括不经意地皱皱眉，噘噘嘴，都是一个很好的办公室晴雨表。

遇事首先要冷静。为了让自己时刻牢记这一点，到公司上班的第一天，我就在自己电脑边上贴上了一张纸条：每临大事有静气。

我和往常一样不慌不忙地打开电脑主机，然后开启屏幕开关，静静等待着程序运行。

公司刚刚给报社更换了一批新电脑，把《快报》采编部原来的CRT显示器全部换成液晶的LCD，而且是宽屏，看起来很舒服。等待程序运行的间歇，我开始摆弄桌上的小盆景。这是一盆只有几片小绿叶子的植物。我每天早上到办公室的第一件事就是瞅瞅玻璃罐子里的小植物，看有没有长出新的叶子。当看见一棵小嫩芽愣头愣脑鲜活活地冒出来时，脸上就会露出一丝欣喜。

贵　人

此时，有人发出两声很没章法的咳嗽。顺着声音看去，张姐正端着茶杯向我这边走来。

办公室的饮水机就在我的办公桌旁边。

张姐路过办公桌的时候，假装不经意地瞟了一眼我的电脑，那眼光有些犹疑不定，但只要感觉神经正常的人都能体会出这一眼的意味深长。

真是越来越不对劲，我收起了笑容，暗自纳罕："今天办公室的气氛怎么感觉像北约即将轰炸利比亚呀，仿佛一场腥风血雨就要到来。"

我瞪着圆圆的双眼，好奇地望向张姐，试图从她的脸上发现一点端倪。无奈张姐走得很快，看到的只是她那结实饱满的大屁股。张姐的屁股可真是够大，像两个充足气的皮球，硬邦邦地贴在她那中年妇女略显肥壮的后腰上。

张姐平时和我关系不错，不时嘘寒问暖不说，还很关心我的婚姻大事，多次提到要给我介绍男朋友。我到公司报到的第一天，去行政部办入职手续，见张姐正在办公室里跟主管聊育儿经。我办好手续，离开前，侧耳听见张姐说了句："我们在这里也有五六年了……"我便留了心，心想原来张姐在公司待了这么久了，自己是刚入职的新人，是后辈，对张姐这样的老员工一定得放低姿态。

我刚从学校出来，可以说是一只十足的职场菜鸟，为了能使自己更好更快地立足职场，我特意去莞城书店买了一本《职场秘籍》，上面的第二十八条就是对待老员工一定要积极主动，态度热情，因为他们的经验和人脉可以让你少走很多弯路并且少受很多委屈。我把这一条谨记在心。中午买饭时，路过张姐办公桌前，我总会甜甜地问一句："张姐，要不要帮你带一份？"

张姐谦让道："不用不用，我自己来。"

我便回说："没事啦，我是新人，平时你都挺照顾我们的，我还正愁没机会谢谢你呢，这点小事算什么呢。"

日子久了，我便和张姐熟了起来，虽然时常给人家当免费劳力，但初来乍到的自己也从张姐那儿获得了不少指点和帮助，这使我很快地在办公室站稳了脚跟。

不过今天张姐脸上的表情如同动荡时期的中东局势，瞬息万变，这让我心里有些疑惑和不安。

电脑程序运行完毕，屏幕上出现一个对话框，我手指飞舞，快速地输入电脑密码"guancao go go go"。

电脑打开的一瞬间，腾讯QQ自动弹了出来。我以同样的速度输入一组复杂烦琐的密码"herecomesthesun"。

我用自己喜爱的一句歌词作为密码，虽然长，但为了保险，我不怕麻烦。QQ窗口如同一个打了鸡血的蓝色精灵，异常亢奋地弹跳出来。

看QQ留言是我每天上班的头等大事。看完留言之后我会习惯性地浏览一下公司QQ群空间，看看有没有什么新的共享文件和通知。

打开公司QQ群空间的一刹那，我惊呆了。因为太出乎意料，我的嘴巴张成一个大大的"O"形，不相信这等狗血的事竟会发生在自己身上。

我竟然在公司共享文件中看到了自己的一篇私密日志！一瞬间我仿佛置身于冰天雪地之中，被人泼了一桶冷水，浑身血液都快冻住了。

天哪，那都是些私密性的文字啊，谁会这么缺德！把这些文字当作群共享文件发布出来？

贵　人

刹那间，我大脑一片空白。虽然，进入公司一年以来，我也经历了不少职场危机，然而，被人这样明目张胆地陷害还是头一遭。

我终于明白同事们今天看自己的眼光为什么都那么奇怪了！

在QQ空间里写日志是我大学时代养成的习惯，我喜欢那种在键盘上悄悄诉说秘密的感觉。

被共享的那篇日志是这样写的：

昨天夜里下雨了，雨下得好大，天地一片水银透亮。或许正是因为下雨，昨晚才会睡得那么香吧。

夜里又梦见了他，与以往不同的是，这一次，他主动吻了我。

每次看见他，我的心便怦怦乱跳。

很奇怪他为什么老在我的梦中出现？他毕竟是我的领导啊，怎么会经常在梦中和他一起打闹嬉戏呢？

难道是我爱上他了吗？

不可能啊，在公司工作这么久，和他仅有的几次见面都是在开全体大会的时候，我根本没有单独和他在一起过啊！

……

这种隐秘的文字被全公司的人共享，我感觉自己像在大庭广众之下被人扒光了衣服一样赤裸和屈辱，此刻恨不能变成一只小甲虫，偷偷溜出报社大厅，然后把那背后使坏的小人揪出来痛扁一顿。

我很苦恼。办公室恋情是一个永远不会失去新鲜感的话题。俗话说：谁人背后无人说，谁人背后不说人。但是暗恋领导这样的八卦免不了会被翻来覆去长年累月地翻炒。要是这个"他"被影射到某某人身上,自己真是跳进黄河也洗不清了。

但自己的日志又是如何被共享到群空间里的呢?

我很快意识到,自己的QQ可能被盗了。

我听人说过QQ被盗的后果,不但里面的所有聊天记录会被看到,而且QQ空间里的所有信息都能够被复制、传播。

想到这一点,我感到脊背一阵发凉。那里好像盘着一条小蛇,正在一点点地往我的身体里钻。

我忙乱地打开QQ空间,查看自己写下的所有日志。当我看到自己拍过的一些个人私密照片时,心中更是一阵痉挛:如果这些照片被发布到网上,那后果更是不堪设想。

我不敢想了,只感到一阵毛骨悚然。

我抬起头,环视办公室四周。同事们都装作一副若无其事的样子,做着手头上的工作,只是时不时地朝我这边瞄上一眼。

那目光比蝎子还毒,我不敢和她们对视。

我的第一个反应,是立即把自己空间里的信息都删掉。刚想动手,忽然意识到它们或许已经被复制了,删掉也没有什么意义了。当务之急,还是赶紧更换QQ密码,不能让那个不要脸的家伙再继续盗用了。

想到这里,我赶紧进入QQ安全中心修改密码。由于紧张,我的手掌心溢满了汗水,鼠标在手心里直打滑。

这一次,我把密码弄得更加复杂。看着这一组复杂到极致的数字,我甚至担心连自己都会忘记。

没有办法,吃一堑长一智,有了这一次教训,我恨不得马上去买一个高级密码箱,结结实实地把自己的QQ锁在里面。那样的话,

贵　人

没有我的口令，再高级的盗贼也别想打开！

弄完了这些，我心神稍微安定下来。窗外的太阳很好，无数个微小的灰尘在阳光里面跳舞，它们的舞姿很优美，那是迷人的太空舞步。平时我常常会盯着这些阳光里的小精灵看上小半天，可此时此刻我早已经没有了欣赏它们的心情。现在要做的是尽快想办法去消除这件事在公司里的影响。最近自己颇得领导赏识，采写的好几篇稿子都引起较大反响，后续报道接踵而来。对我而言，美好生活才刚刚开始，绝不能让这件事影响到自己的远大前程。

可是，这种事情一旦发生，想挽回几乎是不可能的。

在公司里面，花边新闻的传播速度堪比当年美国打伊拉克的飞毛腿导弹，你拦都别想拦，就是想拦也拦不住。

让我百思不得其解的是，那个在背后陷害自己的人会是谁呢？那个人陷害自己的目的又是什么？

我暗自揣测：算起来，自己到公司工作刚满一年，从来都是老老实实地采访、写稿、发稿，也没得罪过谁呀？况且自己做人做事一向很低调，和领导、同事关系都不错，究竟是谁对我使出如此歹毒的招数，想将我置于死地呢？

我早就知道，在办公室里，同样存在着残酷的"政治"斗争，同事之间是为了生活及地位而聚在一起，为了上位加薪，彼此极易产生竞争，看不见的硝烟由此而生。

但我从来没想到暗箭会射到自己身上。在我看来，办公室里首要的是做好自己的本职工作，这个做不好，你就是人精也要歇菜。我知道，在办公室里，或许每个人都觉得别人是洪水猛兽，实际上自己也一样，别人在你眼里怎么样，你在别人眼里也一样。所以我总是怀着一颗诚挚之心对人，有时吃点小亏也并不在意。

我直勾勾地盯着电脑屏幕发呆，不胜烦恼，默默寻思着：

紫苓在部里最老实，不可能是她。或许是百合？她一向最会来事儿，有一次部门会议，我指出她的稿件里有几处常识性错误，她的脸为此阴了好几天，难道她想借此机会来给我难堪？但好像不至于呀。也许是颇有心计的林絮？但她要借此达到什么目的呢？我和她平时是君子之交，她也没有作案动机啊。那就是钟灵了？她一向被排挤，或许心有不甘，但自己平时和她处得还算可以，当百合、林絮她们处处排挤她的时候，自己可都是主动靠近她的，从未说过她一句不是。如果不是她们，还会有谁呢？

从其使用的手段来看，我基本上可以断定这个歹毒的人就在公司内部，而且是一个网络高手——一般的人，恐怕不能破译自己设置得如此复杂的密码。

我忽然想到了苏娜。

我向苏娜的办公桌瞟了一眼，她还没有来。哼！或许是做贼心虚吧！

苏娜大学时学的是计算机网络专业，可以说是采编部唯一一个网络高手。办公室内无论谁的电脑有什么毛病，只要找她基本都能解决。虽然有时候她的表情会有一些高傲和不屑，但电脑坏了的同事还是得赔着笑脸说谢谢……毕竟人家是电脑高手帮你解决了问题。

而且正是由于苏娜擅长搞定电脑问题，她才得到了编辑部主任梵高的青睐。一次，办公室有位编辑因为薪水的事情与部主任梵高闹掰了，一气之下把自己电脑上的所有稿件资料进行了全面清理，接着便跳槽走人了。这其中有一份公司领导十分重视的稿件，并且明天就要刊发了，正当梵高急得抓耳挠腮之际，苏娜不声不响地便把电脑数据给恢复了，为梵高解了燃眉之急，从此也让梵高对她刮

贵　人

目相看。

既然她能做到这些，破译个QQ密码应该不是什么难事儿。况且她和我的关系向来有点针锋相对的意味。当初，我们同一天进公司工作，曾经为了争夺一个新闻报料争吵过。而且，在《快报》记者部，苏娜是为数不多的常和我抢新闻头条的女记者。

论才华，苏娜不比我差；论相貌，我俩也有得一拼。苏娜一头长卷发、大大的眼睛，鼻子略尖，嘴唇细薄，时常一副冷傲孤高的表情，属于那种很冷艳的美女。我则是一种邻家女孩的清新可人"款型"：披肩的长发，灵光闪闪的大眼睛，白皙的皮肤，粉红的小嘴，虽然今年25岁了，但看起来还像个十七八岁的少女。这都要归功于自己那张青春无敌的娃娃脸。

既然是竞争对手，就存在着背后使绊子的可能！在办公室，大家都抢着向上爬，都希望出人头地，激烈的办公室政治使每个人大脑里都紧绷着一根弦。但仅凭自己和苏娜存在竞争关系，就断定这次事件一定是苏娜所为，似乎还有些武断。

我呆呆地望着桌面上的绿色植物，它耷拉着小小的叶片，好像也在为我感到伤心和难过。我的脑袋开始像倒带一样回忆起自己这一年来在公司的工作和生活，循着这个思路我也在逐一理清和揣测着整件事背后的种种可能性……

日志2. 最特别的面试

一年前，我还在传媒大学就读研究生。

因为从小喜欢新闻这个行业，所以高考时就想考到新闻学院去。遗憾的是，高考发挥失常，上新闻学院的理想泡了汤。无奈之下，我上了一所三流大学的中文系，学了汉语言文学专业。虽说新闻没学成，但汉语言文学离新闻专业也不远，辅导员鼓励我继续考新闻学研究生。当时，大家都忙着找工作，但我却心无旁骛地投入到了研究生考试的复习中。我身上有一股倔劲儿，一旦决定做一件事，就会坚持到底。在我看来，与其三心二意地做很多事，不如全心全意地做一件事，这样的话，即使失败也了无遗憾。

上了研究生以后，我才发现，研究生尤其是女研究生找工作也很难。一个好心的研究生导师曾经建议我继续攻读新闻学博士，但此时我已经参透人生，毫不犹豫地拒绝了。我自认为已经看透了这个所谓学历社会：自己学历提高的速度永远跟不上社会发展变化的速度。

当你读完本科了，你发现社会需求硕士了；当你读完硕士了，你发现社会欢迎博士了；当你硬着头皮读完博士了，你又发现在社会上吃香的是博士后！天啊，按照这样的规则读下去，这辈子必须读完本科读硕士，读完硕士读博士，读完博士读……

所以，我说什么也不想读博士了。

在来东莞传媒公司应聘之前，我已经应聘过三份工作了，对方一看我是个女的，都一口回绝了。他们说事业单位招人，不希望聘用女研究生，因为她们进来以后，马上就会面临结婚请假生孩子等问题，这样会很耽误工作。

我尝到了被歧视的滋味，也意识到了就业形势的严峻。

山穷水尽之际，我看到了东莞新光传媒公司的招聘广告。我上网查阅了新光传媒的相关资料。东莞新光传媒在中国是很有影响力的一家大型传媒公司，业务领域涉及报纸、杂志、电视、广播、电影，以及相关的广告，据说其经营业绩位居全国传媒公司之首，并

贵　人

且正在积极运作在香港上市。

　　看到这则广告时，我仿佛在黑暗和沮丧中看到了一束生活的亮光，心中充满了欣喜和激动。为了找工作，我连连碰壁，一再受挫，起初的豪情万丈和高度自信也多少受到了一些打击，但我从来没有放弃过自己。我相信，无论遭遇多少困难，只要不放弃自己的梦想和追求，总有一天会成功。

　　带着自信而灿烂的笑容，我雄赳赳气昂昂地跨进公司大门，递交了自己的简历。

　　第一关，笔试。过关斩将，顺利通过，而且名列第一。这让我对这份工作更加有把握，心情也变得更加轻松了。

　　第二关，面试。虽然我完全相信自己的实力，但想到之前听说过的许多单位面试招聘异常黑暗，心里还是不免有几分紧张。我出生在一般的工薪家庭，父母在这个城市没有任何关系可托，所以只能凭着自己的实力孤身奋战。

　　直到现在，回忆一年前面试的情形，我心里还是会有一种"劫后余生"的紧张和庆幸。

　　收到面试通知的第二天，我认真打扮了一番：职业裙，高跟鞋，精致的淡妆。让自己看上去很舒雅干练。

　　面试地点是在新光传媒公司的大会议室。候场的时候，我注意观察了一下周围的环境。公司办公条件很好，设施很现代，椅子沙发还都是新的。公司工作人员给面试者每人倒了一杯矿泉水，我注意到，手里的一次性水杯是特别定制的，上面印着新光传媒公司的手写体以及徽标。所有的工作人员都穿着公司制服，显得专业而有秩序。

　　来面试的人不多，我数了一下，一共十个人，六女四男。公司这次共招聘五位记者,看来这中间要 PK 掉一半。我左边坐着一位看上去很打眼的女孩,她穿着一件淡绿色连衣裙,留着长长的披肩发,发尾微微卷曲,肤色很白。我注意到,她从进门坐下以后,就一直保持着高傲的姿势:腰挺得很直,肩也端得很平,眼睛微微睁着,目不斜视,给人一种很职业的感觉,右腿搭在左腿上面,腿的线条从绿纱裙的下摆一直延伸到米黄色的高跟鞋上,我不得不承认,她看起来很有女人味。这个女孩就是我以后的对手——苏娜。

其他几位面试者神态各异,有着急出汗的,有满不在乎的,还有东张西望摩拳擦掌的。有一个男生的领带打歪了,我想提醒他一下,忽然想到这个人是自己的竞争对手,或许就是因为这个小小的细节,会决定两个人的去留。但,我旋即为自己的迟疑感到汗颜。经历过找工作的种种磨难以后,我发觉自己的心变得比以前更加冷漠了。但生性善良的我还是在男生即将进去的关键时刻提醒了他,男生感激地对我说了声谢谢。

马虎的男生信心十足地走出来了,看来面试成绩很理想。接着苏娜昂首挺胸地进去了。我注意到她走路的姿态非常优雅,腰板挺得很直,胸脯高耸挺拔,看上去很有气场,我猜测她一定是个十分自傲的人。

十分钟以后,苏娜满面春风地走出来。我断定她已经成功了。

穿蓝色制服戴一条粉色丝巾的工作人员叫我的名字。我深吸两口气,站起来走进去,也像苏娜一样地抬头挺胸——虽然我的胸没有苏娜那么惹眼,但我脖颈颀长——这一点能给我带来一些自信。

一间偌大的会议室里并排坐着五位男士,从他们的年龄可以看出,这是一个梯队。中间那位年约五十,神情严肃,不怒而威,十

贵 人

分有派。他端着肚子，一只手按住面前的茶杯，一只手撑在桌子上。进入到公司工作以后，我知道这就是公司最高领导，董事长徐浩。

分列最高领导两边的是较为年轻的四位男士，他们都是公司核心领导层，其中有两位是刚刚创办了《快报》的副总杨高容和任平生。任平生长相酷似韩国演员宋承宪，鼻梁挺拔，棱角分明，看上去很有魅力。

没有提问，只有沉默。五位男士目不斜视，死死地盯着我的眼睛。五双眼睛看得我心里直发毛，差一点就乱了阵脚，还好我及时调整状态，在心里默默地对自己说：不要怕，莞草你行的，他们没什么了不起的，不就是比你多一些工作经验和人生阅历吗？只要你抓住这次机会，赢得这份工作，凭你的才能和勤奋，假以时日，一定可以达到甚至超过他们的水平，一定可以一定可以的。这样一番"心理建设"以后，我终于稳住了自己的气场，用自己那双清透明亮的大眼睛对着在场的大人物们自信无畏地"还以颜色"，丝毫没有怯场。

经历过几场面试，还从来没见过只看不提问的呢。我之前听别人讲，单位招聘人的时候，看她能力的高低，主要看她说话水平的高低。现在看来，镇静和沉默的水平更重要！

双方对视了一会儿，徐浩终于翻开手边的简历，问了一句："网上有一句不太文雅的话说，现在是'大师满街走，研究生多如狗'的年代，你认为一个完全没有工作经验的研究生能胜任这份工作吗？"

轻描淡写的一句话，却非常尖锐。

"我很高兴在研究生阶段可以把大把时间和精力花在多读一些书上，这种集中而安静的读书生活既能增加我的专业知识储备，也能让我更深入透彻地思考我的事业和人生，我想这种专业和心态两方面的准备能够使我在面对工作的时候更加从容和自信。"面对质疑，我回答很坚定。

"那你都怎么去思考和决定一件事情？"徐总顺势问道。

"跟着自己的心去走，去想自己是一个什么样的人，自己是什么样的人就该用什么样的方式去面对一件事。"这是我的心里话。

"那么你是一个怎么样的人呢？"一个低沉而有磁性的声音传过来，我循声望去，是"宋承宪"，他的表情很冷，好像没有悲喜，但是眼神很有力量。

"我是一个追梦人，我知道生活很现实，社会很残酷，但我愿意为自己编织一些梦想，并且会付出一切去追逐。很多人会笑我幼稚天真，不切实际，但我会觉得很快乐，我不想成为生活的俘虏，我相信梦想，并且相信永不放弃，一直拼搏，梦想就会成为现实。"我越说越激动，又大又黑的眼睛里好像闪烁着梦想的光亮。冷漠的"宋承宪"也似乎被我的热情触动了，脸上漂浮着一丝不易被察觉的笑意。

徐浩也笑了一下，对我说："看你刚才的表现，还算镇静，这是记者最基本的素养，现在回答我最后一个问题，你如何看待新闻策划和策划新闻？"

对于我来说，这个问题不难。稍作沉吟，我简明扼要地谈了一下自己的看法。我看到徐浩频频点头。

我松了一口气，知道自己过关了。

我在这天的QQ日志中写道：

今天经历了一场最特别的面试，从来没有想到面试新闻记者竟然还会考验"沉默"的能力。这看上去很好玩，却充满了玄机。或许,即将开始的职场生涯,考验的就是如何保持"沉默"?但我生性是个宁鸣而死不默而生的人,我不会去委曲求全,我要永远奋进!向着最高目标努力!

我还特别在日志中捎带了一句:

面试官中有一位宋承宪版帅哥,听说是《快报》副总,我的顶头上司!乌拉!我爱宋承宪!我爱即将开始的职场生活!

从今天开始,我要飞啦!

怀着对新工作的美好憧憬,我进入了甜甜的梦乡,我知道第二天迎接自己的将会是与之前的生活完全不同的职场生涯。

日志 3. 职场里的沉默与宽容

上班的第一天就撞见了米斯,我不禁讶异。世界真小,竟然会碰见校友。米斯比我高两级,读书时,两人同住一座宿舍楼,彼此间虽然没有交谈过,但在宿舍楼进进出出总会打个照面。

见米斯和我相谈甚欢,百合在洗手间碰到我时就满怀热情地问道:"你和米斯是熟人,那你也一定住在流水苑小区吧?"流水苑是东莞出名的高档小区,住那里的人非富则贵。

我连连摇头道:"我哪有能力买那里的房子哦。我住木樨地附近。"木樨地在郊区,房价比较低。百合恍然大悟地"哦"了一下,或许是觉得我的出身和家境很一般,她立即用一种略带轻蔑的眼光上下扫视着我,一副居高临下的俯视态度。

后来我才知道,百合是办公室里有名的包打听和势利鬼,不管在什么地方遇到什么人,只要讲得上话,她就会像联邦调查局收集嫌疑犯资料一样地细问彻查,直到最大限度地了解清楚了对方的生活、工作、家庭状况以后才会罢休。并且从此以后她会根据这个人的身份、地位、家庭背景"看碟下菜",选择相应的对待方式——是热心巴结,淡然处之,还是不予理睬。

"那你在公司有没有什么认识的亲朋好友呢?"百合继续追问。

我正欲答言,米斯从外面进来拽着我的胳膊说:"走,我带你去公司四处逛逛,熟悉熟悉。"不由分说将我拉走了。米斯告诉了我关于百合的一些事情,以及她对百合的极端厌恶。我也不喜欢这样的人,但我立刻想到了《职场秘籍》的第三十一条:不要和任何一位同事结下仇怨,越是小人越要小心对待,否则你很有可能莫名其妙地被人暗算。我决定以后要对百合敬而远之,保持基本的礼貌就行了,没必要把关系弄僵。

中午,米斯热情洋溢地拉着我去吃饭。搞得我心里暖洋洋的。米斯觉得我人长得顺眼,为人也和气,又和她有缘,很是喜欢。我也觉得米斯呱呱拉拉的很有趣。没几天,我就和米斯混熟了,两人总是出双入对。

米斯出身富裕,是名副其实的富二代,说话行事十分泼辣。要说她挤兑人,那真是巧夺天工,浑然天成,一句话能把人噎半年,一句嘲讽能让你堵三天。米斯在报社工作时间比较长,可谓根深叶茂,她给我传授了许多重要的职场秘籍。

"百合那人是办公室的是非精,那天她是在'调查'你呢。"一天,米斯表情神秘地对我说。

我一头雾水:"我有什么好'调查'的呢?"

见我傻愣愣的样子,米斯头头是道地说开了:"她是在借机问你怎么进入公司的,旁敲侧击地调查你有没有背景,有多大背景,有哪些社会关系。以后相处久了,她还会有意无意在聊天中找机会

贵　人

试探你，包括你的经济状况如何，你父母在哪儿工作，你的男友是什么身份等等。只要她一个人知道了你有什么关系，就相当于全单位都知道了。"

我不得不承认米斯说得很有道理，点头如鸡啄米。

米斯继续诲人不倦："基本上每个新人进入单位后都得面临这一番调查。因为大家会通过这些资料来判断你对他们来说是不是一个有结交价值的人，是不是一个可以得罪的人。这样既可以防止自己无意中得罪人，做错事，又可以让自己获得更多人脉。"

我很愿意聆听米斯的谆谆教诲，索性将八卦的精神进行到底，问道："百合也是我们单位的老员工了吧，怎么这么久还没升职呢？"

"她呀，以前在编辑部可是个大红人，恨不得每天都粘在领导屁股后面，可惜直到现在还是小兵一个。她原来在编辑部时和部门领导可好了，领导那边有什么消息她都是第一个知道。"米斯没心没肺地说。

我惊讶地问："编辑部很好啊，为什么被降到又苦又累的记者部？"

米斯轻轻地撇了撇嘴道："她的领导换部门了，要带一个自己人过去，却没有选她，而是带着一个平时默默工作的人过去了。她一个人留在原部门，原部门的人本来看她就眼红，领导一走，她立刻就四面楚歌了。"

我暗自思忖，看来在职场上一味地拍马逢迎并不能真正赢得领导的青睐，虽然领导平时看起来喜欢那些会说好听话的"顺民"，但他真正会重用的绝不是这号油滑不作为的人。所以自己以后一定要踏踏实实做好本职工作，才会获得领导的认可和提拔。

米斯见我低头不语，仿佛猜透了我的心思，说道："百合的经历可以给我们这些小白领很多经验和教训，那就是不要像个长舌妇一样整天搬弄是非，这样会惹得同事们讨厌，也不要老是围着领导溜须拍马。领导都不是傻子，知道你怀揣着什么心眼，也知道你私底下在做什么，所以少说话多做事才是立足职场的王道。"

看着米斯那副故作"一身正气"的样子，我一边觉得好笑，一边连连点头。

从此以后，我也开始注意自己的言行举止了。

为了赢得同事好感，我尽量做到热情柔和并且决不多嘴：看见谁都先露笑脸，逢姐叫姐，逢哥叫哥；开口闭口脸上三分笑。下雨天，看见有同事从室外进来，我会说："你头发都湿了，我这儿有纸巾。"夜晚加班，我会问同事："我这儿有咖啡，要不要来一包？"同事说话时，我总是认认真真地聆听，只会在需要的地方很有分寸地说上两句，而如果话题涉及别人的私事，我一定立刻停住转移话题。所以时间长了，同事们都觉得我是个热心识趣讨人喜欢的人，我也因此在办公室里建立了不错的人际关系。

不过这里面可不包括苏娜。苏娜是个喜欢争强好胜的人，平时言行举止之间就透露出一种目空一切的态度，仿佛整个公司里的人都比不上她有才能有魄力。而偏偏我很多次都抢了《快报》的头版版面，这让自负的苏娜非常受刺激，她曾经两次跑去跟主任理论，证明自己的稿子更有水准，但最后还是无效。所以我从此就成了苏娜的眼中钉，她从来不正眼看我，部门会议的时候只要是我的发言她都故意挑刺想办法反驳。这是《快报》里每个人都看在眼里的。

我并没有因此嫉恨苏娜，只是尽量避免与她接触。我不喜欢苏娜，但是我知道在这个世界上自己不喜欢的人还有很多，如果一一

贵　人

去恨他们，报复他们，自己的生活也会陷入混乱最后也不会快乐，所以能忍则忍，理解万岁吧！

我曾在QQ签名上写下这样的一句话：想要拥有一个和谐的职场人际关系，你必须学会沉默和宽容。

这也是我进入职场以来深刻感悟到的职场交际哲学。

日志4. 难伺候的上司

我不清楚其他报社媒体对待新人的方法，《快报》记者部对待新入职员工的方式基本上就是让其自生自灭。没有人带他们跑新闻，也没有人指点他们稿子应该怎样写。幸亏米斯和张姐不时地提点和帮助再加上我自身的悟性和努力，一个月下来才渐渐有新闻见刊。我到处打电话给亲友叫他们看《快报》哪一版哪一篇，炫耀个不停，心里乐开了花，亲友们也为我高兴。

唯一让我头痛的是，记者部主任梵高很难伺候，因为他非常挑剔，甚至有点吹毛求疵，只要看到下属做出令他不满意的事，不论是谁，他的第一反应就是"骂人"。他有一句经典的口头禅："你们真差劲！"

"你们真差劲，这样的稿子你也敢给我看？这个标点错了，应该用句号，我们追求的是品质，而成就品质的是什么你知道吗？是细节。这样低级的错误你也会犯，你的心中到底有没有一点点对读者负责的责任心？"一次，梵高对我吹胡子瞪眼道。

一个标点符号居然上升到《快报》品质和对读者的责任，我觉得他有些夸大其词了，心里感到特别委屈。

不过，我脸上并没有呈现出丝毫不悦的神色，反而用那种在教室内很认真很虚心的语气和表情回道:"谢谢主任的提醒,我保证以后不会犯这样的错误了。"

见我被骂,米斯凑上来说:"他就是这样,自视甚高,尤其爱给新员工下马威,好树立自己的威信。"

我叹道:"谁让他是领导掌握了话语权呢。"

米斯靠近了我一点,放低声音说道:"你知道吗,人家背后都叫他'有一手'呢。他到公司没半年就坐到编辑部主任的位子,并且经常和个别公司领导鬼混。"

"啊?"我瞪大了眼睛,"不会吧,他看起来很严肃啊,对工作要求完美已经到了几乎病态的地步,怎么会?"

"傻丫头!不要被一个人的虚假外表所蒙蔽,我还听说他跟苏娜有一腿呢,不过不知道是不是真的,据说他有背景,在公司'绝对高层'里有撑腰的后台。"

我呆呆地瞪着一双大眼睛,半天说不出话。

"不过客观地说他还是具有一定能力的。"米斯根本不管我被吓傻了的表情,自顾自地接着说,"他到公司的头一个月,除了跑采访、上稿,就是闷头找所有能找到的公司以往的报刊和一些在老员工看来如同废纸的旧资料。许多同事对此颇不以为然,一个新人不好好跑采访,尽看些老掉牙的资料,有用吗?"

我缓过神来,也觉得好奇:"有用吗?"

米斯笑了一下,换了个坐姿,眼中充满兴奋的光彩说:"我告诉你,大有用处。无论是大型的上市公司还是街头小作坊,每个公司都有每个公司的文化和价值观。了解了公司的文化和价值观,就等于了解了领导的做事风格和追求的理念,自然能够在最短时间内融入新环境中。"

贵　人

　　我赞同地点点头。从此以后我也常去查看一些部门的旧资料，果然获益匪浅。

　　一来二去，我也渐渐摸透了梵高的脾气。在梵高眼里，除了他自己完成或者修改过的稿子，几乎没有什么稿子是完美的，而且他性格非常暴躁，所以下面的人挨骂是"常态"，不挨骂反而是"变态"。很多时候，可以听到从梵高办公室里传出的训话声，而挨骂的那个人也许仅仅是因为在稿子里使用了一个不够贴切的词语。

　　在这样的领导面前，我决定做一头埋头苦干、踏踏实实的老黄牛，将勤奋和温顺进行到底。既然领导追求完美，我就对工作精益求精，每次写完稿子自己都精雕细琢地推敲半天，还要找米斯帮提前审读一遍才交给主任。既然领导是个脾气火爆的人，那么自己就变得温顺柔和一些，不要和他硬碰硬。时间长了梵高见我稿子差错少了，又虚心恭顺，也渐渐地对我有好脸色了。

　　与我同一天进公司的海鸣则没那么幸运了。梵高天天找理由骂他，说他这做得不好，那也做得不好，整天拿脸色给他看。海鸣便是上次面试中那位领带打不好的马虎男生。他和我同一天进公司，是名牌大学毕业的研究生，也是《快报》记者部唯一的男性，为人倒也精明能干，唯一的毛病就是有些妄自尊大。眼里没几个他能看得上的人。连梵高写的文章他也要不咸不淡地批评上几句。

　　一次，《快报》围绕一个热点事件要出一个专版。梵高让海鸣负责搜集各位记者采写的稿子，整理好后拿给他看。不一会儿，只见海鸣到苏娜办公桌前一脸严肃地对苏娜说："苏娜，你的稿件有问题。"这会儿大伙儿都在办公室，海鸣的话一字不漏地落入大伙耳朵。苏娜用眼睛瞟了瞟周围，觉得被人这样呵斥，十分没面子，欲要辩解，还未开口，就被海鸣不耐烦地打断："这样说不明白，你到我电脑前,我跟你说。"

苏娜压着火跟他解释一通,终于说清楚了,海鸣也知道自己弄错了,但并没有道歉的意思,而是转过头看着电脑,不高兴地挥着手说:"知道了,知道了……"那架势仿佛是在示意苏娜赶紧滚蛋,苏娜气得脸都快绿了。我看到这一幕,觉得海鸣的情商太低,不懂妥协不懂退让。

海鸣上的稿常常被梵高扣下来,他不免爱在工作QQ签名上抒情遣怀。我好心提醒了几次,但见海鸣仍然我行我素,便不再多言。

这天,海鸣收到梵高的警告信,怒气冲冲地从办公室出来,在QQ上向我抱怨:"世上的伯乐都死绝了。"

"怎么了?"我心想世上伯乐不会死绝,倒是千里马常翘辫子。

"干得不顺心,极不顺心。这简直不是人干的事。我真想一走了之。"海鸣发泄着自己的怨气。

"咱就算要走,也要走得明明白白,不能是赌气。"我劝解道。

"总是让我帮他改稿,为什么这个活儿得我干,他工资比我高,待遇比我好,整天只会拍老大的马屁,脏活累活全都是我干,还挑我这个毛病那个错误的,别人工作犯的错,他不骂别人,却骂我这个不相干的人,凭什么呀?我是冤大头呀?"海鸣激动得打了一串字,还发来一个怒火中烧的图标。

"世界上本来没有绝对的公平,只要地球不停转,就会有不平和冤屈。"我好言劝慰。

我知道海鸣说的"别人"指的是苏娜。原来,苏娜和海鸣合作写了一篇戏剧专访,稿件登出后梵高却接到被采访人的投诉电话,声称此篇采访太多断章取义之处。梵高赔了许多好话,又托了一个娱乐圈的朋友说情,才平息了对方的怒火。否则,被采访人只消向

贵　人

公司寄一封律师信，梵高这个编辑部主任的地位便岌岌可危。

捅了这么大一个篓子，梵高自然雷霆大怒，把海鸣和苏娜叫到办公室。

苏娜早已听闻风声，见梵高怒色满面，还未待梵高开口，便抢先说道："主任，这个专访是由我写的初稿，但海鸣说他来润色、修改，稿件修改完毕后他没给我看过就提交上去了。我不知道这篇采访竟然被他改得如此七零八落。"苏娜不但将自己的责任推得一干二净，还要火上浇油。

梵高素来不喜海鸣的目中无人，便破口大骂道："你写的什么垃圾稿子！不好好做就走人！"

海鸣气得脸都绿了，狠狠地盯了苏娜一眼，欲待甩手不干，又想如此这般就被梵高赶出公司，岂不便宜他们了，于是，将这口恶气憋在胸中。

事实上，当初确实是由海鸣提出让苏娜根据录音笔整理采访原文，由他来修改、定稿的。当时，苏娜很爽快地答应了，还为他戴了一顶高帽："行，我把原文录下来，你的文笔比我好，由你润色，修改。"

海鸣自视甚高，以为可以做好这篇专访，好好表现一把。却没料到苏娜会陷害他，故意删改访谈者的原话。

可是稿件最终确实是由他修改，由他负责的，海鸣百口莫辩。

日志 5. 谁盗了我的 QQ 密码

米斯的到来，打断了我的倒带。

她今天穿了一双千百惠白色羊皮高跟鞋，那高高的鞋跟细得像根针，我心里想着：她也不怕扭了脚脖子。

高跟鞋是米斯的最爱。关于高跟鞋，她曾经对我说过一些很经典的话：女人就是为高跟鞋而生的！上帝给了女人两件法宝，一是假睫毛，一是高跟鞋。我觉得好笑，但必须承认高跟鞋确实可以让女人更有气质和味道。

我下意识地低下头，看着自己的深蓝色牛仔裤、白色邦威休闲鞋发呆，自嘲道：我要穿双高跟鞋去抢新闻，那我一个月都不要交稿了。

米斯的高跟鞋很有节奏地敲击着办公室地板，走到我办公桌前时，笑嘻嘻地扔给我一条德芙巧克力：来，宝贝，姐专门给你带的，今天早上硬从你未来姐夫手里抠出来的——他对巧克力的喜爱程度丝毫不亚于你——我看你们挺有共同语言的，你干脆和他好了算了，我自愿放弃！哈哈。

不难听出米斯的心情格外晴朗，她正处于热恋中。

米斯妩媚地对我抛了一个飞吻，丝毫没有觉察出我表情里的黯然，扭着屁股踩着鼓点晃到自己的办公桌去了。

米斯是办公室目前唯一一个没有发觉群共享文件的人，也是唯一一个心情和思绪没有因为这件事受到任何影响的人。

随着她的落座，办公室里的全部眼睛和耳朵都转向了米斯，大厅里突然安静下来，大家都在等待那一声尖叫。米斯每次遇到意外的事情，总会发出过分夸张的叫声。

我也在等待着。

终于，大家等到了这一刻。

这一次，米斯的叫声分外妖娆。她先是发出了一个短暂的高音，然后迅速降低音阶，最后突然用手捂住了嘴巴。因为那声音没

贵 人

有得到完全释放，过早地被她吞了回去，米斯像是吃了一根鱼刺，干呕了两声。

她迅速喝了口水，然后捧着要加热水的奶茶杯，来到我面前，脸上表情复杂，最后凝聚成一个大大的笑脸。她拍着我的肩膀说了句：姐们，你行！

我掐了一下米斯的手背，小声说：什么呀，你还取笑我，我这次惨了，被人算计了！

米斯也压低声音：赶紧上稿，上完稿咱去左岸咖啡馆聊。

我点点头。

米斯给茶杯蓄满水，瞪大眼睛，巡视一周，她的目光大胆而放肆，有替我示威的意思。其他人都低下头，各忙各的了。

苏娜直到现在都没有出现。报社规定，每天下午两点前上稿。因为中午要吃饭午休，一般大家都选择在十二点前把稿子递交给部主任，部主任下午一上班就给各版编辑，送交总编室。苏娜一直没在办公室出现，我更有把握地把她列为第一怀疑对象。

痛苦再大，生活还得继续。我暂时撇开恼人的QQ被盗事件，开始编写稿件。

在记者部，没有太明确的分工，基本上每一位记者什么都可以写，只要是具有卖点的新闻，就可以写，报社发娱乐稿的主要标准是不违反新闻出版原则，好看好玩，有话题性。

我原来一直对文艺界的新闻感兴趣，但文艺界太单纯，可炒作的话题太少，保证不了发稿量。后来在主攻演艺界的米斯的点拨下，也开始涉足影视娱乐界，这里的花边新闻多，八卦起来风险也少得多。与文艺界的艺术家比起来，影视圈里的人最不计较记者的围攻炒作，更多时候，她们期盼着被关注。

在这个行业做得熟了，我认识了不少同行。她们分布在全国的各个地方，都掌握着一些娱乐资讯。这里面既有资深老记，更有年轻同行，为了能够资源共享，她们建了一个名为"娱乐至死"的QQ群，只要不是独家专访，群里的新闻资讯都可以共享。这样的资源共享不但增加了发稿量，而且大大节省了写稿的时间和精力。

我简单地浏览了一下"娱乐至死"QQ群的中心话题，决定把"韩国女明星遭遇行业潜规则"编写稿上交了事。

最近，国外娱乐界不断传来韩国女星因为压力过大而自杀的消息，一开始并没有人爆料她们是因为被经纪公司潜规则。如果这个消息是真的，足以构成今年演艺圈的最大丑闻。或许，还会产生出"蝴蝶效应"，在国内演艺圈也产生大规模影响。

编好稿件后，我迅速上传到报社的公共用稿系统。

这边刚弄好，米斯的高跟鞋就扑扑踏踏踩了过来。我退出QQ，关上电脑，准备和米斯一起去咖啡馆吃午餐。

米斯问："'作业'交上去了？"

我点点头："交了。"

"听说你上次的稿上娱乐头条了？"

我粲然一笑。

米斯吐吐舌头："你厉害，没走后门还能上娱乐头条！佩服，佩服。"

米斯一本正经地朝我拱拱手。

我笑笑："我真不知道怎么走后门。"

米斯看看周围，压低嗓门："梵主任、任总他们都是我的QQ好友！平时你在QQ上多和他们沟通沟通，这样，对你的发稿绝对有利！"

贵　人

我们一边说一边走出办公大厅。在报社大门口，迎面遇到苏娜。她今天穿了一件米色风衣，头发高高挽起。看上去神采奕奕。

平时苏娜见了我都跟没看见一样，今天竟然一反常态地带着一种若有似无的浅笑和我俩打招呼："你们上完稿了？我今天有事，来晚了，到现在都还没写稿呢！"

我心想，她是在嘲笑我吗？但表面上还是对她笑笑："我们发了，你快去写稿吧！"

三人擦肩而过，苏娜做出一副志得意满的样子，米斯突然甩出一句："得意什么呀，小人！"

我也做咬牙切齿状："我怀疑这次就是被她给算计了！"

"她是头号嫌疑犯。"米斯表示赞同。

"全办公室，就她一人是电脑高手，我的QQ密码被盗，不是她又是谁？"我回头瞪着苏娜逐渐消失的身影说。

米斯点头："如果真是这个狐狸精，我有办法对付她！"

"你有办法？什么办法？"我的语气充满疑惑。

米斯拍拍我的胳膊："走，到左岸咖啡边吃边说。"

左岸咖啡就在离公司不远的东江岸边，里面人不多，这个点儿不是上客的时候。找了个无人关注的角落，我们坐下来。一人要了一杯不加糖的苦咖啡，这种咖啡味道醇厚，十分提神。对于我们这种中午不午睡的人来讲，咖啡是生活必需品。

一坐下来，我就问米斯："你到底有什么办法来对付苏娜？"

米斯笑笑："我知道她一个不可告人的秘密。"

"什么秘密？"我来了精神。

米斯不紧不慢地说："还能是什么？既然是不可告人，无非就是办公室恋情。我倒是要先问问你，你在日志里写到的那个男人是谁？是不是咱公司的人？"

看来米斯已经猜到是谁了。我只能点点头。

米斯故意挖苦我："还真是咱公司里的人啊！这样的文字，你也写得出来？都赶上三流小说了！我郑重地劝告你：最好不要在办公室内发展异性关系，恋爱中的人智商都等于零，办公室内部没有真正的爱情，在利益纠缠的人事中，你能对爱情抱多大希望？稍不注意，就会被一些别有用心的人找到你的弱点，打击你，到时候两个人都进退两难。"

我叹了口气："谁谈恋爱了！我那是单相思！我做梦都不会想到QQ会被盗！"

我很是郁闷，低头喝了一口咖啡，抬眼看窗外的东江水。

这时，有一个很高的男人的身影在我面前晃了晃，我抬起头来那人却不见了，我感到这人有几分神秘，但自己心里有事也就没有精力管他了。

我急于想知道米斯口里说的苏娜的秘密，因为这其中也许能够找到一些与自己的QQ密码被盗的线索。

日志6.QQ空间秘密多

曼妙的音乐声在咖啡馆里回旋着，坐在松软的沙发上，听着东江哗啦哗啦水流声，身心放松了许多。这也是我和米斯经常来这里的一个原因。外面的世界太喧嚣，办公室里的竞争太残酷，我们需要一个能够让身心放松的场所。这就是左岸咖啡馆。

米斯问我："你知道苏娜的稿子为啥被毙掉的那么少，而且还时不时地上头版头条？"

贵　人

　　我摇摇头："有时候看她写的那些爆料新闻水准也不怎么样，我也奇怪总编为啥总选她的稿。"

　　米斯浅浅地喝了一口咖啡，撇撇嘴巴："这你就不明白了吧？我告诉你，这不是总编的问题，是我们部主任梵高的问题！苏娜早就和他在一起了！这事儿是紫苓亲眼看到的。"

　　我瞪大眼睛，喝到嘴里的咖啡差点吐出来："这不可能！梵高早结过婚了！"

　　米斯冷笑了一声，不急不慢地说出了事情的经过。"我看过紫苓的一篇QQ日志，里面也写到这个事。"米斯略带诡异地笑道。

　　我惊讶地张大了嘴巴："你在她的QQ日志中也看到了？"

　　看到我一副被吓住的样子，米斯摆摆手："我可不是偷看的，是百合传给我的！她整天在QQ群里面转悠，消息灵通得很。话到了这里，我可要告诉你，看一个人的QQ空间，可以知道很多事。比如：突然有一天，这个人把日志都删光了，其背后一定有故事，而且是感情故事。从来不写日志的人要么懒要么就是藏得太深。主页打扮得太杂的人还很幼稚。看一个人空间的最近访客，尤其是第一名，如果出现频繁往往跟主人有着密切的关系。更新心情很频繁的人，要么是无聊和寂寞，要么就是在谈恋爱。用了很久的东西，比如说头像或者昵称，突然换掉，一般是感情受挫。看QQ心情可以知道一个人的感情世界，现在和过去。"

　　米斯的这番见地，让我由衷地佩服，心想，原来QQ空间里藏着这么多秘密，自己以后可得多加注意了。

　　"那你说说，有什么办法治治苏娜？"我言归正题。

　　米斯笑着说："以其人之道还治其人之身呗！既然她和主任有见不得人的事儿，那他俩一定会在QQ聊天时留下记录，我们想办法把她的QQ盗了，也把她的隐私给共享了！这年头，谁在QQ里没点儿隐私？"说完米斯假装阴险地一笑，把我也逗笑了。

但想了一下，我还是认为这样做不妥。虽然我也怀疑这次事件是苏娜所为，但我不认为用同样的方式还击就是一个好的解决之道。

米斯却来了劲儿，也不管我乐不乐意，就从包里拿出一个iPad："咱们说干就干，现在就试试，反正这里可以无线上网，我们看看那个狐狸精到底在空间里藏了啥！"

我环顾四周，没有人注意这边的动静。我凑到米斯身边压低声音说："这样不太好吧，我们还是先想想吧。"

我不喜欢在背后议论别人，但米斯和我相反，总喜欢发表议论。平时，我一般不表态，只听。这是我在《职场秘籍》里学到的：不要在同事面前说别的同事，因为大家都是一根绳子上的蚂蚱；不在上司面前诋毁同事，因为上司远远比自己聪明；不越级投诉自己的上司，因为他们的合作利益远远大于你。

如果今天不是牵扯到自己，我是不会和米斯这样谈论苏娜的。

然而米斯根本不听我的，继续着她的"复仇计划"，她打开了苹果iPad。

这是一款刚刚在中国大陆上市的平板电脑，纯白色的机身，看上去又轻便又小巧。

米斯是办公室里最会赶时髦的女人。她身上穿的，嘴里吃的，手里拿的，清一色的时尚派，是个名副其实的潮人。

当然她也有赶时髦的资本：她老爸是东莞的私营铁矿主，非常有钱，家里豪车、别墅应有尽有。而且据米斯说，自从她老妈因为一场车祸死了以后，她老爸就过上了钻石王老五的潇洒生活。他的钱太多,米斯可以随便花。她之所以要工作,纯粹是为了打发时间。所以,米斯是个名副其实的富二代。

米斯的这款 iPad 屏幕比较小,看起来有些不习惯。程序运行结束,米斯打开 QQ,输入苏娜的号码。

看米斯做这些时,我心里非常紧张,总忍不住时时抬头看看周围有没有什么人在注意我们,就好像自己在做坏事一样,生怕被人发现。

米斯输入了苏娜的生日,QQ 没有打开。米斯又试了几个数字,还是没打开。米斯急了:"狐狸精,设个密码还挺复杂!"

我拽拽米斯的胳膊:"要不算了,咱们别干这种事儿了,总感觉像在犯罪一样,我心理承受能力弱,都快发心脏病了!"

米斯被我的话逗乐了:"没出息的丫头,你怕什么?你不想想她是怎么整你的?你不想给自己报仇了?"

我解释说:"不是不想,但现在不是还没拿准到底是不是苏娜吗,要不是她,我们这么做是不是太不道德了。"

米斯推开我的手:"去去去,什么道德不道德,苏娜又不是什么好东西,自以为是,卖弄风骚,就是没事整整她也是替天行道。来,咱再试试她的手机号。"

米斯说着,手指在屏幕上飞舞个不停。输完了,一按回车键,QQ 还是没打开。这下米斯真急了:"狐狸精就是狐狸精,设置这么难猜的密码,不知道在里面藏了多少脏东西呢!我一定要想办法打开它!"

我见米斯生气,赶紧缓解气氛说:"算了算了,这事儿以后再说吧,赶紧吃点东西,吃完了你陪我去一趟电子商务城,我也去看看平板电脑,你这一款机子我挺喜欢的。"

"你喜欢就送你,我再去买一个新的!正想找理由换呢。"米斯"狡猾"地笑道。

"好了,知道你是富婆,又傍了个大款,钱多得不行,但显摆也不是这么显摆的!你这才买几天呢,就忙着换!"我假装瞪了米斯一眼,把电脑拿到自己的桌面上,"等我下个月发工资了再去买一个,现在先让我看看我的QQ空间,看能不能发现什么秘密。"

米斯一听也来了兴趣,赶紧坐到我身边,还一脸坏笑地说:"我敢说在这里面一定找得到你的众多爱慕者留下的蛛丝马迹。"

我推了一下米斯:"说什么呀,一张坏嘴就会八卦,都快赶上百合了。"

"别提这个人,我讨厌她,别说了,看空间!"米斯靠在我肩上,认真地等着我打开QQ空间。

日志7. 谁来过QQ空间

我的QQ空间打理得像模像样。

深蓝的底色,是夜晚的天空,上面洒满了一闪一闪的小星星,偶尔还会飘落几朵闪着白光的花瓣或是飞过一位挥着翅膀的天使。

"大姐,你这风格也太梦幻了吧,都奔三张的熟女了,还这么矫情!"米斯做出一种夸张的表情。

我用光滑瘦削的肩膀顶了一下米斯道:"哪像你啊,一个空间布置得阴森诡异的,一看就知道你内心阴暗。"

说着我们都笑了。

我的空间里写满了日志,但并不凌乱,一条条目录,分门别类地按照"阳光日志""星辰私语"和"朵云笺的眼"排列开来。

贵　人

　　只有"星辰私语"是加密的，里面写着我的一些不想让别人知道的属于自己的情感小涟漪，上一次被共享的那一篇日志就是出自这里，但说起尺度，那一篇却不是最让我难堪的，我不由得暗自庆幸，但也因此对那个"整"我的人感到更加疑惑不解了。

　　"阳光日志"是我自高中以来的一些生活、学习和工作方面事情的记录。"阳光日志"就像我的成长记录，是我生命的痕迹，我希望自己八十岁的时候——当然如果可以活到那个时候的话，我会在一片洒满阳光的太阳花海里，坐着摇椅慢慢地看这些自己曾经写下的青春、成长、快乐、沮丧这些所有我曾经历过的生活。

　　而"朵云笺的眼"里面则是一些我写下的诗，对此我有点不好意思，因为在现代社会写诗好像会被认为是一种很做作的行为，但我就是爱写诗，也喜欢诗的巧妙的结构，回环的韵律以及那种言有尽而意无穷的韵味。

　　米斯打趣道："我怎么没发现我一直跟一个才女在一起呢，哦，还是个诗人呢，你看看这些文章，这些诗歌，多有深度，多灵动，多感人肺腑，多飘逸潇洒……"米斯还没说完就被我高高扬起的手给吓得止住了，只是还忍不住笑。

　　我瞪了米斯一眼，一边浏览着自己的"阳光日志"一边说："我没事就写一点，屁大的事都喜欢记下来。就当是写日记，为了以后能留个想头，留个回忆。"

　　米斯笑笑："我光写那些稿子都觉得头晕，你竟然还有心思写这些东西！"

　　顿了一下，米斯又说："你也不弄点图片，你看这满眼的都是文字，看着累！"

　　我一边打开相册一边说："图片我都放在空间相册里面了，多着呢，给你看看，唉，对了，本姑娘的靓照那可真是美得惊艳苍生，风华绝代，你看了可别爱上我哦！"

米斯又把嘴一撇："黄毛丫头不知羞耻，你以为我对你感兴趣啊？我是想看看都有谁看过你的相册！凡是经常到你相册浏览的男人，肯定对你有企图！"

我瞪大眼睛：我还真没怎么注意过都有谁来过呢。

说着，QQ相册打开了，里面有两百多张我的照片，高中时期的秋游照，大学毕业的学士照，还有一些近来去外面旅游拍的一些照片。照片里的我穿着各种各样的衣服，摆着各种各样的造型，青春洋溢，非常漂亮。米斯禁不住色眯眯地说："小妞越来越靓了嘛！"我朝米斯丢出两个字："色狼！"

米斯迫不及待地瞅着相册留下的浏览痕迹。

"这个最新的浏览者是杨松！"

米斯如同发现了新大陆的哥伦布，激动地手舞足蹈。

我看了看，是一个叫作"杨柳青松"的人，但我并不认识这个人啊。米斯于是拿出一副"人类学家"的姿态开始对我解释杨松这个人："杨松是公司网络中心的主任，也兼任公司网站的站长，但全靠了他在公司当副总的老爸杨高容。"

我吃惊一样地说："原来他就是杨高容的儿子，他不就是那个花花公子吗？"

"你也听说过，他是很花，要不然还和我好上了呢！"米斯的表情中透露出几分得意。

我更是感到震惊："什么？你说你和他……在一起过？"

米斯却满不在乎地说："花花公子嘛，当然爱美女咯，谁让你姐长得美呢！我两年前刚来公司第二个月他就约我吃饭，其实杨松

贵　人

就是有点花心，人并不坏，当他爱上你的时候，他什么都愿意为你做，可就是花心，我们在一起不到三个月他就和公司新来的许妍勾勾搭搭的，算到现在他应该换了不下五十个女朋友了，哎。"

米斯像是陷入了对往事的追忆，过了好一会儿才回过神来，看着我正瞪着一双眼睛看着她，居然有点不好意思："哎呀，都过去了，贱男一个。只是他现在怎么会对你这么感兴趣？你这种学生妹不是他的菜啊，难道他改变口味了？"

米斯说完就上下打量起我来，最后将目光停在我紧身白T恤衬出的丰满的胸部上，不怀好意地笑道："其实你也不是学生妹，很有料嘛，就是不懂得打扮，什么时候让姐姐给你弄弄造型，保准你迷倒众生。"说完哈哈大笑起来。

我赶紧用两只手遮住自己的胸部，瞪了米斯一眼到："女流氓，都什么时候了，你还取笑我，你还是不是我朋友啊？"

米斯这才变得正经起来，继续她的"调查研究"。依据米斯的调查研究显示，杨松是从两周前开始关注我的QQ空间的，他几乎每天都会来浏览一下，主要是我的照片，有几次还留了言，只是我一向不在意陌生人的留言并没有回复。所以米斯认为杨松只是在最近才开始注意到我的，并且因此对我产生了兴趣。

"你可要小心点，花花公子可能瞄上你了噢！"米斯提醒我。

我觉得不可思议："怎么会呢，我都没有见过他！"

"你没见过他，他却已经爱上你了，反正你自己小心点吧，咦，这个人是谁？"

米斯指了指一个名为"烟雨江南"的访客，惊讶地说。

我皱着眉头："我不认识啊，一个陌生人吧，他怎么啦？"

"嗯。这个人很神秘，来的次数又多，看来，他也对你很有兴趣噢!"

米斯又突然想到什么,咋呼着说:"快去你的日志看看,这个人都对你的哪些文字有兴趣?"

我突然感到十分紧张,心脏像是一只被猎人追赶的小兔子,没命地上蹿下跳。我从来不知道QQ空间里会隐藏着这么多的企图和秘密!

经过米斯的"调查分析","烟雨江南"果然来过!而且不止一次,从他关注的日志来看,他对那些记录工作状态的文字特别有兴趣,几乎每篇必看!

这个人到底是谁呢?我陷入沉思。

"快看,苏娜也来过!"

米斯像是打了兴奋剂,手指不停地点着电脑屏幕:"你看,你看,从你日志被分享的前一周起,她就开始她频繁地关注你了,看照片,看日志,她对你倒是挺关心的嘛,肯定没安什么好心!我敢说盗你QQ密码的人肯定是她!"

我彻底傻了。

以前可从来没有注意过这些,原来公司里的人早就盯上自己了!看来,连正常的"阳光日志"也不能见阳光了,也得加密。

我继续往下拉着日志的目录,随便点开一个,几乎都有公司的人看过。这些人只看不留言,看不出他们有什么企图。

而且更让我和米斯惊讶的是任平生也来过这里,虽然只有三次,但是像任平生那样位高权重又深沉冷漠的人竟然会在公司一个小记者的QQ空间里出现三次,这真是令人感到不可思议。

"看来任平生也对你有意思,小丫头不错嘛,公司里两个重量级的精品男都在对你蠢蠢欲动,真看不出来,你还真有两下子,什

贵 人

么时候教教姐姐！"米斯又开始嘲弄我。

我真的急了："都什么时候了你还跟我开这种玩笑，这些人平时跟我一点交情都没有，现在莫名其妙出现在我的QQ空间里，是怎么回事嘛？他们想要对付我吗？我哪里做错了吗？谁能告诉我啊，哎哟，天啊，太可怕了！"

米斯看到我真的陷入了苦恼，于是赶紧笑着安慰她说："傻妞，你既然开放了QQ空间，自然会有访客啊，而且你写了东西，拍了照片，当然是要别人来看啊！这也才是QQ空间的意义之所在啊，让朋友同事之间可以在网上进行各方面的互动和交流，增进情感嘛！不要想太多了，同事相互了解关心一下也很正常嘛，没什么大不了的！"

我的神情依旧很沮丧，心想：我写这些东西就是要给自己留个纪念，除了身边的好朋友，可没想要给别人看！

我给自己的日志设置了音乐盒，此刻，莫扎特的小夜曲正缓缓地流淌在我蓝色背景的QQ空间里，但这本来可以使人平静的音乐却丝毫不能平静我此时复杂凌乱的内心。

苏娜，任平生，杨松，他们来我的空间到底是为了什么呢？难道真的只是关心了解一下同事吗？还有那个神秘的"烟雨江南"，他也是公司里的人吗，他认识我吗，他想对我做什么呢？

无休无止的疑问、无休无止的思绪压抑得我喘不过气，整个人像丢了魂儿一样呆呆地盯着空间里深蓝色天空里闪烁的星星，飘落的花瓣，还有偶尔飞过的天使……

日志 8. 升职靠的不仅是实力

服务生送来两份虾仁拌饭，打断了我的思绪。

米斯关了电脑，对我说："别管那么多啦，先吃饭吧！"我点了点头，米斯回到了自己的座位上，开始细嚼慢咽地吃了起来。

米斯边吃边问我："我看这事越来越像是苏娜干的，你看她平时老跟你对着干，却在你的空间里出现得那么频繁，这不是对你图谋不轨是什么？你真不想报复一下她？你可要清楚，苏娜可是记者部唯一一个和你明争暗斗的人！将来她一定会是影响你升职的最大威胁！"

我慢条斯理地夹起一只虾仁放进嘴里，嚼了几下："那就竞争呗，谁怕谁？"

米斯看我不屑一顾的样子，撇了撇嘴："我劝你别小看她，论能力，她不比你差，而且关键是她又比你会在领导面前来事，争过她可不是一件简单的事！你看她每天那副趾高气扬的样子，自信得都忘了自己姓什么了！还有她的 QQ 签名，不是什么山高我为峰，就是什么要做就做最好！膨胀得简直要爆炸了！"

我先是笑了一笑，在略微沉思了一下说："你说得不错，但我会努力的。我相信只要我坚持不懈地努力下去，就一定会取得成功，我相信这世上还是有公道的。"

"公道？我看你是在开玩笑吧。"米斯一脸不屑地说，"就你，还单纯，相信什么公道！那你说，你受人陷害这算不算公道？"

我不说话了，埋头继续吃饭。

贵　人

米斯继续对我进行"职场教育"："你都在报社工作快一年了，还不了解公司里的情况？能力很重要，但人际关系更重要！你没见咱们公司，人际关系复杂的都快赶上中东局势了！都怪你读了三年研究生，我看你是读书读傻了！"

我扒拉完最后一口饭——这是读书时养成的良好习惯，用纸巾擦擦嘴，问米斯："新光传媒集团的人际关系真像你说的那么复杂？"

米斯冷笑了一下："你还别不信，我听说了，几乎公司里的每一个想要往上爬的人都有靠山。有了靠山你才能了解集团高层的人事动向，有了靠山你才能在平时的工作中拥有更多的表现机会，关键是有了靠山你的努力和成绩才会被上面的人看到，否则你就一辈子默默无闻吧！所以说除非你不想升职，只要你想，就得找个大树，背靠大树才能好乘凉嘛！"

我噘噘嘴："我一个柔弱小女子，能找什么大树啊？"

米斯消灭了盘子里的所有虾仁，剩下一半盘米饭，就不吃了。她每次都这样，我每次都批评她浪费粮食。

她擦擦嘴，喝了口水，摆出一副"高人指点"的架势："充分利用你身上的资源啊，咱们公司的核心领导可都是男人，是男人就会有弱点，女人就是男人的弱点，你抓住他们的弱点，找棵大树那还不容易？"

我脸红了："你说什么呀？难道让我去勾引他们？"最后几个字我声音放得很低。

其实我在心里有一瞬间是想到了任平生的，他的那种略带忧郁的外形气质和低调沉稳的行事风格，都让我很着迷，而且更让人难以想象的是他居然来过我的QQ空间，难道他在偷偷地关注着我？

想到这里我就又喜悦又紧张,但是为了升职去勾引这样一个自己有好感的人,这样的事情,我是一定不会做的。

我拿起沙发上的小包,站起来说:"好了,我的职场心理专家,今天的课就上到这里,我们去东莞电子城看看电脑行不行?"说着拉起米斯就往外走。

出咖啡馆的时候,一个男人和我们俩打招呼,米斯一副阴阳怪气的腔调对着那个男人说道:"杨大少爷,原来你也在这啊,最近又瞄上谁了呀?我可是善意地提醒一下你,你要玩你的爱情游戏尽可以去找那些玩得起的上了道的女人,不要饿狼扑食地见谁都咬,有的人没经过世面,心里面干净,你可别去招惹,要不然我可不放过你!"说完狠狠地瞪着他。

原来这个人就是杨松!我看他觉得有些面熟,突然想起来,我们以前是见过一次面的,那是在公司的一次"网络媒体前瞻交流"大会上。我还记得当时杨松刚好坐我和苏娜中间。当时杨松对苏娜很热情,但苏娜则显得相当冷淡,杨松在苏娜那边碰了钉子才转向与我交谈。互相介绍时,杨松说公司网站包括《快报》的网站都是他领导的团队在维护,以后有网络方面的问题可以找他。他还给了我一张名片,只是我当时刚来公司不久,还没听说过关于他的风流韵事,以为他不过是个爱和美女搭讪的网络技术员,当时也就没多加理会,名片也是随手就不知道放哪去了,后来听人们说起杨松,也对不上号了。而现在想到关于他的一切和他对自己的关注、兴趣,心里不免感到一阵紧张和慌乱。

听完米斯的警告,杨松有几分尴尬,他知道米斯指的是我,却假装没听懂她的意思,很轻松地笑道:"米小姐,好久不见,您的这张嘴还是这么厉害,听说你现在找到了一位IT界的成功人士做

贵 人

男朋友，怎么言行举止还是像个疯丫头一样，不知收敛啊！"

我见杨松和米斯眼看就要吵起来，害怕事情闹大，于是和杨松打了一下招呼就赶紧拉着米斯离开了。

米斯本来想借机质问杨松几句，弄清楚他对我到底有什么企图，但见我一脸紧张窘迫的表情，也就没有多说什么。

走出咖啡馆，米斯难得地安静不说话，好像气还没有消。走在东江边的人行道上，看着来来往往的不断发出鸣响的货船，我也感到心情很糟，望着阴沉沉快下雨的天说："这算什么事啊？我以后该怎么办啊？"

米斯好像突然想到了什么，不怀好意地笑着我说："妹妹别担心，有姐姐在呢！那杨松不是爱玩吗，咱们就陪他玩！说不定这还是一棵不错的大树哦，赶紧地，别让别的妖精给抢走了！"

我假装生气地掐了米斯一下："你说什么呀，他是个花花公子，我怎么能跟他……"米斯一边尖叫一边大笑说："姐姐轻点，这可是人肉，我是说陪他玩，又没说真的跟他在一起，再说这杨松人帅心好，背后又有老爹可以靠，你把他收服了，前途肯定一片光明，更加重要的是，他可是网络高手，说不定还能让他帮你对付苏娜呢，你就等着得意吧！"

我听不出米斯是在说真的还是开玩笑，只是觉得心里烦，装作不理她一个人沿着江堤往前面走去，米斯一边继续说笑，一边追上去。

晚上，窗外下着雨，城市里被洗干净了的湿润空气从玻璃窗里飘进来，闻起来有一种甜丝丝的清香。我听着 QQ 空间里的音乐——秋之语，看着主页上闪烁着的花瓣和天使，托着桃子一样粉嫩的下巴陷入了沉思：难道米斯说的都是真的吗？一个人想要在事业上有发展就必须得有自己的靠山吗？难道只凭借实力一个人就真的不能成功吗？

任平生会喜欢我吗？他那么冷酷，那么成功，而我不过是个小记者，而且又这么孩子气，他一定不会喜欢我的，那他干吗来我的空间呢，也许不过是想了解一下手下的员工罢了，是自己想太多了；那么杨松呢，他是真的爱上我了吗？

我突然敲了一下自己的头，自言自语道："看你都在想些什么啊？都怪米斯，说些什么疯言疯语的，不要管了，你只要做好自己就行了！"于是终止了自己的胡思乱想，并在自己的QQ签名上写道：夜很黑，梦很亮，我会快乐的，晚安地球人。

日志9. 被开除的真正原因

这天一上班，我就听说紫苓被公司开除了。

这是我进入公司以来第一次亲眼看见同事被炒，心里不免感到几分惊疑。

紫苓个子不高，长得却很是乖巧伶俐，和我一样是典型的南方女孩。据说她的家庭环境很优越，她常挂在嘴上的一句口头禅是：把工作当休闲，把休闲当工作。她也跟米斯一样是办公室里的逍遥派，对工作没多大追求，只求混个日子。

一开始，大家都认为是由于紫苓平时对工作不上心，上稿量一直排在最后，才会被公司淘汰出局的，

一向喜欢对此类事情发表看法的百合端着一杯热气腾腾的茶，慢悠悠地边走边说："看来还是那句话说得对——今天工作不努力，明天努力找工作。紫苓那样的工作态度，依我说早该把她清理了，

贵　人

你们看看她哪天稿子不迟交，而且那稿子的水准，那不是敷衍是什么，她在这里，只会破坏我们公司努力上进的良好氛围。"

所谓兔死狐悲，紫苓走了大家都有几分难过，而百合居然这样落井下石，大家都很反感，谁也不愿搭理她，只有米斯忍不住一拍桌子站起来对着百合大声说道："你有什么资格说紫苓，一个整天只会说东道西的是非精，对了，还是个势利鬼，紫苓在的时候你不还常蹭她的车吗？枉人家还叫你一声姐呢，人家才刚走你就大义灭亲了？说她工作不上进，你自己又好多少？你要是把那些说同事闲话，拍领导马屁的功夫都用在工作上，石总升迁的时候也不会像甩包袱一样地把你甩到这里来了！"

米斯的一席话说得百合又羞又愧，快四十岁的人了这会儿脸却红了大半，在场的同事都听得爽快解气，都看着百合怎么回应。百合虽然平时伶牙俐齿，但这会儿自知理亏又遇上了个气场一向很强的米斯，竟然无言以对，端着一杯茶站在办公室中间，进也不是退也不是，十分难堪。

我见状赶紧出来解围，一把拉过米斯："你激动什么呀，出来！我有话对你说！"

路过百合时米斯还不忘狠狠地瞪了她一眼。

到了办公厅右边的阳台处，我和米斯坐在了花坛旁边设计成香蕉型的椅子上，此时正当五月，花坛里的玫瑰开得正艳，一旁的紫藤也攀缘着花架热情洋溢地释放着生命的美丽和芬芳。

虽然同事们都说紫苓是因为怠慢工作才被公司开除，但我总觉得还另有隐情，尤其是听米斯说紫苓发现了梵高和苏娜的关系以后。于是我想问问米斯。

米斯说紫苓被炒是迟早的事，因为她看到了不该看到的事情。

几天以后，关于紫苓被炒的真正原因就开始在公司里被同事们热烈地讨论起来。

公司里有个"闲来无事"讨论组，发起人就是好管闲事的百合，在她的热烈邀请下我也加入了其中，没事的时候大家就在里面谈论一些与工作无关却与同事有关的八卦新闻，谁买房，谁结婚，谁父亲死了都会被讨论。而今紫苓被炒，当然会成为当下的话题中心。

有人说，紫苓被炒并不是她工作不努力，公司里像她一样疲于应付工作的人多了，为什么偏偏炒她的鱿鱼呢？

这个问题一提出来，就启发了所有人包括我的思路：是啊，为什么偏偏是紫苓呢？

有人说紫苓发现了某个领导的秘密，这让我立刻想到了梵高和苏娜。但我没有在讨论组里说什么，在越来越感到职场的规则以后，我越来越懂得"沉默"的重要性。

紧接着又有人说紫苓这是在代人受过。但这仅仅是个说法而已，至于她是在替谁受过，为什么而受过，则一无所知。

又有人猜想，会不会是紫苓得罪了哪一位高层领导？但是怎么得罪的，却没有人拿得出一个清楚的说法。

讨论了半天，紫苓被炒的真正原因却仍然是一个谜。

短短的几天里发生了这么多事情，先是我的QQ密码被盗，日志被共享，接着又听说了苏娜和梵高的私情，如今紫苓又神秘地被开除。这一个接一个的打击和震撼让我感到极度地苦闷和彷徨，为什么职场世界里会存在这么多的阴谋和争执？自己只不过想好好地做一个记者，只不过想要通过努力来证明自己，难道这样的愿望也算奢侈吗？

贵　人

我在 QQ 里和自己的大学老师——教新闻传播学的古老师聊起了自己心里的烦恼。

古老师告诉我，职场社会拥有着一套与学校全然不同的游戏规则。在学校里大家的关系是老师同学，没有利益冲突，所以人与人之间是依据兴趣、爱好、性格等非功利的因素形成各自的人际圈，这是最单纯也最快乐的人际交往；而在职场社会中就不一样了，那里机会利益是有限的，于是产生了竞争，有了竞争自然会出现明争暗斗，而人们为了加强自己的势力自然会拉帮结派形成一种以利益为目的的人际网络。

我明白古老师的话，这些"残酷现实理论"其实早就在书里读到过在电视里看到过，但是如今自己亲身经历了，却又是另一番感受，一种极度绝望无助的感受。

我跟古老师说到了紫苓被炒的事。古老师问我是否还记得他曾经在课堂上讲过的"历史话语权"理论。

我记得，那是古老师自己命名的一套理论，其实道理并不新鲜，意思就是在每一段历史进程和每一种社会区域或集团组织内，都存在着一个权力中心，这个权力中心掌握了绝对的话语权，他书写着历史，左右着社会，主宰着集体，而这种权力中心影响力模式存在于任何具有人类的历史和社会，大到国家世界，小到公司家庭。所以这次紫苓被炒就是一次权力中心发挥影响作用的结果。

我更加感到世界的残酷了，为什么会这样呢？紫苓根本没有错，难道就是因为得罪了权力中心就要接受这样严重的惩罚吗？那些位高权重的权力中心者为什么不用他们的影响力去带领他们的集体甚至整个社会走向更光明的所在，而是要用这些权力在那里做一些无休止的内部角斗和倾轧，甚至是欺负一些因为不小心冒犯了他们的小人物。

  见我灰心丧气，古老师赶紧发过来一个表示安慰的图片，是一只可爱的大白兔的温暖拥抱。并接着安慰我说：社会就是这个样子。勇敢一点，坚强一点，去理解并掌握职场的游戏规则，去克服困难，去战胜自己。当然不要遗失自己的本性和道德底线，这世上仍然存在着一些在事业上很成功却依然保持着自己的灵魂和人格的人，这样的人才是真正的成功。好好干吧，果果，你有写作的天分，性格里又有一种柔软却又很强韧的力量，这样的素质是非常可贵的，老师相信你一定可以成就你的事业，成就你的人生的！

  老师的这一番话就像黑夜里的火把，给我低落的心灵带来了新的希望和力量，我深深地吸了一口气，脸上又重新写满朝气和自信，我对自己说："果果，不要害怕，不要退缩，别人可以成功，你也一定可以，不要管周围环境多么复杂，勇敢做你自己，坚持你的本心，你是最棒的！"

  我发给了老师一个微笑的表情，并且写了一句话：老师谢谢您，我会好好的，我知道该怎么做了，我不会倒下的！

贵　人

主体（一）：职场哲学

日志 10. 花花公子的爱情哲学

　　第二天，我一到公司就听说了公司要调整《快报》中层的消息。说是考虑到《快报》的长远发展，需要吸纳一批年轻人到中层的岗位上来。

　　我意识到，这才是自己被暗算的一个重要背景。

　　看来米斯说得没错，有人在和我暗中较劲，而且采取了拿不上台面的手段。树大招风。谁让我在记者部风头正健呢！

　　我从小就痛恨暗地里使绊子的小人，但这种人在任何地方都存在。我知道，当务之急，是尽快消除此事的恶劣影响。

　　这天一上线，我发现自己的好友里面多了一副新面孔：白杨青松。"这不是杨松吗？他怎么可以不经过验证，就直接加入到我的好友名单里呢？"我心里一阵发毛，几乎吓出一身冷汗。看来这个杨松果然是个电脑高手，而且真的对自己很感兴趣，我想到米斯说的那些关于杨松花心的话，立刻感到有几分紧张和害怕。自己该怎么办呢？是应该对他置之不理，实行"完全拒绝"政策吗？但是杨松位高权重，后台又硬，自己这样冷遇他会不会遭到他的打击报复啊？是应该接受他的追求吗？但米斯说了杨松是个花花公子，那跟他在一起也不会有好结果啊？

　　正在这个时候，我的QQ开始不停地闪动，会是他吗？我感觉此时自己的心脏就像那只QQ企鹅一样迅速地高低起伏地跳动。我小心地点开QQ图标，发现果然是"白杨青松"发来的信息，是QQ表情里的一朵玫瑰。虽然米斯早就提醒过，杨松可能会追我，我自己也预想过这样的状况，但是现在事情真的发生了，我还是觉得有些心灵震颤和手足无措。我想向米斯求救，但米斯不在办公室，打电话给她也不接，估计是跑新闻去了。我急得手心直冒汗。这时候杨松又发过来一条信息，是一个表示疑问的QQ表情。

　　我有些发慌，犹豫了半天才发过去一个微笑的表情。

　　杨松立刻回复道：你跟米斯是好朋友？她一定说了我不少坏话吧！

　　我想这人还不算笨，想了想，写下了：她为什么要说你坏话呢，难道你干过什么坏事不成？

　　杨松停了几秒钟输入了几行字：我从小到大做事都是随心所欲的，我是自由主义者，我喜欢想干什么就干什么。比如爱情，爱就是爱，不爱就是不爱，爱的时候我会投入一切，但如果爱的感觉没了，我就会终止这段恋情，没有爱还要在一起，那是感情欺骗，是不道德的行为。

贵　人

虽然杨松是在为自己的花心辩解，但我竟然忍不住在心里有几分认同，他的那份对于爱情人生的坦率和潇洒，深得我心。

我回复道：但是爱情是两人的事，爱的感觉也是两颗心的感觉，如果你不爱了，而对方还爱着，你就放弃了那这对对方岂不是不公平。

杨松又思考了片刻回道：我是一个真诚纯粹的人，也是一个自私的人，我没办法违背我的真实感受，我没办法对一个我不爱的人说我爱她，我知道我伤害过很多女人，我只能对她们说对不起。

我不知道该说什么，但是不知道为什么突然之间对杨松产生了一种同情之感。

杨松紧接着敲过来一句话：知道你碰到了烦心事，我可以帮你渡过这个难关。

我问他：帮我？你有什么办法？

对方回答：我可以立即删掉那个共享文件。

我想了想说：删掉也没有用啦，大家都看到了！

对方笑笑：不是所有人都看到过，我们公司的大多数领导上QQ的次数并不多，只要我把文件删掉，他们就不会看到。

我心里很高兴：那就有劳你了！帮我删掉吧！

对方回答：没问题，我现在就删。删完了，你要请我吃饭。

我说：好。一定会好好感谢你！

几秒钟不到，我再去群共享文件查看，自己的隐私文章果然消失了。

杨松帮我祛除了一块心病，我的心情顿觉舒畅起来。再看办公室的同事，似乎也都变得顺眼起来。

我约杨松中午吃饭。杨松回说：晚上我请你吃吧，在马克西姆餐厅。

马克西姆餐厅在东莞市政大厅旁边,离公司大楼有三四站的距离。走过去也就二十分钟。

我到达餐厅时,想让服务生给找个靠窗的桌子,忽然听到有人在叫自己的名字。我顺着声音望去,是杨松,正在对我招手呢。原来他早到了。

我笑笑:"今天还是我请你吧,你帮了我一个大忙,理当我请你,下次你再请我。"

杨松很认真地看着我,像一个车手看着自己的爱车那样,说:"举手之劳的事儿,别放在心上。第一次吃饭,让我请你吧。以后你有的是机会请我。"

我笑笑,算是答应了。

杨松接着说:"我一开始发现日志共享的时候,就想和你联系。我猜这种文章肯定不是你主动传上去的,肯定是哪里出了什么问题。"

我脸色微红:"我遭人算计了,有人盗用了我的QQ密码,把我的日志上传到共享文件了!"

杨松点点头:"以后小心一点儿。对了,听我爸说这次公司要搞一次竞聘,这次公司竞聘你也会参加吧?"

我知道杨松是杨高容的儿子,本想借此机会从他那里打探一些公司竞聘的消息,没想到杨松一开口竟然提起这件事,和我脑海里正想到的事一模一样。

见杨松提起杨高容,我趁机说:"我还没想好呢。杨总平时很忙吧?我们这些在他手底下当小兵的总见不着他的面。"

"他是挺忙,每天很晚才回家。他现在主要抓公司的人事工作,

贵　人

《快报》那一块，主要是任总在抓。所以，你们见不见他无所谓。"

我听出杨松话里有话，只当没听懂，继续问他："人事工作最复杂，也最重要，可见杨总在公司里的威望很高啊。"

杨松点点头："他在公司里面，算是老资格了，不然徐总也不会这么信任他，让他掌握公司的人事工作。在其他单位，人事和财务一般都是一把手亲自抓，但徐总比较超脱，把权力下放了。这也许和他不久就要退居二线有关。让手下人有责有权，这也是新光传媒迅速发展的一个重要原因。公司高层没有斗争，中层活力巨大，这一点保证了公司的良好发展。"

对于公司高层动向，我此前只是从米斯那里了解一些。我一开始对此并不关心，米斯告诉我，要想升职，必须关心公司高层动向。米斯说过：不了解领导意图的员工，永远都不可能得到升迁。

我隐约感觉到，杨松这次主动给自己帮忙，其背后的目的似乎并不简单。

但他又想从自己这里得到什么呢？

这时，服务生上菜了。我看它的第一眼，还以为它是牛排。

是牛的脸颊肉，杨松说，脸上带着颇为得意的笑容。那笑容充满自信。好像一个考了好成绩的小孩带了成绩单回家，等待父母赞美那样。

可是我的表情太不捧场了，于是杨松鼓吹道："我们切一口来吃吃看吧。"

我见杨松一刀切下去，真的被吓了一跳。根本不像在切一块肉，而是像在切一块棉花那样，一点阻力都没有，本来以前切牛排要花一点力气的，想不到整块牛肉就这样被轻轻一划的划开来，老实说，光用筷子就可以毫不费力地把它划开。

杨松将一块肉放到我盘子里,笑吟吟地说:"吃一口,再喝点儿红酒。"

我尝了一口,一口浓郁的酱香溢满口腔,再搭配红酒真是过瘾。

"好吃吧,整块肉嫩到一个极限了。"杨松语气有点感伤地说。

我故作优雅地笑笑,好像一下子不知道该如何反应这时的情绪。

"要努力地享受工作和人生,把每个明天都当成世界末日,努力活在今天。"杨松喝了一口酒后,感叹道,"我知道有些人心底的空虚寂寞是难以被理解的,他们把心力投入在工作之后,看来拥有的比一般人多,却也更难以被满足了。"

我实在找不到更好的话题,信口说道:"那我送你四个字吧。"

"哪四个字?"

"人—生—如—梦。"我一个字一个字地慢慢说。

这句话惹来杨松一场大笑。

"不错,我们唯一该做的就是去享受和感受每一个当下。梦境终于会过去,人生也是。来,为我们第一次约会干杯。"杨松先干为敬。

"为我们最后一次约会干杯。"我俏皮地说,接着一饮而尽。

日志 11.QQ 里出现了一个陌生人

这天一上班,米斯给我转来一篇紫苓写的 QQ 日志,这篇日志交代了紫苓被炒鱿鱼的真正原因。日志是这样写的:

我终于被他炒了!!!

早就知道会有这么一天!这条色狼!自从我进入公司

贵　人

的第一天起他就盯住了我！他以为我是个随便的女人！可惜他那双狗眼看错了人！

日志写到这里就没有了，但这些文字足以说明紫苓被炒的真正原因。她在日志中说的那个"他"会是谁呢？

从紫苓的文字以及他拥有对员工生杀予夺的权力可以看出，这个人一定是公司的某位领导。

这是哪一位领导呢？

我正在思索之际，一个QQ昵称为"烟雨江南"的陌生人发来信息：离杨松远一点！

我愣住了，这个神秘兮兮的人是谁？他怎么知道我和杨松的事儿？我的QQ设有身份验证，我想不起是什么时候让这人通过身份验证的。

我猜测这个神秘人物可能就在身边，不然他不会这么了解自己的一举一动。

于是，我试探着问他：你是谁？干吗加我QQ？

"烟雨江南"没理我。

我有些生气，这是什么人哪，偷偷摸摸加进人家的QQ不说，还这么傲慢！干脆，我删了他！

这样想着，还没动手呢，对方又发来一句话：你不要管我是谁？你听我的话没错。杨松那小子背景很复杂，你最好不要和他发生任何联系！

我有点儿不服气：我干吗要听你的！我又不知道你是谁？

"烟雨江南"说：你当然可以不听我的，但我的话都是为了你好！人啊，就是这样，不一试究竟，绝不甘心相信真理。

我无语了，不知道这人的真正用意是什么。

我暂时把这个名叫"烟雨江南"的人保留在了好友里面。

公司内部渐渐传出了管理层要局部调整、竞聘的小道消息。按照往常的经验，小道消息从来都比大道消息来得准确。所以，米斯提醒我要早做准备，争取不鸣则已，一鸣惊人！

我有心竞聘记者部主任一职，但很担心自己的资历太浅。毕竟工作才刚满一年，虽然这一年我的业绩很突出，但在人脉资源方面却并不理想。

这几天，报纸的娱乐版头条都被我成功把持着。那个韩国明星自杀的连续报道，已经挖出了娱乐圈潜规则最隐秘的部分。读者的胃口天天在那里吊着，都每天眼巴巴等着看我采写的最新消息。

为了挖到独家新闻爆料，我通过朋友的关系，设法在QQ上联系了韩国的一位记者同行，委托他搜集第一手资料。这位外国同行，不负所望，源源不断地给我传来文字资料和图片。有了这一可靠便捷的消息源，我每天都不愁发稿。

那位韩国记者还给我推荐了一个英文网站，凭借扎实的英语功底，我轻而易举地得到了许多新闻线索。

这一切，都给我增加了不少竞聘的信心。

这天，杨松终于又露面了。他在QQ上给我留言：

电影《将爱情进行到底》即将上映，据说是"80后"爱情鸡汤，我可不可以请你去品尝？

我将此留言复制给米斯，米斯迅速回了一个笑脸：咋样，我说吧，只要他主动走出第一步，就还会主动走出第二步！你先答应他，回头我再详细给你支着。

我回复杨松：我正想去看呢，听说拍得不错！

贵　人

等到下班，我和米斯又来到东江边的左岸咖啡馆，米斯给我面授机宜："杨松约你看电影，明摆着是要和你谈恋爱。你喜欢他也好，不喜欢也罢，一定要充分施展好自己的摄魂大法。即便是当作一次演习，也要认真对待！这对你在公司的发展只有好处没有坏处！还有就是要记住，电影厅光线比较暗，进去坐的时候一定要坐在他的左边。这样，既可以用眼睛的余光观察他，也可以减少他碰你的机会。"

我点头如鸡啄米。

我笑着对米斯说："I 服了 YOU！掌握这么多'尖端科技'！"

米斯笑笑："姐可是过来人，男人那点花花肠子我可都懂！"

愣了一下，米斯又说："对了，你那天告诉我杨松是电脑高手，还教你怎么设置 QQ 密码，我突然想到你 QQ 被盗的事儿，不知怎么就把这事儿和杨松联系在一起。你要留个心眼儿，咱们到现在都不知道到底是谁在给你捣乱呢！"

我点点头，脸上飘过一片阴云。

米斯提醒得没错，从理论上讲，现在公司内部的所有电脑高手都可能是 QQ 密码的盗取者。苏娜是最大的怀疑对象，因为她和我之间存在着竞争。杨松这样的人也不能排除，因为同样是在一个公司。而且他恰好出现在我的 QQ 密码被盗之时，这一切，是否有什么联系？如果有联系，杨松的目的又是什么？我只是公司报社的一个普通记者，而杨松是公司的中层人员，我们之间并不存在什么利益之争。

大地数字影院是东莞视听效果相当不错的影城，放映厅内安置了超宽超大座椅，所有座位完全按照人体工程学设计，前后两排间隔很大，保证了高品质的观影需求，同时每个影厅都为情侣们设置了豪华情侣座。

我在看电影的时候，一再观察试探杨松。

但杨松表现很轻松，既没有表现出过分亲昵，也没有什么不自然。他谈笑风生的样子，让我不得不相信：他只是为了请我看一场电影。

看过电影，我们一起去吃巴西烤肉。

吃烤肉的时候，杨松告诉我，公司内部马上就要调整了，这是一个机会。

我点点头，没作声。我可不想过早地霸气外露，这个时候，只能谦虚谨慎。

杨松继续说："你有没有竞聘的打算？如果有，要早作准备。"

我笑笑："我哪有那个实力啊，公司里藏龙卧虎，我才工作一年多，哪有什么优势？"

杨松摇摇头："只要工作业绩突出，谁都有机会上来。我们公司的领导层在这方面都有原则，这是公司这几年保持良好发展态势的一个最大原因。尤其是徐总，他经常说的一句话就是电影《天下无贼》葛优说的那句台词：二十一世纪什么最贵？人才！"

杨松说得声情并茂，我笑出声来。

杨松说："你别不当真，我说的都是客观情况。还有你们副总任平生，都是很注重人才的人。所以，只要你有能力，公司是不会埋没你的！新光传媒是开放经营管理的大型公司，绝对是人才的用武之地。"

杨松这一番话，我听了心有所动。杨松是杨高容的儿子，公司的一些高层信息自然会知道不少。如果能够借助一下他的力量，将更有利于我在公司的长足发展。

这个念头在我的脑际盘旋着。

我想起刚看过的电影,忍不住为自己产生这个念头而羞愧,进而叹息:"哎,电影毕竟是电影,那都是些易碎的艺术品,只有生活才是真实的,才是最可靠的!"

不过,如果真如杨松所说,公司唯才是用的话,我是要努力试一把的。在职场,最重要就是要不断地发展自己,要不停地升职。只有如此,才能掌握更多的资源,拥有一个更加美好的未来。

日志 12. 这个神秘人物到底是谁

升职需要资本。

资本一方面来自工作业绩,另一方面来自人脉资源。从某种意义上来说,后者比前者更为重要。

公司最近的一次先进评比让我充分认识到了这一点。

先进工作者评选是公司每年的既定项目,凡是被评选上来的员工,公司会大张旗鼓地表彰,并给予奖励。这不仅是对个人工作业绩的肯定,更是积累升职资本的难得机会。

今年的先进评选记者部只有一个名额,这就意味着记者部只能推举一个候选人,包括部主任梵高在内。

不论是看工作业绩,还是看工作年限,办公室里的每个人都有资格评选。但名额只有一个,今年的先进工作者会是谁呢?

与往年不同的是,今年先进工作者评选正好赶上报社干部调整。先进工作者给了谁,谁就多了一点升职晋级的资本。

我决定努力搏一搏。

既然下决心要参与干部调整竞选,那就必须为竞选积累更多的资本。往年的先进可以不争,今年的先进必须争!在这一点上,米斯非常支持我,她说:"至少我可以投你一票!你还是很有希望的!"

但结果并不像想象中的这么乐观。

为了评选今年的先进工作者,部主任梵高专门召集了一次部门会议。

会议一开始,梵高煞有介事地读了一遍公司关于评选先进工作者的文件,然后说了一大通在荣誉面前要发扬风格互谦互让的空话,最后请大家提名。

我本来以为梵高会让大家直接无记名投票,没想到会采取提名的方法。虽说投票和提名都是民主推荐的方式,但其内涵却大不相同。

投票是暗中的,大家可以随便投,投自己也无所谓,反正是不记名,这种方式更民主,更能体现出民意来。提名就不一样了,这是要当着大家的面说出来的,一般来讲,谁都不会自己提自己的。这样的一个结果就是领导说了算,领导提出一个名单出来,大家附和一下,就算通过了。

梵高要大家提名,明显是想自己一手遮天,掌控住局面。

除了苏娜,办公室里的其他人对此都有意见:张姐目光呆滞地端着茶杯;百合小声嘟囔着;林絮嘴撇得老长;钟灵牙齿紧咬着嘴唇;米斯不时地翻着白眼;至于我,则干脆低下了脑袋。

我知道,这次的先进肯定是不会属于自己了。

一阵沉默以后,梵高咳嗽了一声:既然大家都不提名,那我就提一下吧。说到这里,梵高故意停顿了一下,见大家还没动静,就又咳嗽了一声:"这一年来,除了被炒鱿鱼的紫苓以外,大家的工

贵　人

作做得都不错，都相当努力，成绩也是明显的。作为记者部的主任，我很欣慰，也很感谢大家。这一年来，苏娜的工作业绩尤其突出，我看今年的先进就把她报上去吧。对此，大家没有什么意见吧？"

下面一片沉默。

过了一会儿，富有心计的林絮第一个表态："我支持梵主任的提议。"

林絮一表态，其他人就不好再说什么了。

我心里一阵委屈，强忍住泪水。

米斯想站起来，被我拉住了。

散会后，米斯直抱怨自己："我真没用，为什么没抢先提你的名字呢！"

我苦笑："你提了也没有用！"

米斯无奈地叹了口气："这下你就失去了一次积累升职资本的机会。"

我点点头："没关系，我会更努力！不会轻易放弃升职的任何机会的！"

我早就知道，在公司里，职位和地位成正比，官阶越大职位越高拥有的资源越多，工作越是如鱼得水，拿到的薪酬也越多。为了活得更好，让自己的人生更有价值，我决定抓住一切可以升职的机会，来改变自己的处境。

这天，陌生人"烟雨江南"又给我留了言：别在时机不成熟的时候过早暴露自己的实力！这次公司调整，一切都是暗中操作的，你最好不要有什么非分之想。当然，如果你愿意展示一下自己的风采，那也不是不可以，但你最好不要抱什么希望！不然，希望有多大失望就会有多大!

我懵了。

这个"烟雨江南"究竟是谁?他怎么会如此了解公司和我的情况?

我明白,记者部有许多人在盯着我,自己的一举一动都会引起别人的注意。原因很简单,我工作业绩很突出,发的稿子最多,上头条的次数最多,拿到的薪酬和稿费也最多,这些,都可以成为同事羡慕嫉妒恨的理由。

更可恨的是,我在取得这些业绩的时候,是毫不费力的,几乎是在玩中就解决了所有问题。我熟悉这个城市里的几乎所有娱乐明星的经纪人,并且和他们保持着良好的关系。我可以不费吹灰之力地拿到独家采访权。

我目前的事业状态,可以说已经形成了一个良好的循环态势。我拿到的独家采访愈多,写出独家报道的稿子愈多,上头条的机会愈多,名气也就越大。反过来,我的名气愈大,认识的明星经纪人就越多。如此往复循环,我掌握着别人无法攀比的明星资源。这些资源加上我对网络的充分应用,使得我有迅即成为娱乐记者圈大姐大的极大可能。

而这些,必将反过来促进我的工作。

同事们嫉妒就让她们嫉妒去吧,反正我是要勇往直前!

这就是我的奋斗宣言。

我决定不去管这些了。

杨松的消息的确可靠。公司已经在办公网上发出调整中层的通知,通知说,公司将试行干部人事制度改革,以进一步优化公司的人才资源。为保证这次改革的有序开展,公司决定先在《快报》搞试点。《快报》的全体中层管理就地全部卧倒，重新竞岗聘任。聘任面向全体正式人员，注重工作实绩，绝对不搞论资排辈。

我意识到自己升职的机会来了。

通知发出的第二天，公司召集全体人员开大会，宣布竞聘事宜。公司高层领导全体出动，表情严肃地端坐在主席台上。

大会一开始，全体起立，唱公司团歌。唱歌毕，公司董事长徐浩发表讲话，强调了此次公司中层的调整重大意义，用他的话来说，此次调整关乎公司的未来发展，关乎每一个员工的利益。他希望全体员工都来关注支持参与此次改革，让更多的管理人才涌现出来。

公司开完大会，《快报》社又紧接着开了个小会，全体编辑记者参加了会议。杨高容和任平生分别做动员讲话，宣布成立竞聘领导小组。此次竞聘由徐浩亲自担任领导小组组长，杨高容和任平生担任副组长，具体领导这次竞聘工作。

看到这个阵势，我心中暗喜。我不害怕公开竞争，最担心暗箱操作。如今，公司以如此透明的态度进行中层竞岗，正符合我的本意。

让我更加窃喜的是，从杨松那里得知，新闻部主任梵高原地卧倒以后，将不再竞聘记者部，他提出竞聘编辑部主任。如此一来，记者部主任位置彻底空闲出来。按照以往经验，记者部主任这个位置就是留给那些工作业绩突出的新人的。

这边一散会，米斯就拉住我的胳膊，叮嘱我一定要站出来拼一把。

我作心虚状，说："你觉得能行吗？"

米斯脖子一梗："怎么不行？我看你行你就行！比神州行还行！"

一句话说得我直乐。

米斯鼓励我说:"由我做你的竞聘顾问,你放心勇敢往前冲!"

我点点头,"从今天起,学习美国总统奥巴马,轻装上阵,改写历史!一切皆有可能!"

米斯拍拍我的肩膀,"这才对嘛。"

我俩说着话,回到办公室,看到苏娜眉开眼笑,神采飞扬,嘴里还哼着《忐忑》。

我和米斯互相看看,米斯脸上不动声色,而我,不知怎么心情一下子就暗淡下来。我很清楚:自己面临的竞争对手也很强大。更要命的是,自己刚刚出过隐私外漏的丑闻,这一点是十分不利的。

我坐在办公桌前,面对着电脑,发呆。

过了一会儿,我看到QQ消息窗口在闪烁,米斯给我发来留言:振作点,打起精神来,你的工作业绩比她强,你怕什么?

我回复:不是怕,是担心。

米斯说:战斗还没开始,我们要全力上阵!

我刚要给她回复,忽然看到一个新的讯息,打开一看,竟然是苏娜,她说:考验我们的机会来了,你一定不要放弃呀!

我愣住了,这个苏娜,发来这个是什么意思?鼓励还是试探?抑或是讽刺?

思考片刻,我决定不管对方出于什么目的,自己都应该表现出大将大度,不能示弱。想到这里,我回复:这么好的机会,我们都不应该浪费!

苏娜回了个笑脸:我们一起努力!

我也回她一个笑脸:祝我们成功!

我把苏娜发来的这几段话复制给米斯,米斯回了一句话:黄鼠

贵　人

狼给鸡拜年，没安好心！

过了一会儿，觉得不过瘾，又写了三个字：假惺惺！

愣了一会儿，米斯又说：你一定要小心她，她是在试探你！摸你的底儿呢！

我回复：我知道，放心好了。

我从电脑前站起来，伸了个懒腰。从现在起，进入一级战备状态！

米斯给我发来一个竞聘演讲稿模板，叮嘱我赶紧照此起草一个演讲草稿。我看了一遍模板，觉得没有什么特色。决定另辟蹊径，写一个能代表水平的演讲稿。

多年的专业学习，加上扎实的写作历练，我的演讲稿写得很顺利。我不但详尽地罗列了自己的工作业绩，还用特别富有说服力的语言勾画出了对记者部主任岗位的理解，并且对以后记者部工作做了展望。最后，当然不能忘了要感谢领导和同事。尽管谁都清楚这是毫无意义的套话，但这种套话绝对不能少。

我揣摩过领导和同事的心思，自己在他们面前不能表现的过于强势，更不能狂妄。在展示出成绩的同时，还要让他们感觉到自己的谦虚。

公司办公网很快公布出了竞聘程序：

第一阶段，公开报名；

第二阶段，公布竞选人名单，并且公布其竞聘职位；

第三阶段，竞聘人在全公司范围内进行竞岗演讲，并回答竞聘领导小组以及其他人所提出的问题；

第四阶段，所有群众对竞聘人员进行投票。领导小组根据观众票数研究决定聘用人员名单及其岗位。

第五阶段，公布结果。

在这些程序当中，最关键的是第三那阶段的演讲和第四阶段的群众投票。如何把握好群众的心理取得他们的认可是最重要的事。

米斯提醒我，领导小组的意见也很重要，必须让他们看到你的优势。她给我支着：设法通过QQ和任平生联系上，请他看一下演讲稿，把把关。以此争取他的支持。再通过杨松，拿下杨高容。这样，可以确保此次竞聘成功。

米斯说的没错，领导小组一共就三个人，徐总本来对自己就很欣赏，如能取得任平生和杨高容的支持，那再好不过。

我说做就做。

在这之前，我很少在QQ上和任平生聊天，不光是我，估计全报社的人没事恐怕都不会找他聊，人家毕竟是领导。现在公司里面流行一句话：要想人生美好，千万远离领导！

因此，我虽然早就把任平生加为好友，但任平生几乎一直处于隐身和离线状态。

我决定先来个声东击西。

我先把手头上的一篇新闻稿发给任平生，请他给斧正斧正。任平生当然不会拒绝属下的谦虚行为，很乐意地给我看了一遍稿子，做了很少几处轻微改动。任平生还称赞我新闻稿写得好，很有潜力。

有了这一次的成功接触，我胆子大起来。

我注意观察了一下任平生的QQ签名，以此判断他的心情状态。

这天，任平生的QQ签名变成了：好一个《春天里》！我由此判断任平生此时心情不错，就试探着问他：任总，我可以参加此次竞聘吗？

贵　人

任平生很快给我回复：理论上讲，公司里的每个员工都有资格参加此次竞聘。

这个回答不冷不热，基本上没有表现出什么立场。

我回了个笑脸过去，问他：那你看我竞聘哪个部门合适？

任平生笑笑：这个要看你自身的特长，你在记者部，熟悉那里的工作，当然竞聘记者部比较好了。不过也不一定，看你自己的意愿了。

任平生这样说，我心里有了数，进一步试探：我写了个演讲草稿，因为第一次写这种东西，心里没有底，你能不能帮着看看？

任平生半天没答复，看样子他在犹豫。

我正着急的时候，终于看到任平生发来一句话：演讲稿不要给我看，你注意点就可以了，就是要考虑群众心理。

任平生虽然没答应看演讲稿，但他能给出一个提醒，这就足以说明他对我的态度了。

我赶紧对他表示感谢。

没想到任平生那边回了句：一颗红心，要做好两手准备。

愣了一下他又写道：凡是参与者都应该抱着这样的心态。

这话让我感到有些迷惑。

任平生的话里似乎包含有其他的暗示。我想了半天：难道他在暗示我退出？

这样想着，我看到QQ窗口又开始闪烁起来，那个陌生的"烟雨江南"又出现了，他对我说：如果真要参与，就要必须做好承受失败的准备！

我看得目瞪口呆。

这个神秘人物到底会是谁呢？

任平生这边没有得到明确答复，杨高容那边又会怎么样？

我决定约一下杨松。

日志 13. 不要放过任何一次机会

这事儿不能做得太明显。

目前，我和杨松的关系仅仅处于比较密切的阶段，还谈不上男女朋友。别说我还没有这个打算，就是有，在没有确定这层关系之前，贸然去让杨松替自己打听情况也不好。但从杨松对我的态度来看，我感觉杨松确实是想帮助自己。不然，他不会提前将消息透漏给我，并且鼓励我积极报名。

就在我犹豫不决的时候，杨松主动约我去打保龄球。我知道这是一个好机会，立即答应下来。杨松让我半小时后在报社门口等他，他开车过来接我。

我上完稿，赶紧去了趟洗手间，简单化了一下妆，抹了淡淡的唇彩，往手腕和耳根后面洒了一点香水，匆匆忙忙去报社门口了。

杨松正站在一辆保时捷跑车旁边，看到我，招招手。我不紧不慢地走过去。迎面看见苏娜，她脸上的表情很严肃，似乎刚刚受到了什么打击。

苏娜疑惑地看了我一眼，我朝她摆摆手，坐上了杨松的跑车。隔着窗户，我看到苏娜愣愣地站在原地，面部表情越来越僵硬。我心里很得意。

一上车，杨松就问我："刚才那个和你打招呼的女孩是苏娜吧？"

我说："是啊，你不认识她？"

贵　人

　　杨松说认识，就是不熟。

　　愣了一下，杨松又说："我刚听说了一件事，和她有关。"

　　"和苏娜有关？那会是什么事？"我警觉地问。

　　杨松不易察觉地笑笑说："反正不是什么好事，有人给公司领导写了一封匿名信，说她和记者部的一位已婚男士有婚外情。"

　　"啊！有这事？"我发出一声惊叹，"怪不得刚才看她那么严肃呢！原来……"

　　这种事可比QQ被盗私密文件被共享要严重得多！

　　我想问杨松怎么会知道这种事，又一想他是杨高容的儿子，知道得多也不奇怪，就没张口。

　　如果这件事是真的，那么现在我就算和苏娜打了一个平手。从负面影响上来说，苏娜的婚外情被揭发比自己的隐私外露性质更为严重。或许，这个事件的出现，会让自己竞选升职重新占据上风？

　　问题是，那封匿名信会是谁写的呢？

　　杨松似乎对这个问题也很感兴趣，他一边开车一边和我交流对这个事情的猜测。他问我："苏娜在记者部是不是得罪过什么人？这种事只有身边的人会知道，我看这事八成是你们记者部内部人所为。"

　　我犹豫着说："没听说苏娜得罪谁啊？她平时在我们部里的人际关系挺好的。"

　　说到这里，我脑海中突然闪过一个名字：米斯。不会是她吧？为了帮助我这次竞聘升职，她铤而走险给写了苏娜的匿名信？

　　我觉得有这个可能。按照米斯的性格，她是什么事情都敢干的！

　　为了验证自己的猜测，我给米斯发了一条短信：听说有人写了一封有关苏娜的匿名信,你知道这事吗?

过了一会儿,米斯回复:有这事啊,是真的吗?太好了!这样,她竞聘就没戏了!你就可以稳操胜券了!

看来,不是米斯。

那会是谁呢?

难道是百合?这次没被评上先进,她很嫉妒?不对啊,要说嫉妒也轮不到她啊。是林絮?不大可能,这个女孩子是最有心计的,她不可能为了这个荣誉而去冒险。张姐?更不可能,她一向是不屑于参与这种事情的。钟灵?她一直努力工作,却一直被排挤,她肯定会对梵高有一肚子的意见。而且她和被炒掉的紫苓是死党,好朋友落马,她自然会有看法。对了,会不会是紫苓呢?她要报复梵高?

如此看来,紫苓最有可能。反正她现在已经离开了报社,不会担心什么。

但她以这种方式来报复梵高,不是太冒险了吗?虽说是匿名信,但领导如果想查,肯定会查出来的。

不管这么多了。目前看来,这对于自己或许是一件好事。

保龄球馆在东莞市中心,开车要大半个钟头。现在是交通宽松时间,杨松把车开得飞快。我称赞杨松驾车技术不错。

杨松笑笑,"这是新车,正处于磨合期,要不我还能再开得快一点。"

我环顾车内装饰,是最新款的豪华型跑车,按照现在的市场价格,这个车没有50万拿不下来。

我问杨松:"你什么时候学的驾驶?车开得这么拉风。"

杨松笑笑:"早就学了,两三年了吧。你要是想学,我教你。"

贵 人

我笑笑："我倒是想让你教我，可是谁来给我发驾照啊？"

杨松得意地说："我一哥们儿在驾校当校长，我这驾照就是托他办的，只要你能考试过关，办个驾照不难。"

我上大学的时候就一直想考个驾照，我的几个同学毕业的时候都拿到了。不过当时考虑到时间紧，就放弃了。现在工作了，时间不是问题了，我想赶紧把驾照拿到手，然后买一辆车，上班开着也方便。第一辆车不要求太好，QQ就行。

想到这里，我对杨松说："那就说好了啊，回头你教我学开车！"

杨松点点头："没问题！咱就用这辆新车，保证一个月内让你开起来！"

说着话，我们来到保龄球馆。

保龄球我此前没怎么打过，只知道这是一个和高尔夫球一样，都是很高雅的活动，也都是城市白领特别喜欢的运动。

目前，我还没有从内心里把自己看作白领阶层，虽然有了一份很稳定且月收入五千元的工作。但白领可不是仅凭工作和收入就可以界定的，作为标准的白领，除了工作、收入，还要在吃喝玩乐方面引领时尚。

我觉得自己不怎么会玩，在以前，这不是一个问题。但现在却是一个很大的问题。对于白领来说，不会玩是一个大缺陷，严重的时候还会被别人耻笑。在这方面，米斯是我的榜样。所以，我把自己现在的状态定位为正在奔往白领的路上。

我明白，高雅和时尚也是需要慢慢学习的。而眼下，杨松就给我提供了一个学习的机会。

这个时间点，保龄球馆里的人不是太多。偌大的球馆里面只有很少几个人，耳边零星地响着噼里啪啦的声响。

杨松从背包里拿出一身米色运动衣，递给我："我前几天在金鹰百货买的，也不知道合适不合适，你去换上吧。"

我脸色一红，杨松真是有心，还帮我买好了运动衣。本来以为不用换衣服的。看来，自己需要好好学习的东西还多着呢。

我说了声谢谢，接过衣服，去了女更衣室。杨松眼光不错，买的衣服正合身，而且颜色也适合。由此可见，这个男人，很有心。

我有了一点被爱的感觉。

从更衣室出来，杨松正站在门口。看到我出来，看了一眼运动衣："怎么样，这衣服还合适吧？"

我点点头："看不出来，你还挺有眼光的。"

杨松笑笑："主要是你肤色身材好，穿什么颜色都好看。"

杨松不失时机不动声色的赞美，让我很受用。

我含情脉脉地看了杨松一眼："你来教我打球吧。"

我们走向室内球场。

因为没有接触过，我对保龄球的打法很不得要领。明明是使劲把球扔出去了，但球老是不走直线，七扭八歪的。

杨松手把手地教我，告诉我扔球的动作要领。这样反复教了几次，我终于打得像模像样起来。此时，我已经满头汗水。

High 之余，我没有忘记正事。在中间休息时，我不失时机地告诉杨松："我准备参加公司这次的竞聘了。"

杨松点点头："好啊，机会难得，要尽最大努力去把握住。在公司，你往上走一步，就意味着你的天地就宽广一些点儿，所以，不要放过任何一次升职机会。"

我笑笑："我知道。可是我没有信心，工作年限太少不说，竞

贵　人

争又那么厉害，我怕这次要当陪练。"

杨松不以为然："当不当陪练那得看你的业绩和'教练'的眼光。你的业绩没问题，所以大可不必考虑论资排辈。至于'教练'吗，我相信他们还是有眼光的。"

杨松没有提出来要去做杨高容的工作，我只好主动点拨："听他们说领导小组那边很关键，最后是他们说了算……"

杨松笑笑："你放心，我爸爸那边我会替你打招呼的。不过，据我所知，领导小组并不是'裁判员'，真正的'裁判员'是全体员工的投票。这一关最关键，所以，你一定要重视。"

我点点头。

我并不清楚自己在同事那里的印象是好是坏。我平时在报社里面从不高调，也没得罪过什么人。除了努力工作，我从不参与任何小圈子里的活动。

我听米斯说过，公司报社内部存在几个小圈子，他们经常以探讨工作为名互相拉拢关系，抱团发展，以维护和取得更多的个人利益。因为不热衷也看不惯这种行为，我从来都是独来独往。所以，我的密友很少，除了米斯，再没有第二个。

不管怎么说，杨松答应帮忙，这就增加了竞聘的胜算。

了却了一桩心事，我玩得就更加 high 了。我逐渐发现，打保龄球是一项可以让人身心彻底放松的运动。虽然胳膊酸痛，但出了一身汗以后，感觉神清气爽，特别舒服。

和杨松一起度过了一个下午，玩得很尽兴。简单冲洗了一下以后，杨松又开车带着我去了东莞美食城。经过这一下午的运动，体力消耗了不少，我们迫切需要一顿大餐。

东莞美食城坐落在郊外，初春时节，正是郊游的好时候。

没等杨松发出邀请，我就主动要求："哪天，我们一起去野餐吧。"

我的主动让杨松有些意外，更让他高兴。这是一种暗示。说明我对他有了好感，愿意和他接近。

作为恋爱中的情侣，谁都明白"野餐"意味着什么。在青草萋萋的大自然中，一对男女自由自在地嬉戏谈笑恻恻缠绵，那是多么温馨浪漫。

杨松嘴角浮出一丝笑容。

最近几年，这个城市里的人忽然都喜欢上了烧烤。在东莞美食城，到处都是露天烧烤摊。对于烧烤，我态度比较复杂。一方面也喜欢吃这个东西，特别是自己动手烧制的感觉很惬意；另一方面，烧烤污染严重，更主要的是这不是一种健康饮食。

据说烧烤吃多了可以致癌，对此，有些人在乎，但大多数人还是热情依旧。我就属于这种明知不好还是忍不住想吃的人。

想吃就吃吧，没什么大不了。

我这样安慰自己。

日志14. 思想动向被一手掌握

通过杨松拿下杨高容，我手里又多了一个筹码。我的情绪变得十分高涨，像是打了兴奋剂，走路都带着一股风。

米斯对我踌躇满志的状态很满意，她不断地给我火上浇油，鼓励我全力以赴，争取一次革命成功！

这边一切就绪以后，我准备正式向竞聘领导小组递交报名表。一向性急的米斯此刻却提醒我不要着急，报名表可以在最后一刻再

贵 人

交，先观察一下战况，看看到底都有哪些竞聘对手。

米斯说得很有道理，我按捺住自己的亢奋劲头，等待着最后那一刻的到来。

就在此时，我又收到了那个陌生的"烟雨江南"的 QQ 消息：别以为那封有关苏娜的匿名信会对你有利，那根本就是一个圈套！

我愣住了。

"烟雨江南"继续说：我的话你似乎不肯听，不让你接近杨松，你偏不。不让你参与竞聘，你就是要试试。试试就试试吧，让你一颗红心两种准备你又不听。你这样固执己见，最后吃亏的肯定是你自己。

我再次向他发问：你究竟是谁？

"烟雨江南"说：你别管我是谁？你最好听我的意见。

我感到很好笑：我连你是谁都不知道，你却要我听你的话，这不是很荒唐吗？

"烟雨江南"不再说话了。

我气得想把他从好友中删除，终于又忍住了。我突然想：万一这个人说的对呢？良药苦口利于病啊。且留他一条小命，以观后效吧。

我不去管什么"烟雨江南"了，继续准备竞聘。

竞聘归竞聘，日常工作还不能耽误，该上的稿子还得上。我努力让自己回归平静，采写起这两天的稿件。

我承认自己不是一个能太沉得住气的人，我对此十分沮丧，觉得自己将来一定做不了大人物。人家大人物那是真正的每临大事有静气，宠辱不惊，处惊不乱。自己倒好，这还没真正开始进入竞聘程序呢，心就静不下来了。

因为心里想着竞聘的事儿，我把新闻稿子写的一塌糊涂。反复修改了好几次，最终还是觉得不太好。这几天我的稿子一直占据着娱乐版的头条位置，这很能说明我的实力，对于这次的竞聘自然是大有帮助。我可不想因为稿子写的太差把头条位置让给其他人。

要想让稿子上好位置，那就必须下功夫写好。

我揉揉眼睛，把目光从电脑屏幕移开，眺望窗外。窗外有一棵大榕树，正是枝繁叶茂的时候。我最喜欢看榕树叶子，我觉得那些翠绿简直就像一株株碧玉，看了就让人感到心旷神怡。

放松了一会儿，我重新打开QQ，又到圈内的"娱乐至死"群看了看，和几个韩国同行聊了几句，又拿到了几个国内不大能见到的资料，充实到那篇稿子中去。这样弄下来，稿子终于变得像模像样起来。看看时间，好家伙，这一篇千字文竟然花去了两个钟头的时间！这在我是从来没有过的事情。我自视是写稿子的高手，以前这样一篇小稿，最多半小时搞定。

哎，非常时期，心神不宁啊。

刚要把稿子发到报社用稿平台，我突然注意到部主任梵高正好在线。我突然灵机一动，一个念头迅即闪现出来：何不把稿子给他看看？以此多聊几句，说不定能从他那里套出点竞聘的内部消息呢。

想到这里，我给梵高发了一个笑脸。

梵高像是猜透了我心思似的，主动发问：你准备参加这次竞聘？

我一愣，看来自己的思想动向已经被领导所掌握了，犹豫着回答：有这个想法。公司如此大力鼓励年轻人，不参加怕给领导留下不进步的印象。正想请教你一下我适合哪个岗位呢？

贵　人

　　梵高回答：你一直在记者部，没有别的工作经验，当然还是要发挥长项，报记者部就很好。我是肯定不会再在这个岗位上待了，我会去编辑部。

　　话说到这里，我感到时机已经成熟，试探性地问：记者部的竞争会不会很激烈啊？

　　梵高半天没说话。

　　我焦急地等待着。

　　几分钟以后，梵高回了句：去了一趟厕所。

　　我知道梵高在撒谎。记者部主任的办公室就在大厅隔壁，往常有人进出时总能听到开门关门的动静。刚才什么动静也没有。除非他是在屋里撒的尿。

　　我静静地等待着。

　　我猜测梵高正在思考怎么来回答，他肯定知道一些内情。

　　果然，梵高说话了：记者部竞争激烈是正常的，别的部门竞争更激烈。

　　这话说得很有学问，里面没有多少有用的信息。看来，这个梵高是不想给我透露任何东西的。这不奇怪，在我和苏娜之间，他肯定会帮苏娜！

　　我不动声色地回了句：谢谢主任！

　　从QQ上下了线，我看看时间，离下班还有一个钟头。

　　今天是递交报名表的最后一天，我往大厅后面看看，搜寻米斯。米斯了解我的心思，扭着屁股端着茶杯走过来，嘴巴附在我的耳朵上，低声说："GO ON！"

　　我轻轻拍了拍她的大屁股："你陪我一起去吧，给我壮壮胆子。"

米斯点头："没问题！姐陪你去赴汤蹈火都在所不辞！"

两个人说笑着去了临时成立的竞聘办公室。

收表格的是公司办公室主任赵芳，和米斯同一年进的公司，两个人很熟。她看到米斯和我进来，笑呵呵地问："怎么？米斯你也报名了？"

米斯一愣，旋即笑起来："是啊，难道赵主任认为我没有这个资格吗"

赵芳摆摆手："有有有，我是觉得不符合你的风格，你不是逍遥派吗，一向是向往'采菊东篱下，悠然见南山'的田园派，与世无争嘛。"

米斯点点头："赵姐你还真了解我啊，我还真是一个逍遥派！说真的，我是来陪着小姐妹过来的，是她想报名。"

米斯把我介绍给赵芳。

我见过赵芳，也知道她的名字。赵芳不大熟悉我，表情愕然地接过报名表，扫了一眼，随口说了句："这么年轻啊，去年才刚刚工作嘛！"

米斯笑笑："有志不在年高啊，她可是我们记者部的第一大才女！"

赵芳点点头："见识一下经经场面也好。"

米斯听出赵芳的话里有话，她小声问："是不是这次竞争挺激烈？"

赵芳看了看我，朝米斯笑了一下："竞聘吗，哪能不激烈？"

这话说得滴水不漏。

米斯有心想替我摸摸底儿，指指赵芳桌角上的一大沓材料问："这些都是要报名的吗？"

贵　人

赵芳点头："都是。"

米斯试探着问："我能不能翻翻？看看咱公司都有哪些大能人。"

赵芳瞅瞅门外，示意我把门关上。我没反应过来，还是米斯眼疾手快，一抬手把门带上了。

赵芳把材料递给米斯："都在这儿了！你这个人呢，自己又不参与竞聘，咋对这些材料还有这么大的兴趣？"

米斯不置可否地笑笑。

她迅速地翻阅着手里的材料，别的人她不感兴趣，她关注的是参与竞聘记者部的人。

算上我，一共有五个人竞聘记者部主任岗位。米斯在其中看到了苏娜的名字，其他三个来自公司别的部门。看来，记者部的竞争确实是很激烈。

看完材料，米斯用开玩笑的口吻说："都说咱公司卧虎藏龙，我看也就 SO SO。"

赵芳笑出声："这么多人才，你还说 SO SO？我看你是眼高手低！"

米斯摆摆手："算了算了，说不过你！我们走了，不打搅你这个大忙人了。"

赵芳把我俩送到门口。

一出大楼，我就按耐不住地问米斯："你看到了什么？竞争是不是很激烈？"

米斯摆出一副满不在乎的样子："小 case，你别担心，记者部竞聘不算太激烈。一共五个人参与竞聘，就你实力最强。"

"那苏娜呢？她没报名？"我皱着眉头问。

她也不是你的对手。米斯给我掰起手指头："第一，她没你的能力强；第二，她在公司和你一样，没什么资源；第三，你俩都是同一年参加工作，经验上并没有什么优势；第四，她长得没你漂亮；第五，她人缘比你好不到哪里去，除了梵高，记者部没有谁和她合得来；第……"

米斯掰完左手，正要掰右手，被我打断了："行了，你就别蒙我了！毛主席说了，在战略上可以轻视敌人，但在战术上要重视敌人。你说吧，我现在该怎么办？除了苏娜，还有另外三个人呢，他们的来路我们可是都不清楚！知己知彼，百战不殆。我们摸不清对手的招数，肯定会被动。"

米斯不说话，盯着我在那里笑。

我被她笑得莫名其妙："你笑啥？人家虚心向你请教，你还这么不当回事儿……"

米斯仍旧笑："看不出你这个小丫头片子，还挺会整文言词儿。你就别管对手是什么情况了，做好你自己的事儿，就OK。"

我想想也是。对手再怎么厉害，只要自己足够优秀，表现突出，就不怕他们。

想到这个，心情变得轻松起来。

名也报了，剩下的事情只有一个，那就是全力以赴去竞聘！我心想，这世上有太多的事是不能算计的，只能永远心存善念，凡事尽心尽力。

日志15. 一次成功的竞聘

心存善念的我万万没有想到，我不去算计别人，别人却要来算计我。

贵　人

　　自从米斯提醒我要时刻注意自己的 QQ 空间，我就多了一个心眼儿：每次打开 QQ，我都要去自己的空间遛遛，看看又有什么人在里面留下了蛛丝马迹。

　　在公司公开竞聘的非常时期，我发现来自己空间里的人突然多了起来。在这些足迹里面，既有以前常来这里的杨松、"烟雨江南"，也有更为陌生的人。有些人的名字我甚至都无法和公司里的人对号入座。但我可以肯定的是，这些人大部分肯定都是自己的同事。

　　在这些人里面，来的最勤快的就是苏娜。

　　我猜测苏娜是想在这个公开竞聘的紧要关头，来窥探一下我的动态，以便能够做到知己知彼百战百胜。

　　我暗自庆幸，自己幸亏没有像往常那样那么心急火燎地更新日志。我本来还想把自己的竞聘演讲放在空间里呢！现在看来，如果那样做了，将是一个很愚蠢的行为。

　　我感叹：QQ 空间真是太可怕了！一定要倍加小心，不然这里将成为别人窥视自我隐私的最好地方！只要他们感兴趣，只要随便点击一下鼠标，就可以走进你的内心深处，不费吹灰之力地得到想要的"情报"。

　　只是，我总觉得这种窥探别人隐私的行为有点儿龌龊了。我之所以到现在都没有接受米斯的建议，去苏娜的 QQ 空间"窥视"一下，就是因为不想成为苏娜那样的人：一个公司白领，怎么能干这种事呢？

　　刚从 QQ 空间里出来，我就看到梵高的头像在 QQ 面板上不停地闪烁，他刚给我留了言：在吗？做好竞聘演讲的准备了吗？

　　我心头一热，心里想：梵高怎么突发善心了？竟然也关心起我来！

我有些感激地回复：准备得差不多了。谢谢大主任的关心！

梵高很快就回过来一条讯息：那就好，你的演讲稿写得怎么样啊？要注意把握好分寸啊。

看到这句话，我突然提高了警惕：这个梵高，难道是想看我的演讲稿？本来还以为他是来关心一下呢，原来是替苏娜探听情报来了！

这个苏娜，还真有你的！

想到这里，我故意和梵高打哈哈：演讲稿还没写好呢，正想向您请教一下思路呢！

梵高没有立即回复。

我心里暗自高兴：看来被我猜中了，他是被苏娜派来的"特务"！幸亏本小姐警惕性高，不然又要上当了！这个苏娜，去人家QQ空间没得到情报，又找来"特务"试探，真是可恶透顶！

过了一会儿，梵高回了句：我也没有什么思路啊，这种稿子，很难写。不过你是写文章的高手，这点事儿肯定难不住你！

我知道梵高这是在给自己放烟幕弹，好让我放松警惕。本姑娘可不想学关羽，大意失荆州！

想到这里，我回了个笑脸，不再说什么。

这边刚应付完梵高，苏娜出现了，她向我打了个招呼，说：竞聘真是烦人啊，我到现在都没能静下心来准备，看起来我肯定是要失败的，机会留给你了！

我心中暗笑：这个苏娜，真是有意思，去空间没得到想要的东西，派特务也没骗到情报，自己终于忍不住了，亲自出山来麻痹对手来了！这点儿小儿科的把戏，亏你使得出来！

虽然不太情愿和苏娜说话，但我知道最起码的礼貌还是要有

贵 人

的,就不紧不慢地回复苏娜:谁说不是呢,没想到公开竞聘这么复杂,早知道就不报名了!我才不是那块料呢!我看好你呦!

烟幕弹被对手识破,苏娜自讨没趣,悻悻地笑笑。

前后不到半小时的功夫,我和苏娜在 QQ 上连过三招。

我暗自喟叹:这职场的江湖真是险恶啊。

两天以后,竞聘大会在公司会议室隆重举行。首先竞聘的是编辑部、副刊部、专题部和摄影部以及若干周刊工作室负责人,记者部竞聘被安排在了最后。

整个竞聘过程并不复杂,选手演讲,然后接受评委质询提问,接着是群众投票,评委确定名单,公示,任命。

为了增加胜算,我一直在偷偷观察学习其他选手的优点。我要在演讲和答辩环节中充分展示出自己的能力和风采。我心里很清楚,观众和评委不是我所能左右的,我能做到的是释放出自己的能量,让他们折服。只要征服了观众,就能赢得足够的票数。

前面所有的环节都结束了,轮到记者部竞聘人员登场。五名竞聘人员在工作人员的监督下进行抽签。按照抽签的结果,我最后一个上场,苏娜是第一个。这个抽签结果应该说对我更有利,因为从评委通常的心理和竞聘惯例来看,排在第一个上场很吃亏,而最后一个上场则会占到不少便宜。

开局良好。

这大大鼓舞了我的信心和斗志。

而且,苏娜上台演讲的时候不小心打了一个趔趄,这不是什么好兆头。她的演讲也比较平实,说不上有什么精彩。谁都能看得出来,她是有些紧张的。

之后的三个人，我就没有什么印象了。

从苏娜走下来那一刻，我就开始紧张，不停地去厕所。候场的时候，我的心脏紧张得不行，几乎要跳出嗓子眼。我极力让自己镇静下来，仰望着楼顶，数起了天花板。

轮到我上场了，我心里默默念叨着：红星照我去战斗。

此时，我接到了杨松的一个短信：相信自己，你是最棒的！一定会成功！

这个短信并没有给我增添什么力量，反而让我更加紧张。

庆幸的是，我从踏上演讲台的那一步开始，心里突然不紧张了，变得异常放松。我对着台下的员工，侃侃而谈。

我从自己的工作能力谈起，把工作业绩一丝不漏地罗列出来，以此证明自己的能力和素质。接着把话锋转向自己对记者部主任这个职位的设想，描述了一下宏伟蓝图，并对自己领导下的记者部工作进行了激动人心的展望。相信谁都能看得出来，我是非常用心地准备了这个演讲。

在演讲环节，我发挥得淋漓尽致。时间把握得也很好，当说完最后一句话时，刚好用完了规定时间，结束得恰到好处。

接下来是评委提问环节。

评委们互相交流了一下眼神，都没有首先发问。我注意到，自己演讲的时候，公司董事长徐浩听得很认真，边听边记。杨高容则一直低着头，看不出来任何的表情。任平生眼睛紧紧盯着我，脸上的表情复杂。从他的表情里面，我读出了几分欣赏，也读出了几分忧虑。

沉默了几分钟以后，公司董事长徐浩朝我点点头，声音低沉地说：就这样吧，我们没有问题。

贵　人

　　没有问题？这句话一方面让我感到放松，一方面又让我忧心忡忡。前面的几位演讲者，评委几乎多多少少都问了问题，只有对于极少数的几个人，他们没有发表看法。在我看来，不发表看法可能意味着两种情况：一个是他们对演讲很满意，确实没有任何问题要问；一个是他们对演讲不屑一顾，不想提问。我的演讲，到底是属于哪种情况？

　　对于这次竞聘，公司采取了回避制度，所有参与竞聘的人都没有投票权。回到自己的位置以后，我无事可干。又不好意思去看别人划票，在那里如坐针毡。

　　我感觉自己就像是一只被即将出卖的鸭子，被人勒紧了脖子，在那里等待买主的评价。我开始有点儿后悔参加这次竞聘了。但我很快就否定了这种想法，不参加竞聘是没有出路的，要想在公司里发展得更好，就必须尽快升迁。不参加，一点儿前进的希望都没有。参加了，至少有一半胜算的可能。况且自我感觉还算良好，无论从演讲环节来看，还是从平时的工作业绩来说，自己胜出的希望都很大。

　　群众投票进行得也很快，五分钟以后，工作人员开始收集票单。我本来以为要当场唱票、公布统计结果，但票单收集完以后，就被工作人员拿到后台统计去了。董事长徐浩发表了一个简短的讲话，大意是此次竞岗很成功，发现了很多优秀的人才，今后这将成为公司用人的一种长效机制。考虑到计票工作比较复杂，就不当场唱票了。竞聘领导小组将根据得票数决定此次竞岗聘用的最终人员。

　　一场轰轰烈烈的竞岗活动就这样结束了，我感觉有点儿失落。接下来还要在焦灼中等待最终的结果，这更是让人十分难熬的。

米斯一走出会场就搂住我，夸奖我表现出乎意料，简直是超常发挥。我笑笑："再超长那也得看大家投不投票！"米斯安慰我："放心好了，就凭你刚才的表现，肯定会成功的！走，咱们一起去庆祝庆祝！今天让你那未来的姐夫出点血，咱们到最高档的东莞开元会所去奢侈一下。"

我犹豫了半天不想去。开元会所是这个城市的一家豪华高档游乐吃饭场所，说实话我还真没在那里消费过。只听说那里的消费高得很离谱。有这样的一个机会，我倒也不是不想去见识，主要不想当电灯泡。无奈米斯坚持要庆祝庆祝，我只好硬着头皮去了。

米斯的未婚夫是本市最大的一家文化传播公司的总裁，名字叫佐鸣，年龄不大，三十刚出头。听米斯讲，佐鸣的文化公司正在筹措上市，如果能运作成功，她就是亿元夫人了。

佐鸣开着一辆法拉利来接米斯和我。我对佐鸣的印象一直停留在米斯的叙述里，想象中的"姐夫"是一个潇洒英俊的韩版帅哥。等真见了面，我才晓得，"姐夫"长相一般，甚至说不敢恭维。佐鸣个子不高，身体还有些发福，脑袋还有些秃顶。这不符合米斯的口味啊。不过呢，再仔细看看吧，佐鸣也并不是一无是处，他的举止很儒雅，谈吐很有涵养，脸上的棱角分明，勉强可以归入比较耐看的那种男人。

米斯把我介绍给佐鸣："这就是我常给你提起的好姐妹唐果果。"

佐鸣点点头，等待我主动伸出手。我一直在笑，也没顾上握手不握手的事儿。

米斯转过来介绍佐鸣，我说不用介绍了，这就是传说中的"姐夫"！这次我主动伸出了手，佐鸣不失时机地轻轻握了握："久仰

贵　人

芳名啊，今天终于有幸得以见面。"

他拉开车门，向我做出了一个请的姿势。

米斯和我上了车。趁佐鸣关车门的一刹那间，米斯小声问我："见了你姐夫，是不是觉得有些失望？"

我摇摇头："挺好的，一看就是个绅士！这种男人现在很稀罕了。"

米斯笑笑："我主要是看上了他这人的人品，人老实，而且会疼人。当然，也因为他有钱。有钱才能幸福，你说对不对？"

我点点头。

一上车，佐鸣的派儿就显露无遗了。看他开车的架势就知道这个人不一般。在这个城市里，像他这么年轻就拥有如此财富的人不会太多。更让我佩服的是，佐鸣完全是白手起家，没有依靠任何人，他也没有任何的家庭背景。他从一个小文化广告公司一步步做大到现在，其间的努力和艰辛可想而知。

好男人不一定都得长得像宋承宪一样帅。我心里说。

但反过来讲，如果长得帅一点岂不是更好？

我被自己的辩证法逗乐了，在那里无声地笑笑。

不知怎么我突然想到了任平生，这个长得特别帅的男人在这次竞聘中会不会帮自己一把？目前为止，我和他只见过仅有的几次面，而且还都是在公共场合。不知道自己留给他的印象是什么？将来如果有一天能碰到像他这样的帅哥，那自己一定会努力抓住。

想到这些，我偷偷笑了笑。

开元会所在城市的中心广场旁边，环境很优美。到处都是高大的红杉树，进到里面以后，感觉像是来到了野外大森林。这个会所里面没有高楼，都是一栋栋的小洋楼。据说，这里原来是国民党高级将领的活动场所。中华人民共和国成立后，收归国有，成了高级大饭店了。

佐鸣径直把车子开到一栋小楼前，穿着红色制服的服务生为我们打开车门，引导我们进入大厅。佐鸣把车钥匙交给服务生，紧随我和米斯之后来到预定好的包间。

佐鸣抬抬手腕，看了一眼手腕上的银表，问米斯："你们还去游泳吗？现在时间吃饭有点儿早。"

米斯看看我，摆摆手："算了，人说饭前不洗澡，那个太消耗体力。今天饿了，吃饭吧。"

佐鸣点点头，招呼服务生点菜。

趁佐鸣低头看菜单的间隙，米斯小声对我说："知道我为啥不带你去游泳吗？"

我想了想说："没带泳衣呗！"

米斯笑笑："傻啊你，这么高级的会所，人家早准备好了。"

"那为啥？"我看了一眼佐鸣，低声问。

"我是不想让你姐夫看到你的身材！我知道你这小姑娘的身材比我好！"

我脸色微红，拿眼瞟米斯。

米斯哈哈笑。

佐鸣点完了餐，拿给米斯看。

米斯接过来，嘴里念叨着："韩国鲍鱼、美国燕窝、日本牛柳……"

念完了一遍，说这么多吃不完。

佐鸣笑着说，第一次请你的同事吃饭，奢侈点。

我直摆手："我饭量小得很，别点多了吃不完浪费。"

佐鸣笑笑:"这里的菜量小,能吃完。"

米斯说:"就这些吧,再来点新鲜的果醋。今天的主题是庆祝果果竞岗成功!我们多喝点。"

佐鸣说:"那当然,要尽兴才行。"

我着急地说八字还一撇呢。

米斯不管我的解释,要了六瓶果醋:"尽管放开喝,这个东西不醉人的!"

日志16. 意料之外的失败

到底是高级会所,这顿饭吃得很是享受。当然,享受的前提是价格昂贵。别的不说,单是那盘看上去很简单的炒牛柳,就标价五百元。对于这个天价小菜,我一时间没无法接受:"不就是一盘牛柳嘛,价格标得这么离谱?至于吗?"

对此,米斯相当坦然。看样子她早已经习惯了这种腐朽的奢侈。她指着面前的牛柳,悄悄告诉我:"这可是日本的牛柳!进口货!"

我不服气:"进口的也不至于贵到这种程度吧。"

米斯笑笑:"这个问题让你姐夫回答吧。"

佐鸣轻轻咳嗽了两声,用面前的一次性毛巾擦了擦手,不紧不慢地说:"也不光是因为是进口货,主要是这些牛柳来自日本一种特殊的奶牛,那些奶牛是喝着牛奶听着音乐长大的,它们每天都要接受专门技术人员的按摩,所以这种牛肉味道特别鲜美。因为养牛的成本高,所以价格也很高。"

我愣住了。

天底下竟然还可以有这样的事情！真是闻所未闻。看来，自己的生活还远远不够档次，自己离真正的中产阶级还差得十万八千里呢！

　　我决定发愤图强。

　　吃着如此奢侈的晚餐，我心情逐渐由紧张转为舒畅。美食确实能改变人的心情。不管什么竞聘不竞聘了，随它去吧。

　　可惜，这种洒脱的心态和好心情维持的时间有限。等回到自己的小屋，我的注意力马上就回到了这次竞聘上。

　　米斯提前给我祝贺，这并不能说明自己就一定能够胜出。可以肯定的是，在所有竞聘记者部主任的人员中，我的表现和能力是最棒的。唯一能和自己竞争的是苏娜，但她的现场演讲表现并不理想。其余那三个对手，表现更差，而且他们对记者部的业务也不熟悉。

　　翻来覆去地想了几遍，我逐渐安下心来。

　　等明天就知道最终的结果了，现在的任务是好好睡觉！

　　我对自己说。

　　人逢喜事精神爽。第二天一大早，我认真洗漱完毕，及早地就在路边小摊吃了早点，匆匆往办公室里赶。

　　今天我是第一个到公司上班的人。公司看大门的门卫看到我来的这么早，都有些吃惊。我从他们疑惑的眼神猜测，或许他们会在心里想：这个女记者今天发什么神经，来得这么早！魔鬼变成天使了？

　　打开办公室的门，里面空旷而安静。我从来没有这么早地到过办公室，感觉像是走错了房间一样，到处都很陌生。

　　坐到办公桌前，我急不可耐地打开了电脑，我想去公司内部的

贵　人

局域网，看看竞聘的结果。

可恶的是，平时反应挺快的系统此刻仿佛得了哮喘病，在那里喘息着，老牛拉破车一样，没心没肺不慌不忙地运转着。

终于打开了，我迅速进入局域网，匆匆浏览着最新文件，但没有看到关于此次竞聘的任何信息。看来，竞聘的结果还没有出来。我心情开始变得烦躁。自我安慰说：再耐心等一会儿吧，现在刚到上班时间，或许他们还没来得及把文件上传到网上呢。

我坐不住，想出去走走。透过窗户看看外面，一片车水马龙，这么早，去哪里都不合适。还是待在电脑前，看看QQ上的早新闻吧。

打开QQ，一个阅读窗口自动弹跳出来。我拉了一下鼠标，看到今天的新闻头条是关于自杀的。这条新闻说某大学团委书记参与大学中层干部竞聘遭遇潜规则，他因不满这种结果而选择了跳楼自杀。他想以此来警示和对抗那所大学的领导。看完了这条新闻，我感觉脊背一阵发凉。因为竞聘失败就选择了自杀，这样太不值得了！

这时，我看到苏娜满面笑容地进来了，她是今天第二个来到办公室的人，比往常也提前了许多。看来，她也是按捺不住了。从她脸上的笑容可以看出，她今天心情不错。难道她已经提前知道了结果？我暗自揣测。

苏娜主动跟我打招呼，"咋来这么早？"

我不置可否地笑笑。

苏娜用带有几分嘲弄的口吻问："看到竞聘结果了吗？"

我脸色微红，低声说："我也是刚来，还没来得及打开电脑。"

苏娜哦了一声，到自己位置上坐下了。她坐下来的第一件事并不是打开电脑，而是拿了茶杯不慌不忙地去泡了杯茶。从她的举动可以看出，她对于这次竞聘结果似乎是早已心中有数了。

我心里掠过一丝不安。这种不安加剧了我的烦躁，再一次刷新了一次局域网页，仍旧没有看到竞聘结果。

我禁不住在心里骂了一句：这帮孙子，怎么这么沉得住气！

突然，我看到自己的QQ在闪烁，打开来，是杨松，他问：在吗？

我回了一个笑脸。

杨松发过来一个讯息：你要有思想准备，这次竞聘可能对你不利。

看到这句话，我心里一阵发紧。看来杨松已经提前从他老子杨高容那里得到了信息，难道自己真的在这次竞聘中失败了？我不相信！

见我半天不回复，杨松有点儿着急，他传过来一个微笑的表情：你别着急，这次不行，还有下次呢。

我问他：你看到结果了吗？

杨松点点头：我刚刚拿到了要上网发布的文件，上面的名单没有你。

我问他：谁竞聘上了记者部主任？

杨松：苏娜。

这是我最不愿意看到的结果。对我来讲，竞聘失败已经是很大打击了，现在竞聘成功的竟然是自己昔日的对手，这不是火上浇油吗？我感觉头皮似乎快要炸裂了，双手紧紧抱着头。

怪不得苏娜今天那么高兴，原来她已经是胜券在握！可怜自己还在傻乎乎地企盼着竞聘的结果，想想真是可笑！

贵　人

我感觉自己遭受了巨大的愚弄。一种强烈的不公平感重重地袭击了我。我终于体会到了新闻里面那个自杀的大学团委书记的绝望心情。这太不公平了！

凭什么苏娜会胜出？论能力论素质，自己都不比她差。公司这次竞聘说是要公平公正公开，可现在的结果却是非常不公正！

我第一次感觉到了职场的险恶。原来升职是这么难！以前我天真地以为只要努力工作，就能顺利升职。原来这一切只不过是想象！大学时代同宿舍的姐妹向我推荐过一本职场手册，说那里面有许多可以借鉴学习的东西。当时我还很不屑，觉得都是作家的胡思乱想，根本没有那么复杂。现在想来，当时真应该好好读一下那本书，原来职场真是如同战场啊。

思来想去，我越想越委屈。再一次刷新公司办公网页，想确认一下杨松的消息是否准确。文件已经发布出来了，就在第一条，而且特别用醒目的红颜色标示出来，一眼就能看到。

点开文件，我急速地浏览到新闻部主任竞聘结果公示一栏，果然看到了苏娜的名字。

完了，杨松说的没错，是苏娜，这个和自己一起进到报社里来的竞争对手，现在她可以扬眉吐气了！

我内心泛出一股酸楚的味道。

我极力地克制自己的情绪。苏娜就坐在不远处，我绝不能让她看到自己的情绪波动。那样的话，她的得意会更加猖狂。而我，则只会因此而痛上加痛。

克制再克制。我猜测苏娜此时一定非常得意，她一定会在背后饶有兴致地玩味我的一举一动。我竭力做出一副正常工作的样子，强忍住眼中的泪水，对自己说：别哭，别哭，千万别哭！但泪水似乎并不听话，它们还是很不争气地汹涌而出。

我没办法，只得装成去洗手间的样子，拿起一团卫生纸，去擦眼泪了。

日志17. 有关竞聘的内幕

我把自己关在洗手间里，任凭泪水涕泗横流。默默哭了一会儿，心情终于平静下来。我开始反思自己，为什么会在此次竞聘中败北失利？问题究竟出在哪里？

按说，自己在演讲现场表现得不错，业绩也很突出，尤其是和苏娜比较，自己的优势是很明显的。可为何我会败给苏娜呢？

我不想再回办公室。此时，我开始讨厌那里的一切。我甚至开始讨厌整个公司。此次竞聘遭遇滑铁卢，委实给我的打击不小。

我想出去透透风。

刚才出来的时候，把包忘在办公桌上了，我也懒得回去拿。快走出公司大门的时候，迎面碰上《快报》副总任平生。我怕任平生看到自己哭红的眼睛，想躲开，没成功。任平生叫住我："唐果果，我正要找你呢，刚才打你手机也不接。"

我抬起头来，低声说："我把包放在办公室了！手机在包里面。"

任平生点点头："走，到我办公室去，我想和你谈谈。"

我知道任平生可能要和我谈这次竞聘的事儿，就说："你这么忙，算了吧！"

任平生笑笑："这可是徐董事长昨天叮嘱我的，要我代表他也代表整个公司找你谈话。走吧，到我办公室去，用不了多少时间。"

贵　人

我没办法，只好跟着任平生上了楼。

按照公司领导分工，任平生主管《快报》工作。《快报》从一开始，就是他一手策划创办的。可以说，如果没有他，也就没有现在的《快报》。由他来主持《快报》工作也实属当然。

新光传媒下面共有五家媒体，三张报纸两本期刊加一个网站，目前每年广告营业额达10个亿。五家媒体都是相对独立运营，财务收支也是独立核算。

在这五家媒体中，《快报》虽然起步最晚，但发展势头最为强劲，逐步打开了全国的市场，吸引了众多的广告客户。因此，许多人都看好任平生的发展，都认为其发展前途一片灿烂光明，公司风传他是接替徐浩董事长的热门人选。

任平生不但年轻，为人也很低调，从不张扬。按说他是新光传媒的一大功臣，但他从不居功自傲。或许正是因为这个，他在公司员工中的口碑相当不错。

被中国版宋承宪的帅哥领导约谈，本应该是一件愉快的事儿，但我并没有感到一丝荣幸，心情依旧很是沉闷。竞聘失败像一块沉重的大石头，压迫着我的心脏，让我无法喘息。

任平生的办公室面积不大，是个小套间。外面一间是办公室，里面是休息室。办公室收拾得井然有序，看得出来主人是个严谨干净利索的人。

任平生亲自给我倒了杯开水。我也不客气，坦然地接过来，放在面前的茶几上。

说来可笑，此时的我有一个非常奇怪的心态：我竟然不知不觉地把对这次竞聘的不满转移到了公司领导的身上。任平生此时成了我发泄情绪的对象，也成了我不满公司竞聘工作的替罪羊。

任平生不急不躁地在我对面坐下来，手里端着个茶杯，不紧不慢地吹着漂浮在茶杯表面的茶叶。

我心里暗说：有屁你就赶紧放呗，摆什么臭架子！

吹了半天茶叶，任平生终于开口说话。

他先是笑了笑，然后低声说了句："我知道你接受不了这个结果，受打击了，对不对？"

我没好气地说："没有啊，我觉得这很正常！"

任平生还是笑："你要是真这么想就好了，你就别硬撑着了，我理解你现在的心情，这种事我不止经历过一次。"

我不相信任平生的话，他这样的强势的人，也会遭遇滑铁卢？

任平生接着说："我当年刚参加工作的时候，经历过和你类似的情况。那是我的第一次升职的机会，但这个机会最终被另外一个能力并不如我的同事得到了。我当时就很想不开，不知道自己为什么会失败。后来，我的领导也就是徐浩董事长找我谈话，告诉我失败不是因为能力问题，而是员工关系没搞好。我才知道问题之所在。"

我明白任平生话里的意思，他是想告诫我，这次败北，是因为员工投票。看来，我在这次竞聘中的表现，员工并不认可。

停了一下，任平生继续说："当然，其他员工不认可可能并不是自己的原因，中国有句古话叫作'木秀于林风必摧之'。嫉妒是人和人交往过程中的一个副产品。所以，不必怀疑自己的能力。"

这话说得很贴心，我感觉很受用。我不再觉得委屈了，心情慢慢在好转。

任平生喝了口水，看了我一眼说："处理好和员工之间的关系很重要，这是衡量一个人能否担当领导重任的重要标准。你现在还

贵 人

年轻,将来升职机会有的是。"

我点点头。

任平生笑笑说:"我可以告诉你,我当年的竞争对手赢得了那个职位以后,一直止步不前。现在,他还是一个部门主任,而我,跌倒了以后,在原地咬咬牙又爬起来,此后一直奋战到现在。从那以后,我就告诫自己,要微笑着面对一切,失败只会是暂时的,下一步的成功更重要。"

一席话说得我心情由阴转晴,感觉周围的一切又重新变得可爱起来。现在再看任平生那张俊美的脸,怎么看怎么顺眼。

任平生见我不再消沉,笑着提醒说:"报社不久就要成立一个特稿专题部,你善于写连续报道,到时候可以发挥一下长项。"

这是一个暗示,一个新的机会即将到来的暗示。我下决心从头再来,像任平生那样,在哪里跌倒的就在哪里爬起来!

从任平生办公室里出来,我信心倍增。这一次的失败不算什么,我要以这一次的小失利换取下一次的大成功!

回到办公室,我不再感觉有什么不舒服。哼!让得意的人去得意吧,我为下一次的成功做好准备。我打开QQ,想静下心来编写今天的新闻。忽然想到,这次大家不投自己的票,会不会和自己的QQ被盗有关?毕竟,在公司群空间里被共享的那篇文章的时机实在是十分的微妙。联想到这一点,我觉得非常有必要查出在背后给自己使绊子的那个人究竟是谁!

难道,真的会是苏娜?

从现在的结果来看,苏娜的可能性的确最大。如果真是她使出的如此手段,那她也太歹毒了点儿。

部主任梵高走进来,看到办公室里只有我和苏娜两个人,脸上流出一种很不自然的笑容。这次竞岗,他很顺利地竞聘上了编辑部主任的岗位。可以说,他和苏娜都是这次竞聘的大赢家。

梵高简单和我打了一个招呼,直奔向苏娜。两个人悄悄说了一会儿话,就都出去了。

我猜测梵高是来向苏娜表示祝贺的,现在正是他们庆功得意的时候。

对于米斯说的有关苏娜和梵高之间情人关系的说法,我一直不是太相信。觉得这不太可能。苏娜长得漂亮,而且是刚毕业的研究生,而梵高尽管是部门主任,但他毕竟是结过婚的男人,而且年纪比苏娜大了不少。虽说现在这个时代年龄已经不是男女相悦的问题,但毕竟也是稍微需要考虑的。

打开了公司QQ群,我意外地在共享空间里看到了一篇有关此次竞聘内幕的日志。那篇日志没有署名,是转载过来的,看不出作者是谁。日志的内容如下:

刚刚经历了公司一场竞聘。这次竞聘说是在公平公正公开的环境下进行,其实都是骗人的。

这次竞聘,除了报名是公平的,其他都是不公平的!尤其是对于记者部而言,更是如此。

这次成功竞聘记者部主任的那个人,无论是能力还是资历以及业绩,都不是最好的。她只不过凭借着和某领导的见不得人的男女关系,才爬上了部主任的宝座。

可怜,那些不明其里的人,还以为这是经过大家投票选出来的最佳人选呢!这真是公司的耻辱!

作为记者,我见过不要face的人,但没见过不要face

贵　人

到如此地步的人！

全篇日志都充斥着巨大的怨气。

我猜测，这篇日志的作者可能和那封匿名信是同一个人。如此看来，这个人就在自己身边。

这篇日志很快就被管理员给删除了。但这种消息传播的速度很快，等到管理员想起来删除的时候，整个报社差不多都看到了。即便是个别人没有在共享里看到，也会通过 QQ 之间的互相转载而读到。

这篇发泄气愤的日志并没有给我带来多少快乐。

这时的我，需要有个人来安慰一下。

我一直坚信内心强大的人不会伤心流泪，也不会有患得患失的巨大落差感。我一直在向做内心强大的人方面努力和修炼，现在看来，自己差得还很远。

杨松出现得还算及时。他在 QQ 上给我留言，想请我去郊外野餐。这是我们上次的约定，我猜想杨松是想通过这种方式来安慰安慰我，让我忘掉眼前的烦恼。

我答应了。

我们约定半个小时后就出发，杨松开车过来接我。

利用这半个小时，我去了一趟厕所。今天来例假，刚好是第一天，其实并不适合去野餐。但我不好拂了杨松的好意，也想借此机会去郊外散散心。

刚想去一趟附近的超市，杨松的车子就到了报社门口。杨松告诉我，吃的东西都准备好了，现在就可以出发！

我笑笑："好吧，出发！"

日志 18. 识别君子和小人

车子直奔向郊外林区。

在林区里行进了大约半个钟头，我们来到了一片开阔地带。

一下车，我的心情就迅速变得好起来。看看路边的山花烂漫，呼吸着清新新鲜的空气，身心变得一阵轻松。

杨松没提一句有关这次竞聘的事儿，他一路上都在说着轻松幽默的笑话。他越是回避，我越感觉得到他的刻意。终于忍不住对杨松说了句："其实我没什么难过的，这种事情多得是。"

杨松愣了一下，笑笑说："你能这样想最好！走，我们去那边的小树林走走，站在太阳光底下，太晒。"

他说着从后备厢里拿了一包食物，递给我："你拿着这个，我来拿小帐篷。"

我边往前走边在心里嘀咕："他竟然还带了顶帐篷，真够细心的。"

小树林看上去不大，一走进来却很宽阔，走了好大一会儿还没走到头。杨松看看四周，找了一块稍微宽敞的开阔地，说就在这吧，太阳晒不着。

我说好。

我放下手里的食物，帮着杨松一起支小帐篷。杨松看样子也是第一次弄这个，不大熟练。费了半天的劲儿，一个小小的独立空间终于搭好。

我开始摆放带来的食物。杨松拍了拍手说，既然是野餐，最好

贵 人

能再来点儿红酒。

我笑笑:"你带了吗?"

杨松说:"车里有一瓶十年的干红,你喝不喝?"

我点点头:"喝一点儿也行。"

"那我去车里拿。"杨松说完就去车里拿红酒了。

一个人待在狭小的空间里,听着外面风吹树叶的沙沙声,我有股莫名的兴奋劲儿。等了一会儿,不见杨松过来,有些着急,想探出身子去看看。

刚爬出帐篷,突然看到面前盘着一条大蛇!那蛇正瞪着凸起的双眼,吐着血红的红线一样的信子,直愣愣地看着我!

我吓坏了,在那里不敢动弹。想大声呼救,但又怕惊扰了大蛇,进攻自己。因为害怕紧张,豆大的汗珠一颗一颗从额上滚落下来,噗噗地砸到地面上的草皮上。

人和大蛇互相对峙着,谁也不敢轻举妄动。但大蛇显然没有了耐性,我看到它摆摆头,摆出要立即进攻的样子来。

我以为自己必死无疑,大叫了一声救命!便用双手捂住了眼睛。

在这千钧一发之际,杨松一个箭步冲了过来,用手抓住大蛇的尾巴,迅速甩了两下,大蛇便不动弹了。

丢下大蛇,杨松抱住了我,担心地问:"吓着了吧!"

由于突然受到惊吓,我几乎虚脱了。一屁股坐在地上,紧紧抓着杨松的双手,眼泪都出来了。

杨松说:"别害怕,有我呢。我不知道这里会有大蛇,不然就不会来了。你待在帐篷里别出来就好了。"

我惊魂未定地说:"我看你这么久没回来,想出去看看,没想到……"

杨松说，我接了个电话……

拥抱了一会儿，我逐渐平静下来，松开杨松的胳膊。杨松说再抱一会儿吧，这样挺好。

我脸色微红。

杨松得寸进尺，端起我的下巴，把嘴唇凑了过来。我犹豫了一下，想拒绝。但杨松坚持，硬是吻了我。这吻来得太过突然，我有点儿不舒服。杨松很热烈地在那里吻，我只被动地应付了事。

我实在没有那个欲望。

因此，杨松始终没捉住我的舌头。

吻了半天，没得到热烈的回应，杨松自觉没趣。便放弃了努力。他试探性地把手伸向我微耸的胸脯，我没有拒绝。杨松轻轻揉搓了两下，我一阵酸软，下意识地夹紧了双腿。当杨松试图抚摸我的大腿时，我拒绝了。我摇摇头说，今天不行。杨松没有勉强，笑着说我们吃点东西吧，都饿了。

其实我一点儿都不饿。经过刚才这么一惊一吓，我没有了一点胃口。但为了照顾杨松的好意，我象征性地喝了一杯红酒，吃了一点儿水果沙拉。

杨松看出我兴致不高，指指不远处的那条大蛇说："想不想吃蛇肉，想吃的话，我把它洗干净了烤一烤，听说是很好的美味呢。"

我摇摇头："你要吃就去烤吧，我想在这里睡一会儿。"

杨松点点头，"你睡吧，我看着你。"

我说："不用你看，你去烤蛇肉吧，说不定我睡醒了也想吃一点。你带烧烤的东西了吗？"

杨松说："都在车上放着呢。"

贵　人

"那你去弄吧，也让我见识一下你的烧烤手艺。"我说。

杨松笑着说他还带了一点儿羊肉，如果对蛇肉不感兴趣，可以烤点儿羊肉。

杨松出去弄烧烤了。

我闭上了眼睛。

刚才的一幕又浮现在眼前。

今天发生的事情可真多。先是竞聘失利，领导找谈话，又是出来野餐，碰到大蛇，还莫名其妙地和杨松接了吻，差点还献了身。这一切，怎么跟演电视剧似的，什么离奇的事情都发生了？

本来想眯一会儿，但我脑子里隔一会儿就闪现出一个画面，跟看好莱坞大片一样，根本别想睡着。

迷迷糊糊睡了一会儿，醒来的时候闻到一股浓郁的肉香味。原来，杨松正在烤蛇肉。那肉味真够鲜美的，闻起来就想吃！

我禁不住诱惑，从帐篷里爬出来。杨松看我起来了，"你醒来的正好，蛇肉刚烤好，快来尝一尝！"

我也不再矜持，带有几分好奇，拿起一块蛇肉，观察了半天，有些不相信，刚才还那么吓人的一条大蛇，这一会儿工夫就变成一顿美餐了？

杨松见我只看不吃，有些奇怪："吃啊，不是要尝尝我的手艺吗？你把它吃了，以后就不再害怕它了！"

我想想这话说得有道理：我都敢把你吃了，还怕你怎么着？但我还是没有吃，对杨松说："你先吃给我看看。"

杨松笑我胆小，"都烤成羊肉串了，你还这么怕它！"他说着拿起一块蛇肉，大口嚼起来，边嚼边点头说好吃好吃。

我看他吃得满嘴流油，终于忍不住，细细尝了一小口，味道果然鲜美！一下子吃了好几块。

就着味道鲜美的蛇肉，我和杨松几乎喝掉了一瓶红酒。吃饱喝足，两个人一起安静地躺在帐篷里，享受这难得的轻松。

躺了一会儿，我听到杨松发出轻微的鼾声，他睡着了。

这一天过得很愉快。

我给米斯发了一个短信：得失一念间。有所得必有所失，有所失必有所得。

米斯半天没有回复，我猜要么她没看到短信，要么她看到后感到莫名其妙。想到这里，我偷偷笑了。

百无聊赖之余，我用手机登录上了QQ，刚打开聊天窗口，一条留言就迫不及待地跳了出来：小心你身边的人！竞聘失利是小事，糊里糊涂地失身可是大事！天真的小羊羔呀。这个世上没有什么比人心更深更黑更可怕的了。

留言人还是那个陌生的"烟雨江南"。

我被这个"烟雨江南"彻底吊起了胃口：这个无所不知的家伙到底是谁？他怎么像一个鬼魂一样洞察了解自己的一切行踪？这个人到底想干什么？

从这之前的事情可以看出，这个人提前透露的所有的信息话都是对的。可以看出，这个人不但在自己身边，而且还是处于高层。因为他不但了解我的个人行踪，而且还了解整个公司的动向。

没多久，"烟雨江南"又发来一条信息：我来教你如何识别君子和小人！看看下面这个材料你就知道了！

首先，君子是业务上的精英。

其次，君子常常能对你起到良师益友作用。

再次，君子是肯替你受过的人。这类人在你的职场生涯中跟大

贵　人

熊猫一样稀缺，不过肯定有那么一两个。

最后，君子是愿意悉心栽培你的人。

那么小人又有什么突出表现呢？

一、喜欢搬弄是非的人，这类人在你面前讲一套，在别人面前又讲另一套。

二、喜欢乱搞男女关系的人。

你一定记住要远离这两种人。

我问"烟雨江南"：那你的意思是你是属于君子之类喽？

"烟雨江南"没有理会我的挑衅。

从野外回来的时候，天已经黑了。

都市一片灯红酒绿的繁华景象，与郊外的清新自然相比，这里是另一片天地。

多少人向往着都市，多少人在都市里挣扎攀爬？又有多少人从都市逃亡，逃回到与世无争的大自然中去。

都市总体上来说是属于年轻人的，要想在这里生活得更好，就必须不断从失败中学习教训，从屈辱中学习站立。

我看着眼前的光怪陆离的景象，心里暗暗下着努力奋斗的决心。

杨松想带我去跳舞。我看看时间，已经不早了，也有点儿累，就让杨松直接把自己送回了宿舍。

在宿舍楼底下，杨松支支吾吾不愿意离开。我明白他的心思，他是想跟着上楼。但我坚决地拒绝了他。在我看来，今天在小树林里发生的事情已经很荒诞了，绝对不能再荒诞下去。况且有那个神秘人物的警告在先，我不得不提高了警惕。

见我没有邀请的意思，杨松也不想自讨没趣，开着车回家了。

回到宿舍，我冲了个热水澡，然后静静地躺在床上，一点儿一点儿地回忆今天所发生的一切。越想越感觉不大对劲,杨松这个人越来越让我看不透。是他怂恿自己参加竞聘,并许诺要帮忙做他父亲的工作,然而竞聘最后莫名其妙地失利了。杨松到底做没做工作?而且他今天表现得如此殷勤,是出于真心喜欢还是想占自己便宜?

联想到此前米斯对自己的提醒:在 QQ 被盗这件事上,不能排除杨松的嫌疑,我感觉自己似乎正在陷入一个巨大的阴谋。

或许是自己想得太多了?杨松是真的喜欢自己?我思考了半天,也没想出个什么头绪。

主体（二）：职场哲学

日志 19. 又一次升职的机会

我的工作环境并没有因为苏娜变得更好或者更坏。每天按时完成交稿任务，该上头条的还是继续上头条。

而苏娜那边，当上部主任以后的日子似乎过得并不好。新官上任没多久，她就遇到了一件棘手的事情。

在记者部，林絮一直以老实本分著称，尽管其他人都说林絮很会做表面文章，她其实根本不老实，满肚子的心机，但我还是觉得林絮属于不善斗智斗勇的那种女孩。

她平时对任何事都从不表态，也不参与任何小圈子。别看记者部不足十个人，但小圈子却不少。这些小圈子各自占领了一个小山头，平时常在一起玩，遇到什么事喜欢抱成一团。米斯曾经告诫过我要相信"团结就是力量"这句话。如果你想在职场不那么轻易地让老板或者同事搞掉，那你就得应该认真思考一下这句话的真正价值。

俗话说："一根筷子易断，十根筷子难折。"现在是个讲究团队合作的时代，尤其在职场，个人的力量可以说是微乎其微的。个人只有跟集体团队很好地融合在一起才能成大事。

我觉得目前的记者部小圈子斗争时隐时现。这些斗争大都围绕着上稿和奖金进行，大家表面上都是有说有笑风平浪静，内心里无时无刻不在想着奖金和升职。

在内心里，我是很看不惯这些的。

林絮一直没参与到记者部小圈子中来，她一向都是一个安安静静的人，从不带头挑事，也很少在背后东扯葫芦西扯瓢。或许正是因为这一点，苏娜对于林絮一向很友好，有好的选题常常和她一起合作完成。上任记者部主任不久，她就和林絮合作了一个很有影响的纵深报道。

这篇上了娱乐版头条的文章写的是一位著名歌手涉嫌猥亵儿童的负面新闻。文章写得很长，交代了这位歌手的成名过程，也非常详细地描写了他对多名女童的性侵犯。为了图文并茂，苏娜还特地给这篇文章配了一个PS过的照片。

这篇报道的主要思路和所有素材都是苏娜提供的，林絮根据这些素材把文章写好以后，苏娜又修改了一下，文章署了两个人的名字。见报当天，总编室就接到了那位著名歌手代理人的电话，说这篇报道严重失实，报社必须向歌手道歉，并问责文章的作者以及编辑。

总编室的人以前经常遇到这种事情，也就没太大惊小怪。但

贵　人

更为严重的问题是随稿配发的那张照片是错的，根本不是歌手本人的。

这个问题就大了。

总编室把球踢给苏娜，她是记者部主任，又是这篇文章的两位作者之一，责任当然由她来负。

苏娜第一次碰到这么棘手的事，担心此事会影响自己的职位，赶紧向梵高求救。梵高设法联系上那位歌手的经纪人，想私了。但经纪人不同意，说歌手说过了，一定要让报社给他道歉，并且一定要对当事人做出处理。如果做不到这两点，他们就会把报社告上法庭，除了这两条，还要赔付给歌手巨额的精神损失费。

协调无果，报社只得同意登报致歉。但在处理当事人这一点上，苏娜想以牺牲林絮来保全自己。她找林絮谈话，向林絮保证：只要她主动承担所有的责任，就可以从自己这里得到一笔不小的感谢费。而且对她的处理结果肯定不会太严重，最多停职半年。

林絮表示同意。

当苏娜刚把这个方案报给总编室的时候，林絮突然反悔了，说什么也不独自承担这个责任。她说：这篇文章的思路和素材都是苏娜的，而且文章署了两个人的名字，怎么能让她一个人承担责任呢？

报社其实是不想同时牺牲两个记者的，原则上同意苏娜的方案，先让林絮把责任独自承担了，保住苏娜。现在林絮不愿意这样做，而且她说的句句在理，这就让任平生有点儿为难了。

在此事胶着不清之际，林絮唯恐报社对她处理不公，急惶惶地找到公司领导杨高容。杨高容不知出于什么设想，说一定要秉公处理，绝对不会让林絮独自承担这个责任。

这时，公司董事长徐浩站了出来，全权让任平生处理此事，其他人一概不准介入。

这让杨高容有些难堪。

但久经沙场的杨高容没再说什么。

球在任平生手里，如同一个烫手的山芋。

他非常清楚董事长徐浩的意图，不让其他人介入此事，主要就是想在内部将此事处理干净了。在这个事情上，杨高容是站在林絮那一边的——尽管任平生不明白他为什么要这么做以及他们之间究竟存在什么关系。徐浩是站在苏娜这边的——这很明显是梵高做了徐浩的工作。也就是说，现在摆在任平生面前的只有两条路，要么站在徐浩这边处理林絮，要么站在杨高容这边处理苏娜。看透了这些，任平生决定站到徐浩这一边。尽管这并不公平，但这是公司内部的斗争，无所谓公平不公平。

任平生把林絮叫到了办公室。

林絮一脸委屈地听完了任平生对此事做出的"判决"。当得知自己要独自背这个黑锅时，林絮表现出很失望的样子。但她此时似乎很理智，并没有做出什么辩解和反抗。

这有点儿出乎任平生的预料。

更奇怪的是，就在任平生要公布处理结果的时候，那个歌手的经纪人主动给他打了一个电话，说不再追究报社以及记者的责任。

这个结果着实让人感到意外。

经过这场风波的苏娜更加注意积极改善和所有下属的关系，有时候主动让出一些有价值的选题，交给我们来做。

我此时的情感生活也是相当平静。杨松很有耐心，隔一段时间就约我一次。这期间我提出让他帮忙调查QQ被盗事件，他也是满

贵　人

口答应。但几个月时间过去了，一直都没有弄出个所以然。

好朋友米斯和佐鸣真的分手了，她如愿以偿地得到了一笔巨款补偿。她和佐鸣之间的关系并没有完全闹僵，偶尔还会在一起喝喝茶什么的。据说喝醉酒的时候，还是经常在一起睡。

北方节气进入秋季以后，天气渐渐转凉。立秋那天，刮起了铺天盖地的大风。风停了以后，天地间变得一片澄明。

这天，我的生活开始发生了变化，变化从任平生给我的一个QQ留言开始。

那天晚上米斯暗示要主动接近任平生的话一直盘旋在我的脑际，但我一直没有付诸行动。我只是在QQ上密切注意着任平生的状态，从他的QQ签名以及空间里的信息来了解任平生的一举一动。

这中间我还试探性地请任平生看过两篇稿子，任平生和以前一样，很热心地帮我修改。因为这个月上头条的稿子稍微少了一点，任平生还很热心地给我提供过几条新闻线索。

但这一切都没有超出上下级之间的正常往来范围。只是这一次，任平生在QQ上给我说了这么一句话：下班后先别走，等我飞信。我请你吃一点简餐，顺便和你商量一件事情。

看到这句话时，我心里怦怦直跳，似乎脸色也变得微红热烈起来。瞅瞅四周，办公室里已经没有其他人了。

离下班时间还有十五分钟。

任平生这个留言让我有点儿不能自持，我刚在一本职场手册上看过，当异性上司主动提出请下属单独吃饭时，一般有两个可能，一是他要向你表示感谢，想进一步和你密切关系；二是他想借此向你释放一个信息，他对你很有好感。

对于我而言，第一种可能可以排除，因为自己没有帮过他，不存在感谢的前提。那么就是第二种可能了！天哪，难道任平生真的会喜欢自己？联系到上次的谈话，我心如潮水，开始四处荡漾。

我又仔细揣摩了一遍这句话：这句话总体上表达了两层意思，一层意思是请吃饭，并约定时间；第二层意思是要谈一点事情。

这里有个轻重主次的问题：请吃饭和谈事情到底哪个是主要的？如果请吃饭的目的是为了谈事情，那么这好像很正常。如果谈事情的目的是为了请吃饭，那就不一样了。我揣摩了半天，断定任平生请自己吃饭是主要目的，因为他用了"顺便"这个词。

退一步讲，就算是吃饭为了谈事情，那也不能说就是正常，因为不吃饭也能谈事情啊！既然领导想以吃饭的方式谈事情，那就意味着有情况！

想到这里，我不再磨蹭。看看表，离下班还有五分钟，赶紧去了一趟洗手间，认真收拾了一下脸蛋，抹了淡淡的口红，在耳根洒了一点香水。弄完了这些，心神不定地坐回到办公室的桌前，两眼眨也不眨地盯着电脑屏幕，看着QQ窗口。

这一会儿光顾激动了，都忘了给任平生回复。想必他应该是知道自己在线的吧，但似乎回复一下更好。但那样会不会显得太不矜持了呢？哎，管那么多干吗？回复一下表示礼貌更好。为了表示出一点矜持出来，那就什么也别说，只答复一个QQ表情。

想到这里，我迅速给任平生发过去一个笑脸。

任平生半天没回答。

十分钟以后，聊天窗口终于再一次闪烁起来，任平生同样发过来一个笑脸。

我猜测他正在忙什么事情，努力克制自己不再胡思乱想，坐在那里耐心等待。

贵　人

此刻我的心情十分复杂，有惊喜，也有意外，更有期待。我不知道任平生将会和自己谈什么问题，也不知道这到底意味着什么？想给米斯打个电话，把这个消息告诉她，请她给自己支支招。转念一想不合适，最好先看看任平生的态度，摸摸他的底儿，看看他究竟是想干吗，然后再和米斯商量对策。

聊天窗口再次闪烁，任平生发来一句话：十分钟后咱们在左岸咖啡馆见。

十分钟？

我算了算时间，必须马上出发。从报社走到左岸恰好需要十分钟的时间。

我没想到任平生会把吃饭地点定在那里。那是报社的一个活动据点，平时去那里喝咖啡吃简餐的同事很多，这要是被他们看到了，怎么办？任总就不怕他们在背后嚼舌头？

转念一想，任平生确实高明。第一次请吃饭，安排在一个相对公开的地点，恰好是要表明：这里面没有什么不可告人的秘密。我心里不得不佩服起任平生的严谨谋略。

秋天天黑得早一点，从报社大楼里出来，外面已经是一片黑影了。我快步向前走着，不希望自己到得比任平生晚。那样的话，也显得对领导不太尊重。

可还是晚了。我到咖啡馆的时候，任平生已经在门口等了。并且他已经选好了位置，靠近窗户的一个安静角落。

我们坐下来。

任平生主动选择了背光的位置，这样，他的脸就会朝向里面，不大能被别人看出来。我没得选，只能面朝外。这个细节让我感到很微妙，看来，任平生还是很小心谨慎的。这反过来证明，他这次约自己出来还是有点私心。

他会有什么私心呢？

先点餐吧。任平生把菜单递给我，点完餐我们再谈工作的事儿。

我点点头。

我看到任平生已经在菜单上点了一个牛柳拌饭。心想，不如和他一样算了，抬手也在旁边画了一个圈。

"你也喜欢吃牛柳？"任平生笑着问。

我也笑："嗯。每次来不是点这个就是点虾仁拌饭。"

任平生点头："今天在这里请你吃饭，简单了点，下次有机会请你去个好地方！"

我在心里说："还有下次？难道，这个年轻的上司真是对自己有想法？"

服务生走过来倒了两杯柠檬水。

任平生推给我一杯，自己端起另一杯，喝了一口。看了我一眼，低声说："报社研究想新设立一个特稿部，这事我上次给你说过，你还记得吧？"

我点点头。

任平生继续说："这事今天公司研究过了，同意设立。而且不再竞聘，直接任命部主任。与其他部门稍有区别，特稿部直属总编室领导，人员不多，但很重要。"

说到这里，任平生停顿了一下，看看我。我听得很认真。

任平生又说："我给公司建议由你来担任特稿部主任，对此，徐总很支持。就是杨总那边有不同想法，他还是想走一走程序，不要直接任命，要小范围竞聘。目前这事儿就卡在这里了。不过你放心，徐总和我都看好你，即便是走程序，最后还是你可能性最大。"

我极力保持着面部的放松，但内心里却起了波澜。没想到任平生这么看好自己，更没想到杨高容会站出来阻挡。上次竞聘，杨松到底替自己做没做工作？但不管怎么说，任平生和徐总对自己很厚爱，这是一件天大的好事，应该对他们表示感谢。

我低下头，红着脸说谢谢任总对我的关心！我一定会更加努力工作！

服务生端来两盘牛柳拌饭。

任平生说："这样是不是也太简单了点，等会儿我们再点两杯咖啡吧。你喜欢喝什么口味的咖啡？"

我笑笑："我喜欢不放糖的苦咖啡。"

任平生点头："这么巧，咱俩口味一样，那就来两杯苦咖啡！"

简单吃了拌饭，我们慢慢品起咖啡来。

有一阵子，我们两个都不说话。我不习惯这种沉闷，想找点话题，又不知道从哪里说起。还是任平生老道，他不失时机地问我对目前的报社发展有没有什么看法或建议？

我知道任平生不是没话找话，他是想了解一下自己对报社的整体看法。我喝了一口咖啡，不急不慢地说："我参加工作的时间还不是很长，而且一直在记者部，对报社整个运营情况不是太熟悉。但看法总归有一点，我觉得报社目前的发展定位是很好的，在当今全民娱乐时代，我们来做这样一份具有娱乐精神的报纸，是符合市场要求的。虽说电视占据了娱乐领域的大部分份额，比如湖南卫视在这方面可以说是翘楚，他们发掘了一大批娱乐人才，也做出了自己的独有品牌，但报纸作为平面媒体，在娱乐时代也有自己的优势，那就是资讯传递快，重要事件可以做深度解读，而且我们有一批传统的读者群，这一点足以保证我们的长足发展。但我们毕竟已经进入到了网络时代，新媒体层出不穷，大大冲击了纸质媒体的阅读。所以我建议，报社以后可以借助网络平台，做一份电子报，充分利用新媒体的快捷优势，打造报社的延伸产品，比如手机报等。"

说到这里，我停顿了一下，想看一下任平生的反应。

任平生一直在点头："你说得很好，继续说，把你的好想法都讲出来，对报社的发展很有启发。"

我继续发挥："还有就是我对你刚才说的成立特稿部深表赞同，因为我们虽说是做娱乐资讯，但深度解读是报纸的优势所在，我们不但要娱乐大众，还应该引导大众，而做特稿是引导大众思想的有效方式。同时，这也是提高《快报》影响力的最佳方式之一。"

任平生点点头："很高兴我和徐总选对了人。就凭你这段高论，我今天这顿饭就没有白请！下次有时间我还请你，到时候你再多讲讲。"

我不好意思地笑笑："谢谢任总夸奖。我会继续努力。"

任平生看看手腕上的表，说："时间不早了，我送你回去吧。"

我摆摆手："不麻烦你送了，我住的地方就在东江边上，离这里很近，走几步就到了。你忙你的吧。"

任平生说："那好，你这几天好好思考一下特稿部如何有效运作的事情，过几天我们再交流。"

我说："好的。"

我们在咖啡馆门口分手了。

贵　人

日志 20. 管住自己的嘴

　　走了两步，我回头看看任平生正向着报社大楼的方向走去，看样子他要去办公室加班了，明天的报纸需要他签字。

　　看着任平生逐渐远去的背影，心里的滋味很复杂。我不知道刚才拒绝任平生送自己回家究竟妥当不妥当？或许，他只是出于礼貌性地说说吧，如果是这样，拒绝他他大概不会介意的。但如果他是真想送自己的话，这样拒绝了就有些不礼貌了。

　　从这次吃饭的整个过程来看，任平生主要是在和我谈工作。这让我既高兴又有点儿失落，高兴的是任平生这么看重自己，失落的是，他对我并没有表现出多少工作之外的兴趣。

　　哎呀，我怎么能这么想呢？难道还真想像米斯说的那样，要去和任平生发生一点什么故事吗？羞不羞！

　　看着眼前的东江水，我的脑袋高速运转着，沉浸在漫无边际的遐想之中。

　　这一个夜晚，因为任平生的谈话，让我精神时刻处于亢奋状态。

　　我想唱歌，想对着大街上的人群大声喊。我感到生活到处都有着巨大的乐趣，到处都充满着巨大的希望。

　　许久没有这么一种感觉了。自从竞聘败给了苏娜，我的心情一直处于灰暗之中。

　　现在，终于走出了雨季。

　　人在幸福的时候，会感到生活到处都充满着和煦的阳光。

　　就在此时，一篇在办公室里传播的 QQ 日志打破了我对现实的美好想象。

这篇日志是米斯发到我的 QQ 信箱里的,从文章的行文来看,是一个很随意的工作感想。

这篇题为《看谁比谁更狠!》的日志全文如下:

最近很烦。差点替人背黑锅不说,还平白落下了一个不替领导着想的恶名。原来以为我会在此次风波中稳操胜券,没想到不但没占着便宜,还差点惹上一身骚。

人一旦步入社会,就不得不面对职场的种种险恶。现在才知道什么叫人在职场如同身在江湖。"人在江湖飘,哪能不挨刀?"这次我就挨了白眼狼一刀!

我一直把她看作是一个白眼狼,别看平时大家互相很客气,不错,我们亲密合作过,但那都是表面的,是做给别人看的!办公室里的人都以为我是跟她一伙儿的,谁能知道自从她当上了主任,我就对她有了莫名的羡慕嫉妒恨!

办公室里的人都以为我们是一个圈子里的,恐怕没有谁能想到我这次是故意要置她于难堪。不错,那个错误是我故意犯下的,谁让她只知道占我的便宜,从不给我一点好处呢!

本来以为这次的圈套能让她身败名裂,没想到她的后台那么硬。

哼!看你们还能得意多久!等着吧,我会再次让你触雷的,让你炸个粉身碎骨都不知道是怎么死的!哈哈哈哈……

贵　人

　　浏览完这篇日志，我后背禁不住直冒冷汗。天啊，身边居然还有这样的同事！

　　从日志的内容来看，这很可能是林絮所写。

　　但她的QQ空间一向都是加密的啊，没有允许一般人是无法窥视的。难道有人盗取了她的QQ密码？如果真是这样，那会是谁呢？只能是苏娜！

　　我突然想起来米斯给我讲过的一件事，这是发生在佐鸣文化公司里的真实事件。

　　佐鸣为了监控每个员工的工作动态，聘请高手在每一位员工的电脑上都安装了一个监控系统。有了这个监控系统，员工所有与客户以及朋友之间的聊天记录都会被收录。

　　我设想，如果这种情形也发生在报社里的话，那自己的所有隐私不就都被别人掌握了吗？联想到上次自己的QQ日志被共享的事件，以及眼下林絮的日志被公开传播的事实，我忍不住倒吸了几口冷气。

　　难道苏娜真是盗取别人QQ密码的幕后黑手？

　　现在看来，林絮的隐私可能已经全部暴露无遗了，如果苏娜也看到这篇日志，明白上次的错误是林絮故意设计的话，那还会有林絮好日子过吗？

　　苏娜肯定会报复她的！

　　我在忐忑不安中迎来了东莞又一个春天。

　　又是一个繁花盛开的季节。

　　不知道是不是因为自己的偏内向性格，我特别喜欢这个季节。随着天气的变暖，百花的次第盛开，我的身体和精气神仿佛也得到了释放和重生，整个人变得十分精神。

但也有人不喜欢春天。

最典型的就是办公室里的张姐，她一到春天皮肤就过敏。据说是因为花粉的缘故，一不小心她的皮肤就会布满粉色的小疙瘩，奇痒无比。

对此，张姐采取的措施有两个，一个是请假不上班。在不影响上稿总量的前提下，报社给予每人每年半个月的假期，这半个月时间可以自由调休。

张姐算是把报社的这个政策利用得最充分的一个。

张姐的第二个措施就是在假期期满必须上班时，就用丝巾把自己全副武装起来，除了眼睛，不让一点皮肤外露。所以，平时的张姐是标准的中国女人，而到了花粉纷飞的时候，她就会成为中东妇女。

要命的是，张姐今年连中东妇女的待遇都不能享受了。

因为皮肤过敏得实在厉害，她不得不住进了医院。

这天，我拉上米斯去医院看她。

米斯一开始不大想去，说看她干什么？虽说是同事，但同事多了，大家都不去，我们干吗要去？

我笑笑："去就去嘛，你看她平时多热心，还帮我张罗对象什么的。"

米斯撇撇嘴："她替你张罗的那几个对象，没有一个像模像样的，长得一个比一个歪瓜裂枣，真不知道是为你找夫君，还是给人家找媳妇！"

我说："行了行了，不是你教我的嘛，要和办公室的人搞好关系。张姐病了，我们去看看她，不是正好给我们提供改善关系的契机吗？"

贵　人

　　米斯点点头："你这样说，我倒是愿意去。其实，张姐这个人还不错，比办公室里其他那些小妖精强多了！"

　　到超市买了一点营养品，我和米斯来到了市中心医院。

　　医院里弥漫着浓重的来苏水味道。

　　在住院处打听了一下病房号码，我们直接去了张姐的病房。

　　因为事先没打招呼，张姐一看到我俩愣怔了一下。她大概没想到办公室会有人来看她，有些激动，赶忙招呼我们在病床边上坐下。

　　米斯不想靠张姐太近，所以她不愿意坐下来，只是远远地站在那里。

　　我不管这些，径自在张姐身边坐下来，嘘寒问暖地聊起了天。

　　张姐告诉我："就快好了，往年过敏症状很轻，今年不知道是怎么回事儿，弄得全身奇痒无比，只好来医院住几天。主治大夫说，我这是习惯性过敏，没什么大不了的。只是影响一点生活工作，连小孩我都不敢抱了。"

　　我点点头，安慰她好好调理。

　　稍坐了一会儿，我和米斯便离开了病房。

　　一出病房，米斯就大口大口地呼吸起来，边呼吸边说："我的妈呀，刚才一直憋着，再不出来我就给活活憋死了！"

　　我笑："你不会刚才一直没喘气吧？你就那么讨厌病房里的味道？"

　　米斯点点头："我可真是服了 you，你竟然还敢那么近地和张姐坐在一起！而且还和她拉着手，也不怕她把病传给你！"

　　我笑了笑："怕什么？你也太小心了！"

　　我们说笑着去逛街了。

　　我想这时候要是能出去春游该有多好。往年公司这个时节都要组织一次旅游活动的，不知道今年是怎么回事儿，一直没有什么动静。

去年去了一趟新马泰，我第一次出国，见识到了异域风情。可惜，那次出去的时间不长，没玩够就急急忙忙地回来了。

任平生和我谈话不久，公司网站就公布了关于同意《快报》成立特稿部的通知。

通知说为提高报纸质量，适应读者要求，公司批准《快报》社成立一个特稿部。特稿部直属于总编办领导，设主任一名，有意报名者请于三日内到《快报》总编办报名并递交材料，公司研究后予以任命。

不知道是不是提前走漏了风声，这次竟然没有一个人和我竞争。或许是公司"地下组织部"的作用，每次公司人事变动之前，总会有风声提前放出，而且这个风声还特别准。所以，大家都相信这个"地下组织部"。

三天后，我被公司任命为《快报》特稿部主任，顺利跻身于报社中层。

在这之前，我跟谁都没有提起过任平生找自己谈话的事情。包括米斯，她也不知道。看到公司发出成立特稿部通知时，米斯还动员我去争取。直到这时，我也没说。有过一次惨败的经历，我这次变得特别小心。我知道管住自己的嘴，绝对不是坏事。这是在职场生存必须要掌握的一招。我曾经听说过一个因为嘴巴不严而被别人暗算的故事：

一个在新媒体工作的女同事准备跳槽到另一家著名的电子商务网站，她把这个消息告诉了身边的同事。同事都

贵　人

为她感到高兴，恭喜她另谋高就。但平常和她关系最好的一个女同事对此却显得非常不感冒，她告诉这位要跳槽的朋友，那个电子商务网站并不好，年终奖金还不如现在的公司多。她还列举了好几个人的收入，以此证明她的话是真的。她说得很真诚，大家都相信了。想跳槽的那位朋友也开始犹豫不决。

让大家没想到的是，没过多久，说那家电子商务网站不好的女同事迅速离职了，很多人都不知道她的去向。直到好几个月以后，大家才得知她以翻倍的待遇去了那家电子商务网站，而想跳槽的那位朋友此时还在原单位不上不下的混着。这时候，她才知道自己被暗算了。

这就是在同事面前嘴巴不严实的后果！

我是一个善于总结别人教训和经验的人，必须要学会保守秘密，即便是对于最好的朋友，也是如此。

任命结果一出来，杨松第一个跑来向我祝贺。

这一段时间，我和他的关系不冷不热，他也没有表现出特别的殷勤，但他一直没有中断和我的约会。不过，约会的层次一直没有提升，仅仅是约会而已。

我甚至再也没有给他拉手接吻的机会。

杨松心里明白，这是我不愿意和他继续深入的征兆。他真后悔上次在野外没有来个霸王硬上弓，如果当时直接一步到位就不会出现现在的情形了。有时候，一时一地的不同，其结果会大不同。

不过，反过来思考一下，当时如果强行拉近了关系，其后果也可能比现在更严重。

以我的脾气，不告发他就不错了。

这一次，杨松主动提出来要好好给我庆祝一下。我倒没怠慢他，一口就答应下来。

从我这边来说，别的不说，就算是考虑到他的老子杨高容，也犯不着去得罪杨松。我要做的不是和他中断约会，而是在约会时注意把握好分寸。我相信男人的胃口只会越吊越高。

米斯曾经给我面授机宜：

对于主动追求的男人，除了自己非常喜欢之外，一定要注意吊足他的胃口，男人的心理就是越是得不到的越想得到，越是难得到的他越来劲。

她还现身说法，说她当初要是不那么快地和佐鸣同居，相信就不会出现现在这样的结果。

这些切身体验，我是相信的。

从大学时代开始，我在男女交往方面就一直保持着高度的警觉，但这并不说明自己是多么传统。事实上我在男女关系方面并不保守，我只有一个要求：相互欣赏。而杨松暂时还达不到这样的要求。

看得出来，杨松在努力。他把约会地点选在了离报社不远的临湖主题会馆。这家会馆还有一个名字叫作滨湖新天地。这里不但有舞厅、歌厅、咖啡馆，还有各种餐饮、小吃，是这所城市的一个娱乐新地标。

这里环境很好，尤其是晚上，夜色渐浓之时，湖边氤氲着似有似无的水气，微弱的灯光次第闪烁，给人一种如入仙境般的感觉。吃过饭喝过咖啡还可以沿着湖边散步，而且整个湖周围随时都可以叫到服务生，有什么要求都可以满足。

贵　人

　　滨湖新天地作为城市娱乐的新地标，消费水平当然会略高一些。目前，到这里来的人基本上是上层的成功人士，年轻人也有一些，大多是高薪的白领阶层。杨松把我约到这里，还是很有心的。

　　两个人先是去喝了咖啡，吃了点西餐。

　　在吃西餐时，杨松悄悄告诉我："你们记者部的那个女记者林絮被调整到报社资料室去了。"

　　我瞪大了眼睛："资料室？这不是太屈才了吗？她毕竟是一个研究生啊，资料室的工作需要这么高的学历吗？这不是浪费人才资源吗？"

　　杨松笑笑："浪费什么，她没被开走就算不错了！"

　　我不解地问："为什么？就因为上次那个稿子的问题？"

　　杨松点点头："不仅是因为这个，还因为她对领导的态度。"

　　"对领导的态度？就因为她不愿意替苏娜背黑锅吗？苏娜一个小小的记者部主任算得上什么领导啊！"我有些替林絮愤愤不平。

　　杨松只是笑："不仅是得罪苏娜的问题，她的不合作也冒犯了你们的副总任平生。他本来想大事化小小事化了的，但林絮一意孤行。她在这次事件中的表现很'幼稚'！"

　　停了一下杨松又说："无论哪个单位，哪有员工冒犯领导的。凡是得罪领导的基本上没什么好下场，不是被炒鱿鱼，就是被降职！而且林絮还自作聪明地把这一切都写在了QQ日志中，她大概没料到日志会被传播开来。真是聪明反被聪明误！"

　　听完杨松这番话，我心里起了很大的波澜。记者部先开走一个紫苓，现在又把林絮"发配"到资料室。看来，苏娜上任以后的记者部要成为一个是非之地了！三十六计中走为上策，自己早一点从记者部出去，肯定是正确的选择。

我随口说了句:"资料室是一个清闲部门,奖金最少,林絮到那里去,算是惨透了!"

杨松默然。

愣了一会儿,他又说:"惨一点倒没什么,怕就怕领导继续跟她过不去,穿小鞋的滋味可不好受。林絮这次吃亏就吃在没摆正自己的位置,不拿自己领导当干部,这是大忌。尤其是当苏娜变成了她的上司以后,她没意识到她们之间的关系也随之变成了上下级。这时候林絮还把苏娜当同事来看待,她的麻烦就来了。同事一旦变成了上司,那就是你的领导,千万别奢望她会和以前一样。哪怕你碰到个人品极佳的同事升了领导,也要先把他看成领导!就算和领导的关系再好,那也只是'和你关系不错的领导',总之,还是领导!"

这一番醍醐灌顶的话,给我上了一堂生动的办公室职场课。对此,我从心底里生发出一种厌恶,但又不得不去认同。看来,自己需要学习的职场知识太多了!

因为刚刚得到升职,我的心情很不错,主动提出要和杨松一起去K歌。

杨松很高兴,两人一起去了KTV包房。

我平时不大唱歌。研究生毕业的时候同学们举行谢师宴,所有的同学都唱了歌,只有我默默地坐在黑暗的角落,表情木然地看着周围的热闹。我们的导师(私下里我们都叫他"老板")主动过来请我合唱一首《天仙配》,同学们起哄了半天,我也没接话筒。后来一个女同学怕导师难堪,赶紧站出来和导师合唱。后来,同门都提醒我,说你也太不给老板面子了,如果不是已经毕业了,老板肯定会难为你!

我也不在意,不想唱就是不想唱嘛,干吗非要勉强自己呢?

贵　人

杨松见我兴致很高，心里盘算着趁我高兴时把关系再深入一步。他点了一瓶红酒，边唱歌边和我频频碰杯。

红酒可以让人放松警惕，一般人都以为红酒不醉人，可以放开了喝。其实不然，红酒这个东西也醉人，特别是女人，更容易喝醉。

更要命的是，红酒后劲大，一旦醉了，就是大半天。

看得出来，杨松想借着这瓶红酒，今天晚上把我彻底拿下。

怀揣着这样的梦想，杨松心里一直很激动。他看着兴致越来越高的我，脸色微红，气喘吁吁。

我已经唱了几十首歌了，从进包房那一刻起，手里就一直拿着话筒。从《映山红》唱到《爱情买卖》，从《阿姐鼓》唱到《传奇》，一曲一曲接连不断唱下去。我从来没有这么放松过，沉浸在唱歌的愉快当中，忘记了周围的一切。

眼看着一瓶红酒见了底，杨松又要了一瓶浓度更高的。第二瓶红酒刚喝掉了一半，我就晕晕乎乎地倒在了沙发上，斜躺在那里娇喘。

杨松笑嘻嘻地看着我。

我醉醺醺地问："你这么看我干吗，色眯眯的！像一条色狼！"

杨松靠过来："我色吗？"

我笑："最起码眼神很色。"

杨松有些按捺不住，一把揽过我，把嘴唇凑到了我的额头。

我一开始没有拒绝，但当杨松试图亲吻嘴唇时，我本能地挣扎了一下。无奈杨松把我抓得很紧，想挣开不可能。我被杨松结结实实地亲吻了半天，感觉身体在逐渐变得酥软。

杨松的手在我的身体表面游弋，我喘息声越来越重，不一会儿我突然说了句："你不会是想在这里吧？"

这一句话让杨松分外惊喜：看来，自己的目的就要达到了！

他把我拉起来："走，我们去开房！"

我不置可否地笑笑，起身跟着杨松走了。

日志 21. 搭档擦出火花

刚走出包房，有些醉态的我迎面碰到一个人，只听见那个人咦了一声："这不是唐果果吗？你怎么会在这里？"

借着昏暗的灯光，我和杨松认出了面前的男人是任平生。两人酒醒了一大半，齐声说了句任总你好！

任平生点点头："你们也在这里唱歌吗？"

我带着些醉意笑笑："我们刚唱完，你这是刚来还是要走？你要是刚来我就陪你唱一会儿，你要是想走我就和你一起走！"

这句话让杨松和任平生同时愣住了。

任平生反应快："我和几个朋友过来放松放松，你们先回去吧。"

说完，任平生看看杨松。

杨松赶紧说："是啊是啊。"

他对我说，我们还是先回去吧。你喝了酒，回去休息一下。

我摇摇头："我不和你一起走，我要和任总一起走。"

杨松面色尴尬地看看任平生："她喝多了！"

任平生摆摆手："赶紧把她送回去吧。"

说完，任平生想走，被我一把拉住了："我要和你一起去唱歌！"

任总愣了一下，看看杨松："要不你们一起来吧，这边也是报社的人,你们都熟悉。"

杨松看看醉态憨厚的我,无奈地说:"那好吧。"

三个人一起进了一间很大的包房,里面坐着三个人:广告部主任嫣红、米斯和佐鸣。佐鸣和嫣红正拿着话筒合唱《甜蜜蜜》,他们看到我和杨松,都有些意外。米斯不相信地说了句:"果果?你怎么也在这里?"

我呵呵笑:"我怎么就不能在这里呀,你和姐夫不是也在这里吗。"

任平生坐下来,笑笑:"我刚才去厕所,出来时遇到了他们,唐果果可能喝多了,想过来继续唱歌。"

"她喝多了?"

米斯把我拉到自己身边来:"这个家伙可从来不会喝醉酒!"

杨松的表情有些尴尬:"她刚才一直在唱歌,喝了点红酒,结果就醉了。"

任平生挥挥手:"大家唱歌吧,来来来,佐总你们继续。"

歌声再次响起来。

大家情绪都很高涨,只有杨松神情黯然。任平生有所察觉,没话找话地告诉他:"佐总的公司想在我们报纸上投放点广告,我们今天主要是来商量这件事。"

杨松点点头。

《快报》的广告业务量一直在攀升,在公司的几个媒体中遥遥领先。这一方面是由于《快报》的娱乐性质所决定,另一方面也与报社的广告部业务突出有关。

那个正在和佐鸣一起唱歌的嫣红是报社的一个青年骨干,原来在日报社,后来自愿调来《快报》。她主持广告部以后,充分发挥自己的人脉资源，把广告这一块做得风生水起，深得公司高层的赏识。

嫣红长得漂亮，30多岁了还单身。广告部的工作比其他部门辛苦，每年都有固定的业务量，不完成这些任务，他们的薪水就不能保证。但广告部也是报社最有钱的部门，因为不愁客户，而且提成很高。嫣红调来《快报》一年，收入已过百万，报社内部的人都叫她百万富姐。但大家都不嫉妒她，因为她是靠工作能力和业绩所得，谁也说不出什么。没有两把刷子的人是不敢去广告部的，嫣红也因此很受任平生的器重。

杨高容曾经告诉过杨松，嫣红是任平生手下的得力干将，如果没有了她，报社的广告收入不知道会下降几成。

从任平生和嫣红平常来往紧密的关系来看，杨松猜测两个人一定有一点儿故事。一个是位高权重的俊男，一个是身价不菲的靓妹，都是单身贵族，在一起搭档擦出点火花也实属正常。

问题是任平生就不怕报社里的人在背后嚼他的舌头？他事业发展正处于势头最好的时刻，毕竟是要往上爬的啊？

嫣红虽然是一个不错的女孩，但她毕竟只是一个小小的广告部主任，在任平生的仕途发展上，她根本起不到什么作用。那么，他们之间究竟是什么样的一种关系？

杨松冷眼看着包房里的每一个人。

那个佐总和嫣红唱兴正浓；任平生低头看手机，手指快速地在键盘上跳跃。此时的我处于半睡半醒状态，斜靠在米斯的肩膀上；米斯正在用同样冷峻的眼光观察着杨松。

两人的目光碰到一起，相互笑笑。

杨松心里窝着一团火，他一定在想：眼看就要达到目的了，不想半路杀出个任平生，坏了自己的好事。哎，真他妈晦气！这些，

贵　人

他只能埋在心底，不能写在脸上。或许刚才我对待任平生的态度，让他心里很不舒服。

此时，杨松真是如坐针毡。他想带我走，但碍于任平生和其他人，不好贸然行动，只有等我主动提出来才行。不走吧，待在这屋子里真是闷气得很。还有那个米斯看他的眼光，让他很不自在。

坐了大半个钟头，米斯在佐鸣耳边说了一句什么，佐鸣大手一挥，对任平生说："任总，时间不早了，咱们打道回府吧。"

任平生点点头："佐总不再玩玩了？"

佐鸣笑笑："今天很尽兴，强将手下无弱兵啊，你这个部下能喝会唱，真是一个难得的人才。如果我们公司也能有一个像嫣红主任这样的人，那我就更是如虎添翼了。"

嫣红听佐鸣这样说，在一旁打岔："我哪算什么人才啊，我是跟着任总打工的！"

佐鸣呵呵笑出了声："还是嫣红主任会讲话！我那个广告资金明天就打到报社的账户，这是我们第一次合作，合作很愉快，相信以后还会有机会。"

几个人都站起来，相互搀扶着往外走。

到了门口，几辆的士迅速开过来。任平生征询佐鸣的意见："我让嫣红主任先把你和米斯送回去？"

米斯指指依旧有些醉态的我说："我和果果打一个车，她喝多了，我送她回去。"

米斯说完看看杨松。

杨松说："还是我送她吧，你和佐总一起回去吧。"

米斯态度坚决地说："还是我送吧，我今晚就住她那里。"

佐鸣笑笑："就让米斯送吧，她俩是铁杆好朋友。"说完，和嫣红一起上了车。

杨松没办法，只得和任平生一起走了。

日志 22. 对付上司最好的办法

直到回到住处，我才完全清醒过来。躺在沙发上，睁开眼睛看到米斯，迷迷糊糊地说："我这是在哪儿啊？"

米斯扭扭她的鼻子："在哪儿？在你家！要不是我，你此刻可能已经躺在杨松那个家伙的床上了！"

我若有所悟地拍拍脑袋："我想起来了，我是和杨松一起去吃饭了，吃完饭去唱歌，可唱完歌之后的事情我就记不得了。"

米斯笑："你和杨松在滨湖新天地唱完歌，杨松想带你回去时遇到了任平生，你当时拽着他的胳膊非要跟他走，任总没办法，把你带回包房，刚好我也在那里，看到你烂醉如泥的样子，我一猜就知道是杨松搞的鬼，是不是他故意把你灌倒的？"

我点点头，又摇摇头："杨松说今天要给我庆祝一下，一开始是我主动喝，后来喝着喝着就不省人事了。你这么一说，我倒是想起来了，幸亏遇到你！"

愣了一下，我问米斯："你刚才说你和任总在一起？"

米斯笑笑："对啊，佐鸣要在咱们报纸上投放广告，嫣红主动提出请他吃饭，佐鸣叫上我，没想到任总也来了。"

"哦，是这样。那我在任总面前没失态吧？"我脸上露出一副担心的样子来。

"失态？你何止是失态？都快要失身了！"米斯故意拿我打趣。

我表情严肃。

贵　人

　　米斯说:"好了好了,管他什么失态不失态!是不是觉得自己当了官了,就得注意形象了?"

　　"说什么呢?我这哪算什么官啊?我就是担心在上司面前失态影响不好。"说这话时我的样子很不屑。

　　米斯笑笑:"你还怕什么影响?影响再大也不会严重到QQ被盗事件吧?"一句话说得我哑口无言了。

　　米斯的话戳到了我心里的痛处。

　　见我沉默不语,米斯笑着说:"如果仅仅考虑到上下级的关系的话,你不用担心,任总这个人很开明的。我给你说个事儿你就明白了:一次,那时候你还没来公司呢,我们办公室来了一位新同事。她一进来,我就闻到一股浓郁香水味,那味道熏得我头晕目眩,我抬头一看,吓了我一大跳,这个女同事穿了一件薄如蝉翼的吊带纱裙,下边只穿了一条肉色打底裤。我的天呐,给人的感觉是刚从浴室出来,这也太让人浮想联翩了。很难想象她是如何挤进地铁的,在地铁里这位近乎裸体的美女不知道让多少人垂涎三尺了……那天正好任总到我们办公室来,他看到了这位准裸体美女,竟然没有丝毫的惊讶和意外,由此可见他的耐受力有多超强。"

　　米斯说完见我仍旧没什么反应,故意试探说:"你是不是喜欢任总啊?才会这么担心这影响那影响的。"

　　我拿拳头打了米斯一下:"瞎说什么呢你?真是狗嘴吐不出象牙来!"

　　米斯笑:"我可是说真的啊,你别打任总的主意。广告部那个嫣红是任总的小情人,你可不能第三者插足!"

　　我一愣:"你说的是真的?"

　　米斯说:"什么真的假的,人家都这么说,还能有假啊?"

我不言语了。

米斯提醒我:"时间不早了,你是不是去冲个澡?一身的酒精味儿让人受不了!"

我坐起来:"看在你送我回来的份上,我就再一次和你同床共枕吧。"说完,我去冲澡了。

我赤身裸体地就出来了,米斯尖叫道:"哎呀,小不要脸的,也不穿个内衣!"

我笑:"内衣该洗了,新的在橱柜里,我这就去拿。看你,大惊小怪的!"

米斯眼睛紧盯着我的青春胴体,脸上故意露出色眯眯的表情:"哎呀,没想到咱们的果果同志线条如此美妙啊!你夜里可要小心一点,我可是一条色狼啊。"

我从柜子里找到一条花色内衣,迅速穿上,边穿边笑:"叫你再看!"

换完了内衣,我嘻嘻笑:"我才不怕你呢,你要是色狼,也只能吓唬吓唬未来的姐夫!"

米斯脸色黯淡:"以后在我面前别再提姐夫这两个字!"

我说:"怎么了?你今天不是和佐鸣一起的嘛,看你们的亲密劲儿,一点都不像已经分手的样子!"

米斯叹了口气:"你懂什么?哀莫大于心死啊!虽然表面上我们还有说有笑,但在内心里早已经不是一条心了。"

我"哦"了一声。

米斯面色严肃地对我说:"我说句真格的,你别不当回事儿啊,你要好好考虑一下和杨松之间的关系,别像我当初那样随随便便就把自己交代了!到时候后悔都来不及。你要是对他没啥感觉,趁早

贵 人

别走那么近,也不要给他创造什么可乘之机,不然的话,只会害人害己!"

我低下头:"我和杨松之间不可能。"

米斯说:"那就趁早完蛋,别婆婆妈妈的,以后他要是再约你出去,你找个理由拒绝,别再像今天!"

我愣了一下说:"我主要考虑到杨高容……"

米斯打断我:"考虑那么多干吗,他眼看快要二线了,你不必前怕狼后怕虎的!"

我点点头:"好不容易得到了自己想要的,我一定要加倍努力工作!做到'工作期间,不谈感情'!"

米斯被我严肃的表情逗乐了,她边嘻嘻笑着边用手拍打床铺:"你这个傻丫头,还不谈感情,哈哈哈……"

我撇着嘴巴说:"你别光笑我,也想想自己。"

米斯止住笑:"想什么?"

我神秘兮兮:"你不是说是嫣红把佐鸣送回家的吗,你也不打个电话问问,我那未来,不,曾经的姐夫到底有没有安全到家?"

米斯明白我的意思,我是想知道嫣红这个女人的动向。不过,自己还真的有点儿担心,虽说嫣红是任总的人,但她那样风骚的女人,保不准会来个一枝红杏出墙来。

想到这里,米斯掏出手机,拨通了佐鸣电话。响了半天,佐鸣才接。米斯问他干什么了,电话接得这么慢?

佐鸣说:"洗澡了,刚冲了个澡,正准备睡觉呢。"

米斯笑着问:"是一个人睡还是两个人睡啊?"

佐鸣嘿嘿笑:"你不来,我当然是一个人睡了。"

米斯收起笑容:"别给我贫嘴,那个嫣红没把你送到家里呀?"

佐鸣一愣："把我送到楼下，就回去了，说要回去看看任总，怕他喝醉了酒。我刚才还奇怪呢，她和你们任总到底是啥关系，这么晚了，她还说要去看他？"

米斯明白了，她嘻嘻笑着说："人家是什么关系？只要和你没有任何关系，其他你就别操心了，赶紧睡觉吧！"说完，米斯就把电话挂了。

放下手机，米斯对我说："告诉你一个十分不幸的消息，那个嫣红没把你曾经的姐夫送到家就拐了个弯，去找任总了。"

说到这里，米斯故意做出一副幸灾乐祸的样子来："怎么样？你是不是对任总特失望啊？"

我拿手打了一下米斯的肩膀："我失望个屁！"说完，拉起被子就蒙头大睡了。

米斯看到我真的着急了，心里明白，我或许对任平生的情感已经超出了同事和上司的范围。从我刚才的反应谁都可以看出来，自己很在意任平生和嫣红之间的关系。

"哎，这个傻丫头！"米斯轻轻叹息了一声。

其实在米斯和佐鸣通话之前，她对任平生和嫣红之间的关系也只是停留在猜测阶段。

她了解嫣红。

嫣红是一个办事能力超强，在与人交往过程中特有磁场的一个女孩。她俩是同一年来公司工作的。那时候《快报》还没有创办，她们一起在公司下属的日报记者部工作。

那时候进公司不像现在竞争这么激烈，但考试还是要考的。她俩考进公司的时候，公司还没有进行聘任制改革，那时候只要能考进来，就意味着有了一个铁饭碗，可以和公司签订长期的聘用合同，而不是像现在这样两三年就得重签。她俩是公司最后一批有固定编制的职员。

新光传媒那时候还不叫这个名字，也不是企业化运作。她们进来的第二年，公司才进行了转轨改制，实行了自负盈亏的企业化模式运作。

在改制企业化运作之前，公司里的工作环境和中国大多数的国有企事业单位一样，工作没有什么压力，拿着固定的薪水，上班一张报纸一杯茶，过的是神仙般优哉游哉的日子。现在看来，这种日子比较适合米斯这种人。而嫣红，则是喜欢挑战的人，是公司新体制的受益者。

嫣红一直不甘心做一个普通的文字记者，她在记者部写了不到一年稿，便主动要求到广告部去锻炼。在报社，一般没有谁会主动要求去广告部。因为那时候日报广告部经营得不死不活，没有多少广告投放量。

广告部是率先试水改革的部门，实行底薪加提成的酬劳制。嫣红选择广告部，缘于她喜欢挑战的性格。

嫣红去了广告部以后，很快就适应并驾驭了市场化运作的环境，改变了广告部经营不善的沉闷局面。没用一年，不但广告部的总业绩上来了，而且嫣红个人的腰包也鼓起来了。

更关键的问题还在于，嫣红不但自己收入高得离谱，还大大提高了广告部每个人的收入，这一下几乎改变了广告部所有人的观念，他们纷纷走出了办公室，主动去和客户约谈。

同样是在日报社，米斯算下来，一年比嫣红少收入几十万，更准确地说自己的收入还不及嫣红的零头。

这就是两人之间的差距。

差距与能力有关，更与性格有关。米斯和嫣红，一个循规蹈矩，一个敢于冒险。人说性格即命运，现在看性格也是财富。

好在米斯家境优越，不在乎收入的高低。

《快报》创办不久，嫣红和米斯都过来了。不过她俩的动机不一样。嫣红过来是要开辟更大的一番事业，她看中了《快报》更灵活的运作机制和巨大的市场资源，想来《快报》大展身手。而米斯是想改变一下工作环境，她是一个喜欢娱乐的人，所以更喜欢做点和娱乐有关的事。

尽管对嫣红很了解，但米斯还是没想到她会和任平生走到一起，由此倒也可见嫣红这个女人的非常手段。

任平生可以说是公司里的最优质男人之一，事业处于关键的上升期不说，其相貌也是最一流。

公司多少女记者对他垂涎仰慕，有不少还主动去投怀送抱，无奈都未能引起任平生的兴趣。而嫣红竟然能轻松得手，可见其手段确实了得。

如今，天真烂漫的我不知天高地厚，竟然也对任平生产生了好感，实在是不知道职场之复杂和凶险。

此时，我还不知道对付最接近的上司最好的办法是处成哥们儿。绝不能用异性的方式相处，那样，你会处于劣势，因为有以下风险：

他如果不能被提升到更高的位置，你也不能；

风言风语对女人不利，但对男人没有什么影响；

地下情总有结束的时候，那样，后果更加难以预测；

也许，你成了他的副手，有了接近更上一级领导的机会，有了施展才华的平台，你可能会凭着已经获得的成功经验，再次成为另一个领导的异性，你才会越走越远。

贵 人

但这一点谁也不能保证。你可以成功俘获一个上司,绝不意味着你还可以俘获第二个。因为每个上司对女人的口味是不一样的。

这些,我直到很久以后才了解。

日志 23. 向领导表明态度

特稿部说是新成立的部门,其实说白了就是从记者部单独独立出去。

因为特稿部的人马多半是从记者调整出来的,除了部主任,还有一个小伙子和两个小姑娘。

小伙子叫郑穹,两个小姑娘一个叫景蓝,一个叫玛瑙,都是报社今年刚招进来的新人。

按道理特稿部的记者应该都是资深记者才对,特稿部嘛,主要任务是要写重点稿、长篇稿,这样就需要有经验有能力的老记者。

但任平生不这样认为,他对我说:特稿部的记者素质一定要高,主要是要善于创新,以这样的要求来看,新记者反而更好培养。

他交给特稿部两个重要任务:一是要保证报纸的用稿;二是抓紧培养新人,把郑穹和景蓝以及玛瑙尽快培养成报社骨干。

按照这样的一个工作定位,特稿部成立以后,和记者部明显形成竞争局面。记者部的任务也是给报纸供稿,这样的话,两个部门之间必然会出现争版面和上头条的冲突。

作为两个部门的负责人,我和苏娜必然要为此绞尽脑汁,全力以赴。

我有时候会不怀好意地这样猜测:这会不会是任平生和公司领导层故意安排的局面?让两个部门形成你追我赶的竞争优势,有利于激活两个部门的潜力，更有利于报纸稿件质量的提高。

不管怎样，现在报社领导已经给我和苏娜分别提供了一个可供自己施展才华的平台，舞台已经搭建好，剩下的就看我们各自如何唱戏了！这可不是一般的戏，这是竞争激烈的对台戏！

报社给特稿部腾出了两个办公用房，主任独自一小间，大房间归三个新记者公用。特稿部办公地点离记者部大厅稍远，离总编办近一点。在这里办公，和任平生照面的机会就多了。

在新办公地点上班第一天，任平生就过来巡视了一番。我看到他进来，脸色微红。想到那天晚上在滨湖新天地的失态，担心任平生对自己会有不好的看法。

任平生东瞅瞅西看看，边看边对我说了句："办公室空间小了点，但比起大厅来，要安静得多，更有利于写稿了。"

我点点头："谢谢任总对我和特稿部的关爱、支持！"

任平生笑笑："特稿部作为一个新部门，公司领导层是寄予厚望的。你们一定要加倍努力工作，抓紧做出点像模像样的成绩出来！"

我表态说："请任总放心，我们一定努力工作！"

我陪着任总到隔壁大房间看了看，郑穹和景蓝他们正在收拾办公桌，看到我和任平生，都停止手里的活，毕恭毕敬地打招呼。

任平生笑着对他们说："你们都是新记者，新就新在没有什么条条框框，可以大胆创新。你们三个跟着唐主任好好锻炼，特稿部嘛，要体现出'特'字来，抓紧上稿，尽快成长起来。报社现在正在进入超常规发展时期，正在争取来个弯道超越后发优势，让《快报》尽快挤进全国最好的报纸行列。其中，最主要的就是要看深度报道，当然还要有言论，下一步我要亲自抓一抓报纸言论，特稿部和评论部都是重要部门，总编室非常重视。各位一定要努力啊！"

贵　人

三个人一起点头，连声说着一些表态的话。

巡视完毕，任平生去了记者部。我心里说，在记者部，他又会讲些什么呢？不会还是这些话吧？

坐在电脑前，我发了一会儿呆。

此时，看到有人给发来一个QQ留言，打开一看，是"烟雨江南"，他刚刚在几秒钟前发过来一个祝贺的表情，然后说了一大段话：

人生得意时更需内敛，千万不能像《让子弹飞》里刚上任鹅城县长的张麻子那样，霸气外露。这样只会四面树敌。

千万记住，一段时期内，敌人只能有一个。如果你有两个以上的敌人，这就给了他们联手对付你的机会！双拳难敌四手，即使你是高层管理人员，下面联合起来对付你的人多了，你也很难搞定！敌人一旦联合，即使他们在不同的部门，也会给你带来很多的困扰。更何况，你的敌人自然会有他们自己的小圈子和盟友。这样一来，表面上你只有两个敌人，其实你已经有了很多敌人。

打仗无非就是"打得赢就打，打不赢就跑，集中优势兵力消灭敌人"。为什么消灭敌人需要集中优势兵力？因为人多力量大，这是我们这个星球上千古不灭的古训。与人斗争就是要孤立对方，即使无法孤立，也不能让他有另外一个盟友。所以，一定谨记：做事要保持低调，不要树敌，即使要树敌，在一段时期内只能有一个！做到了这一点，你在战略上就已经赢了！

这一段经验之谈，让我大开眼界。

我给"烟雨江南"发去了一个感激的表情，第一次在QQ上对他说：谢谢你！谢谢你这一段时间以来给我的忠告！

此刻，我和"烟雨江南"成了真正的好友。

我很想知道他的真实身份，但我明白自己问了也没有用，因为他一直不想告诉自己。

我隐约地感觉到，这个人就在自己身边，他总有一天会露面的。他现出真正身份的时间，或许已经不远了。

不管怎么说，有贵人在暗中相助，这是一件好事。

自从报社发文成立特稿部并聘任我为特稿部主任以来，苏娜每次见到我脸上的表情都是瞬息万变，阴晴不定。但在表面上，她对我的态度还是很友好的。

扪心自问，我对苏娜还是很钦佩的，她不但稿子写得好，而且有领导风范和领导手腕，就凭她敢把林絮调到资料室这一点，苏娜确实比自己强。

资料室就在特稿部隔壁，刚才去那里看了一眼，见林絮一个人坐在那里整理旧报纸，表情甚是落寞。

我暗想，林絮其实写稿子还是不错的，如今既然记者部把她扫地出门，特稿部不妨废物利用一下：有些稿子可以交给她来写，或者让新记者和她一起合写。

报社只是说把她调到资料室，没说她不可以写稿。因此，把林絮"抢救"到特稿部，既可以充实部门的力量，又可以让林絮感激自己。

如此一来，就会和苏娜形成一个鲜明的对比，也算是把"烟雨

贵　人

江南"的"一个敌人"理论付诸了实践。

敌人的敌人，就是我的朋友！

这里需要特别注意的是，林絮既然可以设计陷害苏娜，那她说不准也会给自己捣乱。如何用好她的长处规避她的缺点，需要好好动动脑子。

我仔细分析过，目前的格局对于自己和苏娜来说，谈不上对谁更有利。虽然特稿部直属总编办，以后可以直接和任平生他们接触，而且和记者部比起来，特稿部有更多机会占据报纸的重要版面和头条。但记者部毕竟是老牌部门，底子厚实，记者人数比特稿部多上好几倍还不止，而且个个都是经验丰富的老手。从数量上讲，特稿部肯定不如记者部。此外，记者部还有一个巨大优势，就是苏娜和编辑部主任梵高关系密切，这一点可以给她们上稿提供便利，在版面美化方面也更有优势。好在特稿部稿件执行特稿特发制度，一般的稿件直接由总编室签发，可以越过编辑部的审核。

在这种情形下，我打算和记者部打一场不对称非常规战争。

我决定今后特稿部的稿件不求数量，只求质量，要保证不浪费一枪一弹，写一篇发一篇，并且要上头条，要受到读者的欢迎，产生非常的轰动效应。

按照这样的作战思路，特稿部必须首先选好题目，就像轰炸之前先定位打击目标一样，必须实行精准打击，打一炮轰动一炮。这样，就必须盯准社会热点，尤其是那些即将出现的社会热点，需要提前把握，才能引起读者的共鸣。

作战的思路很清晰，剩下的就看执行力了！以特稿部现有的作战力量来看，一个没经多少职场较量实战的将军带领三个新兵蛋子，情况似乎不容乐观。但在某些方面，将军有经验有想法，新兵蛋子刚上战场有激情，只要战术得法，打一场漂亮的不对称战争应该不难。

那么，第一场战役从哪里打起呢？

我开始思索第一篇特稿的选题。

首先想到的，仍旧是 QQ 群。

我至今都没有把自己的制胜法宝"娱乐至死"QQ 群与三个手下共享。这是一个全国娱乐记者的大联盟，整个《快报》社也只有我拥有这个难得的资源。这是靠着我的研究生同学的人脉资源建立起来的一个智囊库和消息源，自己可不想被其他人知道并利用。如果那样的话，我的那些头条稿件就失去了独家的报道价值了。

基于这些想法，我决定暂时还是自己独立享用这个资源，等待时机成熟再把三个手下加进来。

这是防止资源被外人特别是记者部的人利用的唯一方法。

良好的开头是成功的一半。

但万事开头难，新官上任三把火必须要放得有点水平才行，这头三脚要踢中对方的要害。

想来想去，参考"娱乐至死"QQ 群上的话题，我决定把第一个系列特稿锁定在演艺界的堕落现象，第一篇重点关注一下名演员的吸毒问题。

现在，演艺圈不时有名人吸毒的爆料，而且各大娱乐媒体也都很关注这个话题，但鲜有将此话题深挖的纵深报道。

我下决心深挖一下这口井。

为了保证稿件的质量和上稿速度，我同时将这一篇稿件的续篇——名人的奢华浪费以及糜烂生活方式也做起来。把三个新兵蛋子全部调动起来，郑穹主打第一篇，景蓝和玛瑙负责第二篇，我自

贵　人

己对两稿进行整体策划、把关，确保稿件一次写成功。

纵深报道的关键是要占有独家资料，在此基础上进行逻辑严密的分析和述评。我安排三个新记者到国内外各大网站搜集相关资料，然后精心对这些资料进行分解整合，提炼出主要观点。

我告诫三个人，第一步一定要先把故事讲好，所有纵深报道首先都是要讲好一个故事。在讲好故事的基础上，再抛出自己的论点。一篇好的深度报道，你甚至看不到作者的任何评论，他的观点已经天衣无缝地融合进了整个报道的字里行间。所以，最重要的是要讲好一个故事，要想办法把故事讲得吸引人，要有文采。

这些既是我在读研究生时学到的理论，又是实践经验的总结。把这些交代给三位新手，以便他们把握好写稿的重点要领。

三个新记者虽说都是新手，但到底都是科班出身，而且靠着一股初生牛犊不怕虎的闯劲儿，很快就把两篇深度报道的初稿拿了出来。我怀抱挑剔的目光看了一遍，还真别说，都还是那么一回事儿。看来，任总说得没错，特稿部启用新兵蛋子，可以更好地创新！

去厕所的时候，我遇到了林絮。林絮自从遭贬被发配到资料室以后，见谁都抬不起头。见到以前一个办公室里的人更是如此。我抱着"废物利用"的想法主动和她搭话，把她请到自己的办公室，想和她谈谈。

一直处于冷遇的林絮突然被我这么厚爱，言语一时间有些小激动。她告诉我，自己虽然有错，但这次主要是被苏娜算计了。这个女人心狠手辣，是一条咬人的恶狗！

这件事我错就错在没有学会认错。我现在算是觉悟了，在职场上，工作上犯了错是一件可大可小的事。说它大，你可能因为一件小事就像我一样走人；说它小，只要不是犯了天大的错，大不了给上司骂一通而已。

我现在才明白，即便你没有犯错，可是你的上司或者上司的上司认为你犯了错，或者你因为别人的原因"被犯错"，不要辩解，要强撑着。你一定也要积极地承认错误，而且要把错误夸大化，大到让人觉得可笑的程度最好。

经此一战，我现在算是彻底明白了，在职场上被冤枉，代人受过，就像夏天要打雷刮风一样，是再正常不过的事了，你不要觉得有什么不可理解。认错并不在于认错的本身，而是向你的上司表明一种态度。

林絮在很认真地总结教训。我不想与她纠缠这个话题，我知道这种事情是永远都说不清的。

我问林絮："还想继续写稿子吗？"

林絮说："想啊，怎么会不想？你看我这双手，写了这么多年新闻稿了，现在却不得不成天摆弄资料室那些发黄的报纸，我自己都觉得浪费！"

我笑笑："那你和我们特稿部一起合作吧，这样，不但你自己能继续写新闻，还可以帮我带带三个新兵。合作一段时间以后，我再向报社提出要求，把你从资料室调到特稿部来，这样，你就可以彻底解放了！"

林絮一听可以从资料室出来，心里很高兴，她言辞激动地说："谢谢唐主任的关心！我一定好好为特稿部服务。苏娜那个女人把我打进地狱，你却把我送进天堂，谢谢！"

林絮说着站起来要给我鞠躬。

我赶紧制止。

贵　人

看来这职场的斗争实在是太残酷,把好端端的一个人折磨成这个样子,真让人难以相信。

我把三个新记者写的稿子拿给林絮,"你看看这两篇稿,需要改的话就改一改。你在记者部的时候,就是写稿子的高手,一定会看出不少问题。"

林絮接过稿子说:"那我好好看看!"

林絮的积极性被我成功调动了起来,心气变得很高,两篇稿子不一会儿就看完改好了,她把稿子送回来时,特地叮嘱我:"现在我只想做一点幕后的工作,等时机成熟了再署名什么的。"

我点点头。

看来经此一战,林絮学得更加聪明了。

尽管林絮已经修改过,为了谨慎起见,我还是用了整整一个下午逐字逐句地把两篇稿件又修改了一遍。改好稿件,又把电子版复制到了优盘,准备带回家继续斟酌。

两篇特稿翻来覆去地修改,让我一整宿都没睡踏实。第二天早上醒来,还是满脑子的文字,嘴里喳喳歪歪的,如同吃了一嘴的黑蚂蚁。

刷完牙洗完脸简单收拾一下,在楼下小吃店吃了几个热包子,抹抹嘴巴匆匆赶到单位去交稿。

我想了半天,决定把稿子交给任平生过一下目。只要他满意了,稿子就算是写成功了!

敲任总办公室门的时候,我有些忐忑不安。忐忑一方面缘于第一次以下属的身份向任总汇报工作,另一方面是因为我心里没底儿,不知道这两篇稿是否能让任总满意。

我早就听说过,在职场上有一个奇怪的现象,汇报工作比干工作更重要。米斯说，一些个伶牙俐齿脑袋活泛的家伙工作干得一般般，可是一到工作汇报会上，他能把自己下个鸽子蛋说成是在北京的鸟巢下的。另外一些只懂得闷头工作的笨蛋，即使下个天鹅蛋如果不善于汇报的话，在领导看来他下的也不过是个鹌鹑蛋。

为什么会有这样的结果呢？

我曾经思考过，主要是因为汇报工作比干工作更重要，这么说不是要你不好好干工作，而是要告诉你要非常重视汇报工作。在职场想混得好，最关键是"两头"，口头和笔头。

在职场中，上至老板下到你的老大，个个都跟忙着下蛋的鸡一样，忙得不分四六的，他们实在没精力亲力亲为地考察你工作的具体情况。他们了解你工作情况最简捷的办法就是听汇报，这是你的上司了解你的最直接的方式，如果你说你在鸟巢下的蛋，只要跟具体的实情没有太大的出入，他们是愿意相信你的蛋真的有那么大的。原因很简单：

因为你下的蛋大，他们的蛋也跟着大，谁不想到鸟巢去下个蛋哪。

日志24. 和上司谈话

特稿部的第一枪，要打得稳准狠。

这是任平生拿到我递过来的稿子时说的第一句话。

我点点头："你看看我们做的这两个选题，是不是合适？"

任平生粗略翻了翻："应该还不错吧。明星吸毒作为一个普遍现象，值得关注。"

我听任平生这样说，心里很高兴。

贵 人

愣了一下，任平生又说："不过，这种稿子离百姓生活有点远了。只能满足他们的猎奇心理，不能给他们带来什么大的启发。虽然我们是娱乐类媒体，但也应该发挥引导作用。这话你以前给我说过，你没忘吧？"

我点点头："那以后我们就多写一点百姓关心的东西。"

任平生笑笑："这两篇稿子作为特稿先发吧，这个延续了你以前的风格，应该会受到读者的欢迎的。"

我脸色微红："我们以后会更加注意行文风格的多样性。这稿子是我直接交给编辑部还是由总编办转过去？"

任平生说："我已经给编辑部打过招呼了，你们的稿子经总编办审核后直接编发，你可以直接传到报社用稿平台。"

我点头说："明白了。"

任平生把稿子递过来。我转身想走，被任平生叫住了："小唐等一下，报社刚调整完毕，下个月初想组织部分中层骨干出去走走，你有没有什么好的建议？"

我大着胆子看了任平生一眼，他脸上的表情平静，带着笑意。

我迟疑着说："我出去的机会少，见识有限，不知道哪个地方好玩。"

犹豫了一下，我又鼓起勇气说："听说马尔代夫不错。"

"马尔代夫？"任平生念叨了一遍，"这个地方我们还真没去过呢。反正我们这次去的人不会太多，去个好一点的地方，算是给大家提供一个休息的机会。"

我点点头："任总还有什么事吗？"

任平生笑笑："没了，你去发稿吧。"

我从任平生办公室出来，连续做了几个深呼吸。不知道是怎么回事儿，刚才一直有些紧张，说话的表情极不自然。

此刻，忽然又有些兴奋。

我叮嘱郑穹和景蓝他们把稿子上传到报社用稿平台，自己回到办公室发呆。仔细回忆了一遍刚才任总和自己的对话，似乎品出了一些甜蜜的东西。

心情好的时候，我最喜欢聊天。打开QQ，看到任总正在线。犹豫了半天，终于还是没有鼓起和他聊天的勇气。

就在犹豫不决时，杨松给发来一个窗口抖动，紧接着问我：有时间吗？想请你出去走走。

我想都没想，本能地回了一句：这两天太忙，等以后吧。

杨松发来一个无可奈何的表情：当领导了，自由的时间就少喽！

我笑笑：特稿部刚成立，工作还没走上正轨，事情多头绪复杂，等理顺了就好了。

杨松说：报社有没有给你们特稿部编辑权？

我愣了：什么编辑权？我们只提供稿件，不编版。

杨松说：最好有上稿权，自己的稿件自己编发。如果把稿件交给编辑部，特稿部的优势就体现不出来了，和记者部没什么区别。

我琢磨了半天，杨松说的似乎有些道理。

虽说特稿部的稿子不通过编辑部审核，但必须通过他们手里编发做版，这样的话，实际上他们还是有权力对稿子进行加工或者修改。

更重要的是，他们可以根据版面来决定发稿的位置和发稿的时间。如果这样的话，特稿部的命运还是和记者部一样，掌握在编辑部手里。

贵 人

我问杨松：如果要编辑权就得编版，那不是增加我们的工作量吗？

杨松发来一个笑脸：增加工作量也比任人摆布好。

我无语了。

等到看到第二天的报纸时，我终于明白杨松所说的"编辑权"的重要了——这一期的报纸发的稿子几乎全部来自记者部，没有安排特稿部一篇稿子。

这大大出乎我的意料，满以为特稿部的稿子经总编办审核后可以很快见报，但现在看，没有那么简单。何时见报，以什么方式见报，还要看编辑部值班编辑的安排。

我心情沉到了极点。

看来，下一步要做的是，要么疏通编辑部，要么拿下独立编稿权。只有如此，才能保证特稿部的优势——没有特稿特发的发稿权，特稿部的"特"字就毫无意义。

我决定去找任平生谈谈。

但在特稿部刚刚成立不久就提出这个问题是否太急了点？这样直接去和任平生谈会不会让他产生不好的想法？

我需要寻找一个合适的谈话契机。

这天早上，我在楼道里迎面碰到苏娜，她满脸笑容，很热情地和我打招呼。

我也做出一副兴高采烈的样子来，不能在对手面前示弱。

我猜测苏娜肯定知道特稿被推迟刊发的事儿，此时的苏娜心里或许乐开了花吧。她一定会幸灾乐祸地想：你不是特稿部吗，怎么还不如在我记者部的时候顺利及时发稿啊？还特稿呢！

我准备去找梵高谈谈。

梵高正在忙着核发下一期的稿子，看到我进来，慢条斯理地放下手中的版样，笑着说："这不是特稿部唐大主任吗？怎么有空到我这里来了？"

不难听出，这几句话里面有着嘲讽的味道。

我只当没有听懂，若无其事地笑笑说："梵高主任手中掌握着对我们生杀予夺的大权，我哪能不前来拜拜码头？！"

这话说得不算轻，梵高听了既很受用又有些不舒服。受用的是我眼里有他这个编辑部主任，不舒服的是话里不无讽刺含义。

作为我在记者部的老上级，梵高当然了解这个不服输的倔强小姑娘的脾气。估计他也不想把两人关系弄得过于紧张，毕竟此时的我已经不是以前的单纯小记者了，已经成长为特稿部主任了，在行政级别上同属公司的中层干部了，可以和他平起平坐了。

其实，如果不是苏娜交代在先，梵高是不会故意扣发特稿部的稿子的。毕竟放在同一个竞争平台上的话，特稿部的稿子并不差。而且特稿部稿子都是总编办看过的，在内容上不会有任何问题。任总也曾关照过编辑部，要对特稿部的稿子网开一面，特稿特发。

沉默了一会儿，我打破沉闷说："以后我们特稿部的稿子还请梵主任多指点指点，毕竟我们部门是个新部门，可能在稿件质量上还不能够过关。"

梵高拉过来一把椅子，请我坐下，倒了一杯水，笑着对我说："你们的稿子写得很好，但有时候因为你们的稿子要占据整个版面或者多个版面，需要进行协调，这就免不了要耽误发稿的时间。这个，想必你也能谅解。"

梵高的解释天衣无缝，我也不好再说什么。心里暗想，看来还得向任总要发稿的编辑权，只有这样，才能保证特稿部的稿子能够

贵　人

有足够的版面。

从编辑中心出来，我有些烦闷。

路过广告部门口的时候，撞到嫣红。嫣红看到我，很热情地拉住我的手，请我到办公室坐坐。

我不好拒绝，跟着嫣红进了办公室。

一坐下来，嫣红就问："怎么了？你这个新官才刚上任就满脸的愁容？"

我和嫣红不是很熟，有些话不好同她讲，就含糊其辞地说了句："部门刚成立，许多工作还没摸着头绪，真愁人呢。"

嫣红笑笑，"愁什么？我当年刚到广告部的时候，比你难多了，还不是一咬牙就挺过来了！所以呀，你也别发愁，车到山前必有路！"

我苦笑了一下："我哪能和姐姐你比啊，你本事多大，我能力有限，工作又没什么经验。"

嫣红摆摆手："你这么说就是太谦虚了，你如果没有能力，任总会让你出来挑大梁？任总的眼光一向都是很挑剔的！报社之所以成立特稿部，多半是为了给你创造一个机会，所以，你可要充分利用好这个舞台！"

我听了这话心里很高兴。

的确，报社这次打破常规让我主持特稿部工作，很多同事都很眼红，其中，最眼红的就是苏娜。

见我在发愣，嫣红继续说："任总这次破格提拔你，对你来说当然是一件好事，但这次提拔肯定会招来一些人的羡慕嫉妒恨，所以，你还是要尽量保持低调，少说多做，让工作业绩来说话。"

我点点头，没想到还不是很熟悉的嫣红能对自己说出这种贴心话。

嫣红又说："万事开头难，难就难在人际关系的沟通。你不妨在这方面多下点功夫，别让自己吃了哑巴亏。"

我很感激地说了句："谢谢嫣红姐的提醒。"

稍做犹豫，我索性把自己遇到的困难说了出来，想请嫣红帮着出出主意。

嫣红听完我的叙述，很干脆地说："这个简单，既然编辑部不能保证版面给你及时发稿，你就直接向任总要版面，最好固定下来，定期出版，这个版面直接由你们特稿部编发，不经过编辑部审核，直送值班总编。我们广告部经常遇到紧急发稿的情况，撤版和压版是经常的事情。为了保证广告及时发布，我们广告部就要了直接发稿权。记者部正常的稿子，经常会因为我们发布广告占用版面而撤掉。"

我迟疑地说："可是我们特稿部不像你们广告部，你是给报社开辟财源的，他们都给你让路是应该的。我们特稿部可没有这个优势啊。"

嫣红笑笑："报社既然成立特稿部，就要特事特办，你去给任总说说看，不说是你的事，说了他不批是他的事。"

嫣红这番话，让我茅塞顿开。我高兴地对嫣红说："这事要是成了，我请姐姐吃饭！"

日志 25. 遥远的相爱

百合要结婚了，给办公室里的每一个人都下了请柬。她没忘记我，亲自把请柬送到了我的办公室。

贵　人

我拿到请柬时，愣了一下，旋即反应过来："哎呀，恭喜恭喜，我们的百合终于找到白马王子了！"

百合笑笑："我们是大学同学，毕业的时候他去了另一个城市，前几天他回来了，我们一聊，彼此还都有好感，那就结婚呗！"

我点点头："祝福你找到了自己的幸福！"

百合提醒我："你也抓紧点，别再挑了，小心挑花了眼！"

聊了一会儿，百合扭着她圆滚滚的屁股走了。看她的样子，或许也是"奉子成婚"吧？

前一段时间，我刚参加了一个大学同学的婚礼，都怀孕三个月了，才办婚礼，那个同学是她们宿舍里面第一个结婚的，当时我还感叹，时间过得可真快，自己还没找到工作的感觉呢，就有人已经结婚了！

不管怎么说，百合不再是记者部的头号剩女了。

结婚典礼就在离报社不远的一个大酒店。

我按照请柬上的时间，准点到了地方。

记者部的人差不多都来了，连资料室的林絮都来了，不过她的神情显得非常落寞，毕竟是从记者部"下放"出去的，见到昔日的同事，尤其是面对昔日的对手苏娜时，看对手那得意扬扬的样子，她心里肯定不是滋味。

结婚典礼马上就要开始了，大厅里到处都站满了人。我大致扫了一眼，除了报社的人，里面还有许多陌生的面孔，猜测这里面肯定有新郎的朋友。

我一直在找米斯的身影，找了半天没找到。心里纳闷：难道百合没邀请她？不可能啊，记者部其他的人都在啊。自从做了特稿部主任的位置，和米斯的交往就没有往常那么稠密了。对于她的最新动向，我也都是一无所知。

典礼开始了。

司仪请的是著名的电视台娱乐主持人萨迪。能把这个人请来，说明百合人脉还算广博。

我看看新郎，很不错的一个小伙子，个子比百合高了一头，穿着洁白的燕尾服。他神情淡定，脸上挂着淡淡的微笑。

正看得出神，不知被谁拍了一下肩膀。我回头看去，是嫣红。她笑眯眯地说了句："看人家成双成对，羡慕了吧？"

我笑笑："是啊，姐姐不羡慕啊？"

上次和嫣红的那次谈话，给我留下了深刻印象，在内心深处开始把嫣红看作了一个可以长期交往的朋友。

只是，不知道嫣红和任总的那些传闻到底是真是假，如果都是捕风捉影，那就更好了。不过，即便是真的，他们两个也倒是很般配。不管怎样，还是先把工作做好吧。

典礼时间不长。

主持人萨迪很善于搞笑和煽情，把现场的人搞得一会儿兴奋得尖叫，一会儿悲伤得流泪。不管怎么说，典礼气氛还是让大家心里感到很温馨浪漫，搞得没结婚的大姑娘小伙子都想赶紧寻找另一半去。

吃饭的时候，我有意避开苏娜，和嫣红、林絮坐在一起。我注意到，直到婚宴结束，米斯都没有出现。

米斯到底去了哪里？

好些日子没见她来上班，也没有她的音讯，莫非她人间蒸发了？

更奇怪的是，她连个招呼也不打。这不符合她的正常行为。在报社里面，除了我，和她关系好的人没有几个。既然这事她能瞒着

贵 人

我,想必其他人也是蒙在鼓里的。

两天以后,米斯终于在报社露了面。

她主动约了我,到左岸咖啡馆里聊天。

她一脸的憔悴,见到我的第一句话就是:可累死我了!

我有些奇怪地问她:"怎么消失了这么长时间?连个影儿都没有。"

米斯有些诡异地笑笑:"姐给你说实话,这段时间哪也没去,就是会了一个网友。"

"会网友?"我有些不相信,"你去会网友了?这都什么年代了,还有这样的事儿?而且还发生在白领身上。你就这么空虚?"

米斯笑笑:"你说对了,这段时间我还真是感到有点儿空虚。"

愣了一下,米斯又说:"你就不想知道我们是怎么认识的?"

我点头:"说吧,我很想知道。而且也很想知道你这个网友到底长得啥样?"

咖啡馆里光线很暗,我看不到米斯脸上瞬息万变的表情。

只听米斯轻轻叹了口气:"其实也没啥好讲的,或许是这段日子有些空虚吧。和佐鸣分手以后,这种感觉越来越强烈。我又不像你,把全部心思都扑在报社工作上。我这个人散淡惯了,就图个自在潇洒。

"我一次上网时,接触到一个QQ聊天室,到里面转了几次,有时候碰到感兴趣的话题,也跟着聊上几句。谁能料到,渐渐的,这竟然成了我的必修课,每天晚上都要聊到后半夜。

"就这样,一个叫作江北老大的人进入了我的视野。这个人很有趣,说起话来滔滔不绝,无理辩三分,像一把锋利无比的刀子,能穿透人的内心。

"直觉告诉我,这是个男人,并且有着十分丰富的阅历,弄不好还是个有着坎坷人生经历的中年人。

"和他聊上以后,就被他吸引住了。

"每天晚上无休止的聊天,让我迷恋上了浓浓的苦咖啡。我发现,自己已经像吸毒一样迷上了这种苦涩的咖啡。在那些日子里,我迷恋上了两样东西,除了咖啡,还有那个网上的男人。

"我开始尝试着询问那个男人的职业以及年龄和他的一切。男人开始不愿意告诉我,后来不知道怎么就说了句:你要是想见我,我就到你那个城市去,咱们来个金钱约会,我会给你钱。

"我问他到自己这个城市需要多长时间,我想以此来推断这个男人离我有多远。

男人在笑,他打出一连串的')',笑完了说大概得两天吧。愣了一会儿,他又说,我在重庆。

"这个男人很有洞察力。

"我说那你来吧。

"男人就来了。"

说到这里,米斯停止继续讲述,她喝了一大口苦咖啡。

看来她刚才说得没错,她对这个东西已经非常上瘾了。

我急于知道故事的结果,催促米斯快点讲完。

米斯像是要故意吊足我的胃口似的,不急不忙地问:"你猜猜这个男人会有多大?"

我想了想说:"既然他那么老练,应该不小了吧?"

她摇摇头:"他年龄不大,还是个大学生。"

我瞪大了眼睛:"大学生?那也就是二十岁左右的年纪!"

米斯点点头,苦笑着说:"虽然有心理准备,可我还是有些难

以接受站在面前的这个年轻男孩子。他怎么会如此年轻？那红色的T恤、蓝色的牛仔，衬托着一张生动活泼的脸，简直还是一个孩子嘛。

"他下了车就让我带他去了一家饭店，他说有点饿，想吃点东西。他看样子很有钱，点名要到有档次的饭店。

"吃完饭，我们去了一家咖啡厅。

"我想证实眼前的这个年轻人是否是自己迷恋的那个男人。问他的名字，他说你知道。问他的年龄，他说这是隐私。问他的家庭，他说他家里还有爸妈，爸爸是公务员，妈妈做珠宝生意，自己是南方一所大学的学生。因为家里有钱，爸妈给他的钱数目巨大，花也花不完，所以他一有空就出来跑，那个学校管理不严，请个假就出来了……

"第一个晚上，我把男孩安顿在车站附近的一家高档宾馆。我暂时不想把他带回家，他的年龄太小了，简直是个孩子。我还没有足够的勇气和信心来面对这个巨大的反差。

"可我知道自己并不讨厌他，甚至还有那么一点喜欢。我不明白的是，他如此年轻，哪里来的那么多老练？

"第二天，我带他游了这个城市所有好看的地方。晚上，在他的房间里聊了一会儿，回家了。"

听到这里，我说了句："没想到你还能把持住自己，真是难得。"

米斯笑了笑："你还真别小看我，我开始的时候，对他真是没有什么邪念，只当他是小弟弟。根本没想过和他发生那种关系。"

我点点头："那后来呢？"

米斯继续讲："第三天一大早，男孩子给我打电话，说让我马上到他的房间来一下,他说完就把电话挂了。

"我不知道他发生了什么事情,一大早就糊里糊涂地来到男孩子的房间。"

讲到这里,米斯不再说了。

我说了句:"讲呀,到底怎么了,他叫你去是为了什么?"

米斯还是不说话,脸上飘起了两朵红晕。

我像是猜到了什么:"于是你们就发生了?"

米斯点头:"直到现在,我还是认为那是男孩子早就蓄谋好了的。可是,我不明白的是,为什么自己当时就没有反抗呢?反而还和他同居了好几天?"

男孩在一周后的一天清晨悄无声息地离开了这个城市,说是要回去上课,等有机会再来。

"直到现在,我都没有弄清楚自己为什么对他没有任何设防,好像这个人和自己无关似的,随他来去自由。"

米斯不说话了。

"你后悔了吗?"我问她。

米斯摇摇头:"没有,老实说,他是个不错的男孩。"

听到这样的话,我羞红了脸:"只要不后悔就行。"

米斯有些痛苦地说:"可是,不知怎么,我老是有一种负罪感。"

我点点头,又摇摇头:"你负罪什么,看起来都是他在主动!是他勾引了你,又不是你勾引了他!"

米斯笑笑:"话是这么说,可是我年龄比他大了那么多,总觉得不太好,而且,他还给我钱,弄得我像是卖了似的。"

我问:"他为什么要给你钱呢?"

米斯笑笑："这叫作金钱约会。"

我第一次听到这个新鲜的词语，有些不理解，略带几分恶作剧地对她说："你和佐鸣都有意思，都找了比自己年轻的大学生。"

米斯苦笑："我们算是打了个平手。"

我问她："打算和这个男孩交往多久？"

米斯喝干了咖啡说："顺其自然吧。"

我不说话了。

在情感方面，我没有多少发言权。对于米斯的这种生活方式，我并不反对，但在内心里面，是绝对不允许自己那样做的。

日志 26. 亦敌亦友

综合各方面的建议，我决定去向任平生要发稿权。我担心的是，特稿部现在只有三个人，如果再承担版面编辑的话，那就太紧张了。

任平生也有同样的担心。

当我利用一次会议的间隙把自己的想法说给任平生时，他第一个反应就是："你们人手够吗？"

这个问题比较难办。特稿部人手的确很紧张，报社一时半会儿又不可能再从记者部抽调人马。

见我犹豫不决，任平生叹了口气："想让稿件及时刊登，这个想法很好。但编辑部那边也确实有版面冲突的问题，特别是你们部门的稿子，一般都是大稿。以《快报》现有的版面，以后发生冲突的可能性还会有。"

我说:"那怎么办?"

任平生笑笑:"特稿嘛,时间性要求不高,缓一期两期发出来倒也影响不大。但这可能会影响你们的积极性,也影响部门的业绩。"

任平生停顿了一下,又说:"这样吧,我和徐总他们再商量一下,是否可以适当扩版。前一段时间,公司领导层讨论过这个问题,考虑到稿源紧张以及纸张涨价问题,当时没有做出扩版的决定。现在看来,稿源紧张已经不是问题了。我向徐总建议一下,再扩几个版出来,这几个版优先安排特稿。版面协调和运作仍旧放在编辑部,这样既不增加你们的负担,也可以及时处理稿件。"

我觉得这个方案很好,但问题是这样一来,编辑部那边还掌握着稿件的生杀予夺的大权。我问任平生:"能否指定编辑部某位编辑固定联系特稿部,这样,我们的稿子经总编办审核后就可以直接发给编辑排版。"

任平生说:"这个不难,我让编辑部安排。"

问题解决了,我心里没有了负担,脸上重新露出了笑容,半带诉苦半带撒娇的口吻说:"上次你看过的那两篇特稿被延迟了两期才出来,就因为版面紧张。"

任平生笑笑:"以后不会出现类似问题了。"

走出会议室,正好看到编辑部主任梵高从洗手间里出来,任平生向他招招手。梵高快步走过来,笑嘻嘻地问:"任总您有指示?"

任平生笑笑:"你小子别油腔滑调,我哪敢发什么指示啊,我有件事想和你商量商量。"

说到这里,任平生指指我,"这事刚才我和唐主任初步商量了一下,准备再征求一下你的意见。"

贵 人

梵高似有似无地看了我一眼："有什么事任总盼咐就是，我没意见。"

任总笑笑："你从编辑部抽调一个得力的编辑，专门联系特稿部，以保证特稿特发，这个有困难吗？"

梵高面有难色："抽人出来不难，但版面有时候确实紧张。"

"这个问题不用担心了，《快报》近期就要扩版。"任平生拍拍梵高的肩膀，继续说，"扩版以后你们的任务可能要增加不少，但相应的业绩也会跟着上升。"

梵高点点头："要是能扩版，那就好办了。我回头在编辑部内开个小会，把联系特稿部的编辑尽快派出来。"

我不失时机地说了句："谢谢梵主任的支持！"

梵高笑笑："支持谈不上，我是服从领导安排。"

任平生哈哈笑："是啊，要说感谢的应该是我，你们都是支持我工作啊。"

三个人说笑着往前走了。

快到任平生办公室时，梵高快走两步，说要去公司办公室报销一下上个月的账目。他和任总打了个招呼，匆忙下楼了。

梵高走远了以后，任平生指指他的背影对我说了句："知道我为什么对他那么客气吗？"

我犹豫了一下，这个问题有些突兀，一时间不知道如何回答是好。

任平生笑了一下，示意我到他办公室里来。一进屋，任平生就叹了口气："你别看我现在是《快报》的执行总编辑，但执行总编辑毕竟还不是总编辑，还带着'执行'两字，这个就意味着我还得听上头的。"

任平生说到这里，看了我一眼。

我点点头，表示理解："你说的我都明白，《快报》社是公司下属单位，当然要听公司的。"

任平生笑笑："你说得对，但我说的上头不仅仅是指公司。现在徐总领导公司的一切，但就算是他，对梵高这样的人也是很客气的。你知道这是为什么？"

我皱起眉头："你的意思是说梵高有后台？难道他是徐总的亲戚？"

任平生摇摇头："他有一个很厉害的亲戚，包括徐总在内，都要礼让三分。"

听到这里，我心里咯噔了一下，暗想：怪不得苏娜会和梵高好，原来梵高还有这样一层背景！

看到我在发愣，任平生笑着问："你刚才听梵高说什么了吗？"

我想了想："他说要去公司办公室签字报销。"

任平生点点头："现在咱们《快报》的发展势头很好，效益也实现了每年倍增，但咱们的所有财权都掌握在公司那里，我们没有财务独立核算权。"

我明白任平生的意思，他现在人在江湖身不由己！也是受到很多限制的！

从任平生办公室出来，我心潮澎湃。

任平生能告诉我这些，一方面说明他对自己很信任，另一方面也在旁敲侧击地告诉自己，作为《快报》执行总编的他也有很多难处。

看来以后很多事情还得靠自己去努力，不能一味去找领导来解决了。

贵　人

但今天总归是有收获的。

回到办公室，我把编辑部答应派专人联系特稿部的好消息通报给三个记者，他们都很受鼓舞。

郑穹说了句："现在我们真的是特稿特发的特稿部了！"景蓝附和着说："咱们要做《快报》的经济特区！"

我笑笑："特区意味着我们要敢闯敢干，要摸着石头过河，试验田可不是那么好做的！咱们加倍努力吧！"

一直没说话的玛瑙冒出了一句："不管前面是地雷阵，还是万丈深渊，我都将鞠躬尽瘁死而后已！"

这句话惹得大家哈哈笑。

特稿部的工作氛围还是很好的，这一点是我最感欣慰之处。如果他们之间也像记者部那样，处处钩心斗角，那工作就无法开展了。

经过这么长时间的职场历练，我对"同事"有了更为深刻的理解：

同事首先是有着共同的奋斗目标的战友，在任何一家单位，任何人的工作都是为了这家单位能有更好的发展，不管你是什么部门什么职位，做着不同专业、不同种类的事情，大家最后的目标都是一个，为了给单位创造更高的价值，为了让客户能享受更好的服务和产品。每个人都必须有这样的认识：

大家都在一个团队中，只有团队壮大了自己才能有更强的实力。

我觉得这都是做事的底线，哪个同事都不应该违背。在特稿部，必须贯彻这样的工作理念。

同事当然也存在竞争，是时刻都在短兵相接的较量着的对手。

所以同事之间其实是一种亦敌亦友的关系。同事之间是利益共存体。同事不是家人，却比家人相处时间久远，不是朋友却又因为一个话题能聊到深夜，不是敌人却天天在较劲儿，就这么矛盾着。

同事在每个人心中都有一个定位，而且那个定位一定是丰富的，具有情感因素的，他可能让你感慨一生，还可能让你嫉恨一辈子，就像你身边的火焰山，近了太热，烤得慌；远了很冷，冻得慌！就这样，不远不近，不离不弃，矛盾着生存着！

现在，特稿部的工作局面刚刚打开，手下有得力的干将，上面有任总的大力支持，我对今后的工作充满信心和期待。

与工作局面的欣欣向荣同步，我的感情生活也幸福初现。

幸福从报社组织的马尔代夫之行开始。

主体（三）：职场哲学

日志 27. 上下级的界限

谁也没有想到，被报社炒了鱿鱼的紫苓转眼间就来了一个华丽转身。经过公开招聘，她一跃成了中央某大报驻东莞记者站的负责人。

这个消息传来，最不高兴的就是苏娜和梵高。

因为紫苓是看到了他俩的好事，她知道的太多了。当初她被报社炒鱿鱼之后，苏娜和梵高是最幸灾乐祸的人。

他们没想到，紫苓这么快就来了个鹞子大翻身！

不过，从紫苓的工作能力来讲，她能够跻身于中央大报记者站工作也是理所当然的。她在《快报》的时候，就表现出了很强的文字能力。只不过，她没有注意及时树立自己的形象和找准自己的位置罢了。

事实上，紫苓一开始工作的时候，领导层以及办公室里的同事对她的印象还是不错的，而且在某种程度上，她受到重视的机会似乎比我和其他人好得多。

我记得，早在和苏娜好上之前，梵高就和紫苓保持着比较密切的关系，那个时候，梵高比现在忙的多，而且身体也不好，他经常让紫苓替他代表记者部出席一些会议。从那时的迹象看来，大家都以为梵高是在培养紫苓。

紫苓和梵高关系的恶化起因于一次会议。

有一次，因为生病，梵高没有办法出席任平生召集的例会，梵高就指派紫苓替他参加，去听听会议的情况。会议上，讨论了各部门的工作。紫苓心想既然上司信任她让她参加这么重要的会议，一定要把这个会议开好。所以，她自作主张地和其他部门一起讨论了部门工作，并敲定了执行方案。

紫苓自以为会得到梵高的表扬，出乎她意料的是，梵高不但没有表扬她，而且还狠狠地批评了她，批评她自作主张。从此以后，紫苓被打入冷宫，再也没有替梵高开过一次会。

紫苓的遭遇，让办公室里的人总结了一条经验。领导往往喜欢且希望下属可以干更多的工作，帮他分担更多的事务，但是没有一个领导愿意下属分享他的权力。因此，好心的紫苓的行为在领导眼里就成了自作主张的行为，分了他的权力。

其实梵高让紫苓去参加会议的目的是作为代表去听一听会议情况，而不是去做什么决定。所以，紫苓只需要带上耳朵和笔记本就好了，嘴巴只要表达一句："这些情况我都记录了，需要和领导沟通才可以最终做出决定。"

贵 人

如果紫苓这样做了，百分之百可以让梵高满意，也不会得罪其他人。

当然，这些都是过去的事情了。

现在，紫苓已经成为驻地记者部负责人，在掌握的媒体资源上以及行政级别上，都可以和梵高平起平坐了。而且，从某种意义上来说，紫苓手里掌握的中央大报这个平台比《快报》要大得多，只要她愿意，会随时利用手里的媒体来监督《快报》，来给苏娜和梵高以难堪。

现在的问题是，就看紫苓是化干戈为玉帛还是逐鹿中原了！

以紫苓在报社所受到的伤害，我估计，她多半会选择逐鹿中原。

且让我们拭目以待吧。

出国旅游作为集团的一个特别福利，是对员工工作业绩的一种肯定和奖励，几乎每年都会组织两到三次。

集团下面有自己的旅游公司。作为新光传媒公司的下属企业，旅游公司除了对外开展一些旅游业务，主要的工作就是承接和安排整个公司的旅游项目。这样，既可以做到节省资金，又可以保证出游质量。

这一次去马尔代夫，主要针对的是《快报》社的中层人员，因为人数不少，共分成两批次出行，其中第一批由任平生亲自带队。不知道是不是巧合，我碰巧被安排在任平生这一组。更加巧合的是，嫣红因为要谈一项大的业务，没有赶上这一批。

我坐上飞机拿到名单以后才发现这个情况的，看到自己的名字和任平生紧挨在一起，当时的心跳突然开始加速。看了两遍名单，苏娜和梵高的名字都有，但就是没有发现嫣红的名字。不知道是不是因为飞机盘旋上升的缘故，我的心跳不停地在加速，嘭嘭嘭直跳得喘不过气来。

飞机在大气层中稳定滑行，我偷偷拿眼观察坐在不远处的任平生。他端坐在那里，脸部面向窗外，似乎睡着了，又似乎是在思考着什么。

我把眼睛投向窗外，飞机正在飞越云层，底下是一片蔚蓝色的海洋。目光所及，周围弥漫着的全都是云气。

再转过脸的时候，我看到任平生正在向我这边走来。我本能地挺了挺上身。任平生是要去厕所，路过时似有似无地对我笑了一下。

我报之以微笑。

一个空姐走过来，很有礼貌地在前面引导着任平生。空姐很漂亮，身材也很好。看到她微笑得那么甜美，我心底莫名其妙地泛出一股酸味。

两位空姐推着一辆小餐车慢慢走过来，很热情地询问每一位乘客要不要咖啡？

走到我面前，我说来一杯！

话音未落，后面传来任平生的声音："也给我来一杯！要原味的。"

说完，任平生并没有回到自己的座位上去，而是旁若无人般在我旁边的空位坐了下来。

空姐边给他倒咖啡边柔声细语地询问："先生的位置是这里吗？"

任平生摇摇头，笑着说："我在这里坐一会儿，陪同事说说

贵 人

话。"说完任平生看了我一眼。

我点点头。

空姐笑笑:"那请你系好安全带,并请尽快回到自己位置上去。"

任平生接过咖啡,说了句:"OK!"

旁边突然多了个人,我有些紧张。上飞机的时候,碰巧旁边的位置一直空着,正庆幸一个人坐着清净呢,没想到任平生会主动坐过来。我抿了一小口咖啡,味道不错。

任平生指指手里的咖啡,提醒我:"飞机上的咖啡都是很提神的,不能多喝,不然下飞机的时候就睡不着了!"

我笑笑:"还早着呢!"

任平生说:"是啊,我在那边坐着无聊,想过来和你说会儿话。"

任平生旁边坐着一位装扮怪异的外国小老太太,我估计也是去马尔代夫的游客。任平生坐在她旁边,不闷才怪。

我轻轻转动着手里的咖啡纸杯。

任平生问我是不是第一次出国旅游?

我点头:"以前都是在国内转,没出过国。"

任平生笑笑:"以后这样的机会会很多,我们做媒体的,就得经常出去走走看看。"

我笑笑,表示同意。

任平生突然没头没脑地说了句:"你知不知道在马尔代夫裸泳是违法的?"

"裸泳?"我重复了一遍,脸色微红。

任平生点头:"我刚在网上查阅马尔代夫旅游信息时看到的,

说当地有规定在海里裸泳是禁止的,如被发现将处以高额罚款。而且禁止穿泳装在餐厅就餐。"

我说:"幸好我没有裸泳的习惯。"

任平生说:"那就好。"

愣了一下,任平生又说:"到了那里以后,我们可以一起去海钓。"

我迟疑着说:"我不会钓鱼。"

任平生笑了一下:"这个不用学,在铁钩上插上一条新鲜的金枪鱼,30—50米的长线扔到海里,十次保证有五次就会有胖头呆脑浑身金黄色的大石斑鱼上钩。因为法律规定马尔代夫任何岛周围2公里内不能捕鱼,所以这里的鱼是有钩有肉就必咬上一口,哪怕是送了命,依然是'前钓后继'。"

我笑了:"那里的鱼就这么好钓?看你说的,好像你有很多经验。"

任平生喝了一口咖啡:"我在网上看的资料,这个地方我也是第一次去,以前在别的地方钓过,估计都差不多。"

我心里想,任平生这么明目张胆地坐到自己身边来,就不怕苏娜和梵高他们说闲话?还没头没脑地和我聊起这些东西,看来,他心里一定有什么想法。

联系到前段时间他提前征求过自己的出游意见以及最近的一些表现,我感觉任平生对我的态度似乎越来越超出了领导和下属之间的界限。

沉默了一会儿,任平生小声说了句:"希望我们能在这七天的旅游中过得愉快!"

我点点头,面色飞起一块红晕。

贵　人

任平生起身回到了自己座位，头靠在座椅上，眯起了眼。

我仔细品味着任平生的话，心里溢满了幸福。

经过几个小时的飞行，飞机飞临宽广的印度洋海域，一串如同被白沙环绕的岛屿映入眼帘。我听到前面的游客发出一声赞叹："看！那就是马尔代夫！地球上最后的乐园！"

我隔窗望去，底下是一片蓝白绿相间的环状地带，像是被上帝之手无意间抖落的一串珍珠，更像一块被无意间摔碎的碧玉。那些如同珍珠一样的是白色沙滩上的一片片海岛，珍珠旁的海水就像是一片片美玉。这真是一片"失落的天堂"！

我被眼前的美景惊呆了。

传说中的马尔代夫，名不虚传！

在这样如同天堂一样的度假胜地里，如果再发生一点浪漫爱情，那真是人生中的一大幸福！

下了飞机，乘上当地的旅游中巴，我们登上了马尔代夫岛屿。

带着海水味道的海风拂面吹来，我嗅到了海洋天堂的气息。一个年轻的导游在那里介绍：整个马尔代夫的旅游景观全在一个度假岛屿与一个饭馆所营造的休闲氛围里，每个岛屿都是一个独立的酒店经营商开发出来的，所以一岛一饭店就成了马尔代夫特有的旅游文化。

我注意到，任平生和同来的几个同事也都沉醉在这迷人的海景中了。

在当地导游的引导下，我们乘船登上了太阳岛。这是马尔代夫最大的休闲度假村，据称已有上百万年的历史。

岛上鲜花遍地，热带植物恣意生长。我们下榻的酒店就散落在这些热带丛林之中。头上是果实累累的椰树，耳边是阵阵大海的涛声,这个地方,简直就是完美的天堂。

这家酒店完全建在海上,周围是漫无边际的海水。因为提前预订好了房间,我们到了酒店很快就拿到了房卡,开房门的时候,我发现任平生就住在自己隔壁。不知怎么,我的心里突然怦怦直跳:"怎么这么巧?!"

房间很宽敞,每个房间都有单独的阳台。这里避开了喧闹和嘈杂的公共海滩,是一个看书休息的好地方。阳台上还有直接通到海里的扶梯,从这里可以随时下到海中,像鱼儿那样自由自在地游泳。

简单洗漱以后,导游招呼大家去海底餐厅用餐。我看到任平生换上了岛服,那鲜艳的颜色看上去格外耀眼。看来,他这次是有备而来。

穿过木制的走道,再往下走几步台阶,就到达了海底餐厅。这里的餐桌不大,仅能容下两个人。同事们纷纷自由组合,碰巧的是,组合之后只剩下任平生和我,我俩心照不宣地坐到了一起。

海底餐厅很安静,透过玻璃可以观赏到在海水中游来游去的热带鱼和美丽的珊瑚礁。

这里好像一个巨大的特殊鱼缸,与一般的鱼缸不同,待在这个"鱼缸"里面的是人,而鱼缸外面的是鱼,它们可以从外往里看。

在这个特殊的"鱼缸"里可以一边品尝美味,一边尽情观赏缤纷绚丽的海洋世界。

当看到颜色鲜艳的成群珊瑚鱼紧贴着四壁通透的餐厅游过时,我情不自禁地发出了赞叹声。任平生不像我那么激动,他安静悠闲地用着餐,脸上带着似有似无的笑意。

我问他:"你不感觉这里很美吗?"

贵 人

任平生笑笑："当然很美，这是我见过的最美的地方。"

我皱皱眉头说："那你看上去咋那么安静，一点儿都不激动！"

任平生依旧在那里笑："有你们激动就可以了，我就不凑那个热闹了。"

我撇了一下嘴巴，低头吃饭。

日志 28. 爱或不爱

海底餐厅的菜色很丰富，如果都吃过来的话，大概有好几十种。

这里还有本地厨师现场制作的意大利面和南亚美食，我排队去买了两碗，自己一碗，给任平生一碗。我尝了尝，味道果然鲜美。

任平生告诉我："别吃得太多，晚上还有更好吃的呢！"

我瞪大眼睛："晚上吃什么？"

任平生笑笑："到时候你就知道了！现在少吃点，你看看他们，哪像你吃得那么多！"

我顺着任平生的手指望去，苏娜和梵高他们正在不紧不慢地吃着布丁和慕斯，他们面前是一堆热带水果。

"他们很会吃。"任平生小声说道。

察觉出任平生讽刺自己，我心里有些不高兴，愤愤不平地说了句："会吃有什么用？"

任平生低声问我："我看苏娜和梵高走得很近，他们的关系是不是不一般？"

我愣了一下，没想到任平生会突然问这个，我最烦在背后议论别人，干脆不回答。

而且我这个人最不喜欢顺着领导的意思说话，与其说出不讨领导喜欢的话，还不如保持沉默来得保险。

其实我心里很明白，不会顺着领导的意图说话其实不是一个小问题。怎样说出让领导舒心的话，通俗地讲就是怎样拍领导的马屁，这是一门大学问。虽然我对此很看不惯，但我承认这也是一种重要的职场交际手段，是需要经常不断练习和总结的。

一个员工，非常有必要让领导特别是重用你的领导感受到你对他的感恩，感受到你对他领导工作的认识和认同。从心理学的角度讲，任何一个人，无论是同事还是领导，都渴望自己所做的点点滴滴能够被人发现和挖掘到。

这些道理，我都知道。但却不屑于去做。

见我不表态，任平生笑笑："你不说我也知道，你以为我们这些领导都傻啊，早看出来了，奇怪的是，梵高不是已经……"

我表情严肃。

任平生不说了。

看来，每个人都是多面的。我在心里想：任平生平时在单位里都是一本正经的样子，一出来就换成了另一副面孔。

我不太喜欢表里不一的人，但任平生的表现似乎还说不上是表里不一，只不过他说的太多了。

爱情心理学告诉我们：如果一个较为优秀的男人在一个女人面前表现出反常神态，或者其言谈举止迥异于平常，那么，他可能有什么状况要发生。说得简单一点，就是他或许已经爱上了她。

第一天的行程安排是去马尔代夫的首都马累。

这个被称作"袖珍国都"的地方只有1.5平方千米，这里没有刻意铺整的柏油马路，放眼望去尽是洁白晶亮的白沙路。在这里，汽车似乎是多余的，骑单车走路就可以轻松游遍整个城市。

贵　人

　　走在城市唯一一条中心大道上，导游介绍说，这条路是马累最重要的一个街道，商务旅馆林立众多，总统府就在这条街道上。我还看到了建于1656年的古清真寺，以及1675年建成的神奇回教尖塔，在那里看到了古兰经经文。古苏丹王朝的苏丹公园在1968年马尔代夫共和国成立时遭到破坏，只剩下一座小小的建筑，依然比较完整地保留着古苏丹文化的精髓。

　　马累是马尔代夫的购物天堂，几乎所有的商店都聚集在此。在鱼市场，我亲眼看到了师傅熟练地去皮取肉的全过程，一条四尺长的鱼，居然只需一分钟，便被分割成皮、骨、肉三份了，直看得我目瞪口呆！

　　不知不觉，天就黑下来了。

　　大家一起到沙滩上去吃晚餐。

　　晚间的沙滩上，烛光点点，树影婆娑，我仿佛嗅到了极富马尔代夫风味的美艳大餐的诱人味道。

　　只见数不胜数的各种吃物在沙滩上一字排开，有酥脆香嫩入口即化的炸鱼球，有鲜美异常满嘴生香的金枪鱼生鱼片，还有辣鱼糕椰奶加白饭布丁的浮尼玻阿绮巴，喝其露撒把特甜奶，再来一大杯棕树干榨成的多迪，那个美啊……

　　还没把这些美味佳肴尝一个遍呢，我的肚皮就鼓了起来，撑得直打饱嗝。看来任平生说得没错，晚上的美餐更让人大快朵颐。

　　抬眼望去，此时的海滩遍布烧烤鲜鱼大餐，加上甜美醉人的美酒，幽幽灭灭的点点烛光，这美好的海滩星空，真是人间难得的良辰美景！

　　正在遐想着，任平生端着酒杯来到我面前，他笑呵呵地问："怎么样？吃不下了吧？"

我点点头:"是啊,撑得不行。"

任平生放下手里的酒杯:"走,我们去那边的海滩走走,这么美好的海边夜色,我们一起去欣赏欣赏。"

我看看周围,没有苏娜他们的人影,或许他们早就去僻静处独享这美不胜收的美景去了。

既然没有人注意,我便大着胆子跟着任平生向远处的海滩走去。

随着我们越走越远,烤鱼的香气和嘈杂的人声渐渐都留在了身后。耳边充满的是海水拍打白色沙滩的响声,周围一片宁静。任平生和我都默不作声,仿佛生怕不小心打碎了这个美好的夜晚一样。

繁星满天,夜色朦胧,涛声阵阵,真是一片大好的良辰美景。

点点星光下,海滩上只有我和任平生两个人在慢慢走着。一开始我们是一前一后,慢慢地,任平生慢了下来,等待我赶上。我犹豫着不肯向前,任平生终于忍不住,拉了一下我的胳膊:"跟我并排走在一起,我能生吃了你啊?再说就是想生吃,你也不是那海鲜呢,是吧?"

我羞得满面通红,勉强跟任平生肩并肩往前走。

不知道什么时候,任平生的手抓住了我的手腕。我犹豫着想挣开,无奈任平生的手劲儿太大,越挣任平生抓得越紧。

我暗想:任平生煞费苦心地安排这次旅行,不会就是为了这个吧?

走了几步,任平生停了下来,他双手扶住我的肩膀说:"我这样做,你会不会以为我是一个坏人?"

我不说话。

任平生继续说:"我之所以要求公司把特稿部从记者部专门独立出来,就是因为我很欣赏你。从你的竞聘演讲和你的业绩中,我

贵　人

看到了你的过人能力，当我这么做的时候，我发现自己有一个私心——我早已喜欢上了你。"

我依旧保持沉默。

此刻的头脑中正在作着激烈的斗争：一个声音告诉我，赶快跑，离他远点！

另一个声音告诉我，这不正是你所希望发生的吗？你不是在梦中多次梦到过这样的情景吗？现在机会就在眼前，为什么不好好把握？

一个声音说，这不是你想要的，你不知道他究竟是真爱你还是想逢场作戏。

另一个声音说，不要怕，既然是遇到了自己喜欢的人，就一定要勇敢面对。

……

见我不作声，任平生向前走了两步，停下来。

我待在原地。

我想往前走，却迈不动脚步。可心里明明有一个声音在告诉我：追上去！

任平生伸出了手。

我终于迈出了脚步。

但我并没有把手给他。

我犹豫着问他："他们说你喜欢的是嫣红，是这样吗？"

任平生摇摇头："那都是江湖上的传说，其实我不喜欢她，是她喜欢我。从一开始就是她主动，我不忍心伤害她，一直装作无意的样子。"

"你们发生什么了吗？"我低声问。

"发生了。你在乎这个吗？"任平生说得很诚恳。

我心里凉了半截。

说实话，我不是一个太保守的女孩。我并不奢望任平生能保持什么童男身，只是我受不了他说出"发生了"这句话时的口气和语调。从他的口气和语调可以看出来，他对此看得很淡。

我忍住泪水问他："什么时候发生的？"

任平生抱紧了膀子。

海风吹过来，让人感觉有点冷。

见任平生保持沉默，我冷冷地说了句："我有点冷，想回去了。"

任平生说："好吧。"

他想牵我的手，我装作无意的样子，把手插进了口袋。

任平生自嘲地笑笑。

走到房间门口，任平生看着我打开房门。不知道是因为心情忐忑，还是钥匙出了问题，我开了半天都没有把房门打开。

任平生走过来，从我手中拿过钥匙，轻轻一开，房门就打开了。我走进来，任平生想跟进去，被我拦住了。

僵持了一会儿，我咬着嘴唇说："请你给我一点时间考虑一下吧。"

任平生点点头，回自己房间了。

关上房门，我双手捂住胸口，那里仿佛持续奔跑的兔子，怦怦直跳。

我倒在松软的床上，傻傻地笑了一下，笑完了又开始小声地哭。我不知道自己是伤心还是高兴，此时的心情十分复杂。

我竖起耳朵捕捉隔壁的动静，那边传来哗哗哗的水声："他开

贵　人

始洗澡了。"

我笑着，带着眼泪。

躺了一会儿，我发现自己根本集中不了自己的注意力。本想好好思考一下今晚发生的一切，理一理思路。可脑子老是不听指挥，思绪很乱。

我抱紧自己的脑袋，使劲拍打了几下。但没有用，那里仍旧是一团糨糊。

我该怎么办？

我该怎么办？

我该怎么办？

我一遍一遍地问自己，但发现此时的自己根本不可能回答这个简单的问题。

终于，我不再想了，起身，去洗澡间冲澡。我要睡个好觉，然后再去思考这个让人头疼的问题。

在洗澡间，另一个问题又从我的脑袋里冒了出来：

我爱不爱他？

对于我来说，爱或者不爱，此时并不是一个简单的选择题。

洗完澡，我躺在床上用手机上了一会儿网，顺便打开了QQ，想看看有没有人留言。看了半天，并没有什么有用的讯息。

我心里纳闷：那个陌生的"烟雨江南"怎么不出现了？每次和别人在一起的时候，他总是提醒我注意这小心那的，怎么一和任平生在一起，他就保持安静了？这真有点奇怪。

不知道是不是心有灵犀，正这样想着时，那个神秘的"烟雨江南"突然上线了，从显示可以看出，他也是在用手机上网。他很快就给我发来一个消息：这么晚了，还不睡？

我快速回答：睡不着。

"烟雨江南"：遇到什么事情了？

我：嗯。想听听你的建议。你不总是喜欢在我遇到问题的时候给我出主意吗？

"烟雨江南"：好啊，你说说看，遇到什么问题了？

我想告诉他今天晚上发生的事情，忽然灵机一动，先不说，让他猜猜看。这个人一向行动诡秘，像是一直在自己的身边似的。这次，看看他是不是知道？我对"烟雨江南"说：你猜猜看。

"烟雨江南"半天没说话，好像是在犹豫不决。后来他还是发过来一条消息：是不是感情问题？

我心里一惊：他果然知道！

我问他：你说咋办？

"烟雨江南"：好办呢，要是喜欢，就去追。

我笑笑，心里想：这算什么主意，谁都知道的大道理。

我问他：如果他是领导呢？

"烟雨江南"：谁都一样，主要得看你喜欢不喜欢，只要喜欢，就不要犹豫！

看到这句话，我心里怦然一动。这个"烟雨江南"好奇怪：以前跟别的男人在一起时，总是告诫我小心小心的，怎么现在不说这话了？

看看时间，已经不早了，明天还有许多项目呢。我给"烟雨江南"发了句谢谢，下了线，睡觉了。

贵　人

日志 29. 事业爱情双丰收

我睡不着。

还是被那个问题折磨着。想来想去，竟然没想出一点儿头绪，一宿都没睡好。

不知道什么时候睡着了，一直睡到大天亮。直到迷迷糊糊听到外面阵阵悦耳的鸟鸣声，才勉强睁开眼睛。此时太阳已经升到老高了。

我记得自己好像做了一个很长很长的梦，在梦中遇到了儿时的玩伴，一个漂亮而洋气的小男孩。我们在洒满金色阳光的海滩上嬉戏玩耍，互相追逐着，奔跑着。沙滩上有好多魅力的贝壳，男孩不停地捡拾，他把其中最好看的一个送给了我。我站在沙滩上，笑……

我边洗漱边回忆着梦到的一切。

我断定梦中的那个大海不是马尔代夫的海，那片海是离家乡不远的东海，海水没有这么多变化。

按照原来的游玩日程，今天没有什么集体活动，主要是在酒店附近进行水上娱乐。

去餐厅吃了一点早餐。因为时间太晚，那里已经几乎没有什么人了。这里的早餐还算丰富，各种佐餐的沙拉、香肠、煎蛋等应有尽有，还有许多我叫不上名字的各色热带水果。

简单吃了点，我去了沙滩浴场。

同事们不知道都去了哪里，在沙滩上没有看到他们。我用手搭起一个凉棚,四处寻找那个熟悉的身影。

"你是在找我吗?"任平生从后面走过来,笑嘻嘻地问我。

我面色潮红,低下头问:"他们呢?"

"都去玩了。有的去潜水,有的去冲浪。"任平生在我身边站住,眼睛眺望着远处的海水。

"我胆子小,不大喜欢潜水。"我说这话时显得有点儿不好意思。

"那我们去坐独木舟游览小岛吧?去看看这里的土著岛民。"任平生发出邀请。

我点点头:"那些人不会是原始人吧?"

任平生笑:"放心吧,有我在,不会让他们吃了你的!"

我也笑:"那就好。"

我们向着沙滩旁边的小船走去。

这里停靠了两种船,一个是独木舟,一个快艇。我选择了独木舟。任平生很高兴。独木舟只能乘坐两个人,我们可以自由地游览。

登上了独木舟,划船的人是一个小孩子。尽管语言不通,他还是可以准确地领会任平生的意思,划着船去了岛上的土著村落。

我看到,岛上全是一幢幢灰白相间的石屋,到处都是大片大片的原始植被。小船穿梭在恬静的民房巷弄内,小孩子不时地和悠闲自得的岛民打招呼。他看上去就是岛上人家的孩子,对这里的环境非常熟悉。

穿过小岛,小男孩把小船划到一个无人岛,示意可以下船去看看美景。

我看看周围椰林遍地,有点儿担心,不想去。任平生胆大,拉着我的手下了船。

贵 人

这是一个无人小岛,很安静。耳边没有一点儿声响,只有海水轻轻拍打礁石的哗哗声。

无人岛上的植物很多,可我一个都叫不上名字。

偶尔还会看到不知名的小动物在植物之间出没。那些动物身体都很矮小,一看就知道没有什么攻击性。

但乍一处于如此陌生的环境之中,我还是有些紧张。我紧紧地拉着任平生的胳膊,生怕自己被小岛上突然出现的妖怪捉了去。

这样的荒凉小岛,的确像是出妖怪的地方。

我想起了《西游记》中的各种妖精:蜘蛛精,老鼠精,红孩儿……

想到这些,就更紧张了。

任平生显然察觉出我的这种情绪。

我越是害怕,他心里越高兴,越觉得自己伟大。

男人大概都会有这样的保护弱者的欲望。

沿着无人小岛走了一圈,我的紧张感渐渐消失了。慢慢被眼前的绿得快要滴出水来的植物所陶醉,心里禁不住发出了感叹:世界上竟然还会有如此远离人间烟火的美丽仙境!

在这样的地方,再功利的人都会变得心无杂念。

置身在如此美妙的世界里,你可以什么都不做,躺在洁白的沙滩上,任阳光抚弄,听海水的潮起潮落和风吹棕树的沙沙声。

我想如果再有一本心爱的小书陪伴,那就更为完美了。

现在虽然没有书,有一个心仪男人也算足矣。

只是,对于这个男人,我还不能完全把握。

而且,他还是自己的上司。更要命的是,他还向自己作了表白。我真想像米斯那样,不管不顾地爱上一回,疯上一次!

可我不是米斯！我做不到那样的潇洒和决绝。

我心里还有一个没有解开的疙瘩。

这个疙瘩窝在心里，压得自己喘不过气来。

忍了好久，我终于还是没能忍住，必须说出来！

从无人小岛登上独木舟，我鼓足勇气对任平生说："我想问你一个问题。"

任平生笑笑："问吧，我知道你早晚都会问的。"

我说："听你的口气，你知道我要问你什么？"

任平生点点头："我知道。你想问我和嫣红到底有着怎样的关系。我猜得没错吧。"

我笑了一下："既然被你猜中了，你就说说吧。"

任平生目不转睛地盯着我。

我被他看得不好意思，只得低下了头。

任平生说："看来这个问题对你很重要，昨天你就问我，今天还想知道问题的答案。我实话告诉你，我和嫣红之间真的不是爱情，因为爱情是互相的，是双向的，而我和她之间是单向的，她可能喜欢我，而我不喜欢她。"

"既然如此，那你为何要和她发生关系？"我不依不饶。

任平生苦笑："那天我们都喝醉了酒。"

"后来呢？你们之间就只有过那一次吗？"我追问。

任平生点点头："只有那一次！我可以对天发誓。"

我感觉自己心里的疙瘩渐渐消失了，但还有那么一点，硬硬的，压在那里，还是不舒服。

任平生突然抓住了我的手："还有什么问题吗？"

我咬咬嘴唇："那天嫣红送佐鸣回去以后又去了你那里，你们

贵 人

就……"

任平生明白我的意思,他摇摇头:"那天她没有去找我!"

我有些不相信地说:"那她怎么对佐鸣说要去看看你怎么样了?"

任平生还是摇头:"那天,她真的没去找我。或许她只是找了一个借口,来应付佐鸣吧。"

愣了一下,任平生又说:"果果,我对你是认真的,你也知道,在公司内部,是不准许员工谈恋爱的,我为此曾经犹豫了很久。但我实在抑制不住爱你的冲动,我必须向你表白出来!所以,我才煞费苦心地安排这次旅行。这些,你不会都体会不到吧?"

我心里彻底敞亮了。

抬起头,直视着任平生的眼睛。

四目相对,电波频传。

我把自己交了出去。

任平生的嘴唇紧紧地压住了我的红唇。

一股股奇异的感觉像海浪一样袭击着我。

这种感觉是从未有过的。

这一刻,我们只想快点回到宾馆去。

此时,外界的一切仿佛都已经不再存在,整个天地之间,只有一片海洋,只有我们两个。

而我俩,也只想融为一体。

我们一起向宾馆跑去。

任平生以最快的速度打开了房门。

我们相拥着倒在地板上。

任平生一遍遍亲吻着我,从我的眼睛,到红唇,到耳朵,到尖尖的下颌，到洁白的颈项，到瘦削的肩膀，到坚挺的乳房……

这一路走来，我感觉不断向上飞升，飞啊飞，一直飞到了九霄云外的仙境。

我忽然感觉到了一点疼痛，那是翅膀划到了云朵。

海浪起来了，一波一波的，冲击着柔软的沙滩。

我第一次体验了飞天之美。

在漫无边际的海浪声中，我一遍遍被海水推到了岸边。

海鸥在头顶飞翔，发出愉快的叫声。

伴随着风的喘息，一波滔天巨浪排山倒海般袭向我。

海鸥发出一声难以抑制的鸣叫，从海面直飞向云霄，又从高空快速俯向大海。

风停了。

潮水渐渐趋于平静。

任平生坐起来，他看到了床单上盛开着的那朵鲜红的梅花，对此，他显然有些意外：你真是第一次？

我睁开微闭着的眼，笑笑："那还能有假，第一次就是第一次。"

任平生抱住了我，亲吻着我的面颊，边亲边说："我会珍惜你的！"

我抱住了他的脑袋。我感觉自己的人生到了幸福的顶点。

是啊，还有什么比和自己喜欢的人待在一起更美好的事情呢？

何况，他和自己还是配合默契的上下级。

我觉得，与眼前的这种幸福相比，其他的什么比如升职晋级啊，加薪涨工资啊，都是不值得计较的。

贵　人

古人说，人生有四大快事：

金榜题名时，

洞房花烛夜，

久旱逢甘露，

他乡遇故知。

在我看来，这四大快事关键是前两件，而这两件自己已经拥有了。

我对目前的自己很满意。

这一切的获得，都离不开自己的努力奋斗。

但这样说似乎也不对，功名和事业是可以奋斗来的，但爱情却是需要天赐机缘。

如果没有竞聘报社中层，如果没有机会和任平生接触，他还会注意到自己吗？

如果仅仅是靠自己去追求，任平生有感觉吗？

不管怎么说，现在的我对自己的状态很满意。事业爱情双丰收，可谓人生得意马蹄疾！

日志 30. 露水鸳鸯

和任平生去餐厅吃饭，我们打算吃过饭以后去做一次浮潜，看美丽的鱼儿在身边悠然地游走。

如果还不过瘾，就下到二十米深的海中，与五彩斑斓的海底生物亲密接触，探索海洋世界的奥秘。

我从来没有潜过水，担心自己不行。

任平生说没关系，岛上就有潜水培训班，一会儿就学会了，还可以拿到国际承认的潜水证书。听说凭这张证书，可以去世界任何地方潜水！

我笑笑："有你在身边，我就不怕了！"

我俩向着潜水处走去。

我做梦都不会想到，竟然会在潜水处遇到米斯和她的网恋男友！

当我看到米斯的第一眼时，并没有立即反应过来那是个熟悉的身影，但当我无意中再看时，确信眼前这个穿着时尚比基尼的美丽女人就是自己的好友米斯。

米斯正风情万种地偎依在一个清秀小男孩的怀里，样子十分风骚。

我怎么也不明白，米斯怎么会在这里？

任平生也认出了她。

我们互相看看，同时竖起了食指。

我们想偷偷溜走。

这个时候，我们双方都不想暴露自己。

可惜的是，米斯也看到了我们。她可不像我俩那么保守，她指着我大声喊："唐果果！怎么会是你？！"

米斯张开双臂扑向我。

我只得做出一副同样惊喜的样子来，和她拥抱了一下。

我在心里说：现在好了，我又有了人生第四大快乐——他乡遇故知！

今天真是个好日子！

米斯光顾激动了，没怎么在意任平生。

任平生只得尴尬地站在那里，装作看大海的样子。

我指指任平生。

贵 人

米斯这才注意到任平生的存在,似笑非笑地说了句:"任总好!"

任平生点点头:"你也来这里玩了?"

米斯笑笑:"一个朋友带我来的,不想在这里遇到了你们!真是很高兴!"

任平生不置可否地笑了一下。

米斯把我拉到一边,神秘兮兮地问:"看你们的样子,是你把他拿下了还是他把你拿下了?"

我羞得满脸通红,不吱声。

米斯笑着说:"那就是互相拿下喽!"

我打断她的话:"你自己呢?真和那个大学生好上了?不会是他带你来这里的吧?"

米斯面色红润:"你猜对了!"

愣了一下,米斯又问:"你和任总这么公开地亲密,不怕和你们一起来的人看到?"

我说:"看到就看到呗,任总都不怕,我怕什么!"

米斯点点头:"公开了也好。但咱们公司不是不提倡谈恋爱吗?而且你们还是上下级!"

我笑笑说:"除了你,目前还没有谁知道。"

米斯又问:"你们住在哪里?我晚上去找你,好好聊聊。"

我把自己的房间号码告诉了米斯。

米斯吐吐舌头:"咱们住在一个地方,我在二楼!"

我吃了一惊:"这么巧!你不会跟踪我们来了吧?"

米斯刮了一下我的鼻子:"晚上再说!"

散开时,我狠狠地看了那个小男生两眼,他看上去真是个小鲜肉。

任平生有些奇怪地问我:"这个米斯,怎么也到马尔代夫来了?"

我笑笑:"就许我们来,不许人家来,天底下哪有这样的道理?"

任平生说:"我不是那个意思,我的意思是她怎么会在这个时候出现?"

我皱皱眉头:"或许是巧合吧。"

任平生问:"和她一起的那个男孩是什么人?她那个有钱的男朋友呢?"

我叹了口气:"小孩没娘,说来话长。米斯早就和那个佐鸣分掉了,因为佐鸣处了个女学生。米斯现在又处了个新的,也是个大学生!这次她和佐鸣两人算是打了个平手。"

任平生有些不解:"平手?他们之间都有爱情吗?"

我笑了一下:"这个谁知道,反正目前就是这么个情况。等晚上我和她聊聊,就知道了。"

任平生点点头:"这个米斯,倒是思想挺开放!"

愣了一下,任平生又说:"怎么约了晚上,本来想今晚我们住在一起的……"

我脸色微红:"住在一起?你就不怕被梵高苏娜他们看到?"

任平生撇撇嘴:"怕什么!我们都是单身,比他们正大光明得多!"

我笑,边笑边说:"那你作为公司的主要领导,报社的负责人,就能公开违反公司不准内部谈恋爱的规定?"

任平生咬紧嘴唇:"我回去就把那一条规定给废除了!也不是

贵　人

知道是哪个家伙，想出了这么一个馊主意，内部谈恋爱怎么了？肥水还不流外人田呢！"

我笑出了声。

说笑着来到了潜水处，在工作人员的帮助下，我们穿上了潜水衣，去海底玩去了。

人在被幸福冲昏了头脑的时候，时间过得最快。

从海底潜水上来没多久，天就黑了。

一轮弯月，满天繁星。

海滩一片寂静。

随便吃了点小吃，我和任平生就回房间休息了。

这一整天，体力消耗得厉害，我们都感觉到有点累了。

我洗了个澡，在阳台上的躺椅上躺了一会儿。大约九点钟的时候，看到苏娜和梵高两个人肩并肩地从海滩向宾馆走来。他俩的样子很亲密，很像一对热恋中的情侣。还是任平生说得对，他们都不怕，我还怕什么？我们相爱，是正大光明的爱情！

在阳台上坐了一会儿，听到有人敲门。我知道是米斯来了，起身去开门。只见米斯披头散发地站在门外，对着我笑。一进屋就一屁股坐在了床上，问我："你终于把白马王子拿下了！感觉怎么样？"

我瞪大眼睛："什么怎么样？"

米斯笑笑："还能有什么？你不会告诉我你们还没那个吧。"

我羞得脸发烫，不再理她。

米斯不肯放过，问我："和他在一起，有没有高潮？"

我愣了，待了一会儿拿起枕头打米斯的头，边打边骂："你这个不要脸的下流坏子！我叫你流氓，我叫你流氓！"

米斯抱着脑袋在那里求饶："好了，好了，我不说了，我不说了，快停手，你快要打死我了！"

我停下来。

米斯不怀好意地笑着。

我问她："你不是要和我说说你和那个小男生的事吗。"

米斯起身，到洗澡间梳了一下头，不慌不忙地坐回到我身边，幽幽地说："我不像你，我和他之间只是露水鸳鸯，不会长久的！这个我自己很清楚。"

"那你为啥还和他在一起？"我不解。

米斯笑笑："因为他对我好呗，你说奇怪不奇怪，就这么大一小孩，却特知道怎么哄女人开心。我都怀疑这小子从小就有这个天赋，他真是个哄女人的天才！这次到马尔代夫来，就是他的创意。他说这里是人间天堂，不来这里看看人生就是个遗憾。于是，我就跟着他来了，没想到会在这里碰到你们。"

我说："你这么长时间不去上班，也不怕把工作丢了？"

米斯甩甩头发说："我才不怕呢，再说我请了假的。如今更好了，你和任总热乎以后，我不就能近水楼台先得月了吗？看在你我是好姐妹的面子上，他任平生也不至于把我开走吧。"

我笑笑："那可不一定啊，你看紫苓，说被辞了就辞了。你最好也不要抱什么幻想，任平生这个人，铁面无私的！"

米斯故意做出一副生气的样子："哟呵，哟呵，你看看，你看看，这还没结婚呢，就知道维护夫婿的形象了！真是重色轻友啊！"

我拿拳头打米斯，米斯躲开了。

米斯是一个享乐主义者，她只在乎眼前，对于将来，她从不去杞人忧天。在这一点上，我和她还是有着根本的区别。

又聊了一会儿。米斯一直在劝说我一定要把握住和任平生之间的机会，争取事业和爱情双丰收！一定不要像她，到头来什么也没有得到。

我不时地点头。

米斯是为了我好。这一点我能理解。

但并不是所有的爱情都能开花结果，自己能和任平生走到哪一步，那还要看天地造化和两人缘分。

米斯问我："大概什么时候回去？"

我说："可能再待一两天就回去上班了，你们打算待到什么时候？"

米斯笑笑说："不知道，看那个小男孩的意思，真想在这里待一辈子！如果他真这么想，我倒是愿意陪着他！"

我看着米斯认真的样子，她不像是在开玩笑。

这个米斯，莫非真的痴迷上那个男孩了？他身上到底有什么魔力？竟然让她这么迷恋？

我很想知道问题的答案。

米斯看看时间，说："我该回去了，回头再聊这个话题吧。"

日志 31. 妹妹你大胆地往前走

我脑袋中浮现出一个疑问：对于尝过禁果的女人来讲，性爱就真的那么重要吗？

如果答案是肯定的话，那嫣红和任平生发生过关系以后，又会怎么样呢？

任平生说他们之间仅仅有过一次,如果他说的是真的,那么,嫣红怎么会这么轻易地放过他?

　　难道,她另有所欢?

　　或者,她是一个"圣女"?

　　还有一个最可怕的答案:任平生说了谎。

　　这个是我最不愿意看到的。

　　这天夜里,我几乎一夜无眠。

　　第二天早上起得很晚。

　　任平生也没有来叫我,他和梵高他们一起去了海滩了。

　　不知道是因为饥饿,还是对任平生的举动很伤心,我心里有些不舒服。索性就赖在床上,赌气不去吃饭,看任平生心疼不心疼?

　　这个"宋承宪",不会一旦得到了就不再在乎了吧?

　　想到这个,我差点就哭了。

　　时近中午,任平生终于来敲门了。

　　我赌气不给他开门。

　　任平生又敲了几下,突然不敲了。

　　我赶紧去开门。

　　还好,任平生还站在门外。他看到我披头散发的样子,吃惊地说:"你不会到现在都没起床吧?"

　　我噘起嘴巴:"就没起床,怎么了?"

　　任平生进来,用手掌抚摸了两下我的脸:"你怎么了?不舒服?"

　　我点点头:"人家到现在都还没吃饭呢?你也不管人家,一大早就和别人出去玩!"

　　任平生终于知道我生气的原因了。

贵　人

他抱住我的腰，嬉皮笑脸地说："你是不是很饿？我来喂你好不好？"说着，任平生把我推倒在床上。

我想反抗："谁让你喂，谁让你喂！你真流氓！"

我的反抗是那么无力，又是那么矫情，更加撩拨起了任平生的兴致，免不了又是一番折腾。

这一次，我差不多真是要虚脱了。

此时，我似乎有些理解了什么叫性爱的诱惑。

一周时间过得飞快，明天就该回去了，我和任平生似乎都把剩下的时间紧紧抓住。我们几乎没有离开那张大床。

直到坐上了返程的飞机，我才从"虚幻"的幸福时光中回到了现实。接下来，要好好考虑如何在报社这个特殊的环境中和任平生相处。

此时，米斯和那个大学生也就此分离，各自回到了各自的城市。

或许，对于他们来说，马尔代夫只是人生一个小小的插曲吧。

而对于我，则是生活的一个重新开始，是命运的一个重要转折点。

回到报社，我稍许休息调整了一下，就立马回去上班了。

让我十分欣慰的是，虽然是新成立的部门，特稿部在我出去的这些日子里，工作依旧做得很好。这些天，三个新兵蛋子都没闲着，不但把我临走时布置给他们的选题都做好了，还自己找了一个选题，积累起了资料。

虽然出去了不少中层，但《快报》的总体工作没有耽搁。这是报社进入有序发展的成熟表现。

没几天，第二批中层人员也由杨高容带队出去了。

公司里主要领导就剩下任平生了。这给他和我的约会创造了良好时机。

我们一下班就黏糊在一起，不是去电影院，就是去咖啡馆，要不就是滨湖新天地。与一般恋人不同的是，我们很注意保密。

尤其是在报社里的时候，任平生这个人还是很注意自己领导形象的，他有意识地减少了去我办公室的次数，而且两个人尽量不见面。即便是见面，也是点点头，不给别人留下什么把柄。

有什么话，都是通过QQ来沟通。

但纸是包不住火的。

俗语说要想人不知，除非己莫为。任平生和我的恋情没有几天就传遍了整个公司。大家的各种猜测在QQ上疯传着：

这个说：

知道咱们领导和唐果果的事儿吗？

那个说：

听说一点，你知道什么？

这个说：

两人早就好上了！

那个说：

真的？

这个说：

那还有假？有人看到了。

那个说：

领导带头和员工谈恋爱，看他怎么收场！

这个说：

那个女人攀高枝，更不要脸！

贵　人

……

当然，这些话，当事人一开始是不会知道的。

但传着传着，慢慢就传到了我耳朵里。

我推断，最先走漏消息的人很可能是一起去马尔代夫的那些人。而在这些人里面，最有可能的故意使绊子的人则是苏娜和梵高。

如果真是他们，难道他们就不怕任平生追究责任？毕竟任平生是报社的执行总编辑啊。

但我很快就否定了这个疑问，我想起来，梵高是不害怕任平生的，因为他有很硬的后台，因为这个，连公司董事长徐浩都让着他！

我因此坚定了自己的猜测。

奇怪的是，自从和任平生建立恋爱关系以后，那个神秘的陌生人再也没有在QQ上主动出现过，这个时候，他应该出来"说话"呀！

我打开QQ，寻找那个陌生的"烟雨江南"。

他好像不在线，或者在隐身。

我决定主动和他搭话。

我给他发去一个笑脸。

那人稍许回了一个很忙的表情。

我噘噘嘴，回了句：忙就算了！

"烟雨江南"笑笑：你有什么话就说吧。

我想了想，迅速写下：你最近咋这么安静了，以前我每次遇到什么事情的时候，你都及时地出来传递讯息，最近怎么不说了？

"烟雨江南"不说话。愣了一会儿，敲过来一段歌词：

朋友啊朋友，

你可曾想起了我，

如果你正享受幸福，

请你忘记我。

朋友啊朋友，

你可曾记起了我，

如果你正承受不幸，

请你告诉我。

朋友啊朋友，

你可曾记起了我，

如果你有新的彼岸，

请你离开我。

……

我眼睛有些湿润了。

"烟雨江南"又发来两句话：当你的方向偏离轨道时，我会出现；当你走在正确的大路上时，我就会隐退。

我含泪点头。

"烟雨江南"又敲来一句歌词：

妹妹你大胆地往前走啊，

往前走，

莫回呀头！

通天的大路，

九千九百，

九千九百九啊，

从此后，

你搭起那红绣楼呀。

贵 人

抛洒着红绣球啊，

正打中我的头呀，

与你喝一壶呀，

红红的高粱酒呀，

红红的高粱酒呀嘿！

……

这次，我笑了。

我很想知道这个一直在默默关心、帮助自己的贵人是谁？但对方一直不露出真身，看样子就是不想让我知道。

我也就只能顺其自然。

我相信，总会有那么一天，"烟雨江南"会出现在自己面前的。

因为这个人就在身边。

这一点，我敢肯定。

日志 32. 谨小慎微

关于这个陌生人的存在，我一直在考虑要不要告诉任平生。从理论上讲，作为热恋中的恋人，双方都应该互相敞开，都应该无所保留。但在实际生活中，能做到这一点的恐怕不多。

人是复杂的动物，总是会有一些隐私的。

多数时候，这种隐私只能属于自己，谁都不好告诉。

即便是恋人，也不行。

我相信，任平生肯定也有类似的隐私。

特稿部的工作进入了平稳运行状态，无论是从上稿数量还是从质量来看，都很不错。《快报》的特稿板块越来越受到读者的欢迎，其成绩和影响大有超越记者部之势。

我很清楚枪打出头鸟的古训,但这是工作竞争,必须"出这个头"。特稿部的风头压过记者部是一个既定目标,绝不能因为怕出问题而裹足不前。

因此,我想继续扩大战绩。

目前特稿部面临的最大问题是人手不够,一个主任带着三个新兵蛋子,除了供稿还要协调编版,精力明显跟不上。

三个新兵蛋子被我指挥得团团转,没完没了的写稿任务压得他们喘不过气来。长此以往,必将透支他们的能力,过多地消耗其体能的结果只能有一个:就是对工作疲于应付。

然而,写稿最需要的是心境,是静下心来思考,这样才能想出好选题,才能做出来好稿。

算起来,特稿部是报社里面人手最少的一个部门。我这个名义上的主任,其实拥有的权力最小,因此我能调动起来的力量实在有限。

我决定扩充力量,进而扩大地盘。

第一步,我打算先把林絮从资料室里挖出来。

林絮在记者部的时候,写稿是不错的,如果不是因为她不够灵活,工作早就开辟一个新局面了。

现在把她窝在资料室里实在是浪费人才。这段时间她一直在暗中帮助特稿部审稿、改稿,出了不少力。

我先把这个意思和林絮谈了,林絮很激动地表态:"只要你能把我调离资料室,我愿意在特稿部效力。"

有了这个表态,我就放心了,去向任平生要人。

这属于工作上的问题,我决定公事公办。

贵 人

我在QQ上给任平生留言：领导大人在线不？卑职有事想到你那里去禀报！

过了一会儿，任平生敲过来一行字：油腔滑调！有事就在这里说吧，别到办公室，招人眼球。

我扮出一个鬼脸：是公事，所以我就不用吹枕边风了。

愣了一下，我说：先问你一个问题，你觉得我们特稿部的工作怎么样？你还满意？

任平生点点头：满意，你们的工作比记者部要好得多。

我说：我们还想做出更大成绩出来！但目前遇到一个发展瓶颈。

任平生猜到了我的意图：你是想跟我要人？

我笑笑：领导明察秋毫，洞察能力实在是高，在下佩服！佩服！

任平生发来一个笑脸。

我由此判断他今天心情不错。

昨天夜里，他表现尤其勇猛，那股子热情到现在都没有消停。

我对任平生说：我们特稿部人手太紧张。

任平生说：整个报社人手都紧张。你想增加人手至少要等到明年招聘新人时才行。

我发给他一个撒娇表情：有一个现成的，就看你愿意不愿意放人。

任平生问：谁？

我答：资料室的林絮。

任平生：她？

我说是啊，她原来就是在记者部写稿的，我现在把她调到特稿部，等于是人尽其才嘛。

任平生：不是人尽其才，是废物利用！

我知道任平生对林絮有看法，当初林絮不给他面子，硬要把苏娜拉下水，结果不但得罪了苏娜，还让任平生感到了难堪。

现在我要让他放人，他肯定会有一些抵制情绪。

见任平生不说话，我说：你是报社的领导，她是一个小兵，而且还是个女的，你大丈夫哪能和她一般见识？俗话说得饶人处且饶人，你今天放她一马，她自然会感激你，你就减少了一个敌人，增加了一个朋友，何乐而不为？

一番话说得任平生哑口无言。

愣了一会儿，任平生发来一句话：我倒是没有什么意见，只是林絮当初把苏娜得罪得太狠，而苏娜背后站着梵高，梵高背后还有更重要的人物，你让我放人，就等于得罪了他们。

我无话可说了。

任平生说的没错，林絮得罪的是一个利益团体，不是一个两个人。要不然，当初也不会一声令下就把她"发配"到了资料室。

但我不甘心。

灵机一动，想出了一个办法：先借调一下怎么样？暂时不改变她的资料员身份，但人在特稿部。可以写稿子，发表时给她本报记者名义。

任平生在犹豫。

犹豫了半天，他发过来一个点头同意的表情。

我兴奋地发去一个亲吻的动作。

任平生回敬一个憨厚笑脸：帮你解决了一个大问题，你打算如何奖励我？

我想了想，快速敲了一句：你想要什么？

贵　人

　　任平生笑笑：你知道。

　　我发去一个羞涩的表情：今晚就满足你。

　　任平生发过来一个男欢女爱的图片。

　　我看了脸色直发烫，在心里嗔骂道：也不知道从哪里下载的，这么流氓的图片也好意思发过来！

　　了却了一桩心事，顿觉神清气爽。去了一趟洗手间，然后去资料室找林絮，把任平生的意思给她说了。林絮也很高兴，她感激地说："到了特稿部以后，我一定好好工作！"

　　我笑笑："相信你一定能做得很好！"

　　林絮加入特稿部，使特稿部的力量得到增强。在资料室憋闷许久的她，写稿的激情瞬间得到爆发。

　　林絮一口气连续写了十几篇稿子，涵盖了娱乐明星、社会热点、话题聚焦等各个方面。这些稿件不但质量高，而且很吸引读者眼球。

　　实践证明，林絮的写稿能力是无可毋庸置疑的。

　　我很为自己的慧眼识珠而洋洋得意。

　　林絮的稿件很快引起了报社内部尤其是记者部的注意，几乎所有的人都知道了林絮为特稿部效力的消息。

　　对于大多数人来讲，大家知道就知道了，并没有引发太多的猜测。毕竟，林絮原来就是记者嘛，让人家待在资料室本来就是一种资源浪费。

　　但在记者部的人特别是苏娜看来，我让林絮进入特稿部明显是在和她对着干。

　　林絮是她主政记者部以来的第一次"发威"，本来是要通过此举向记者部的其他人显示一下自己手段的厉害。没想到，自己扔出去的却被人家捡去当了宝贝。

而且，实践证明，林絮确实不是废物，是一个货真价实的宝贝。

这不是故意让苏娜难堪吗？

感到难堪的还有梵高。

当初是他和苏娜联手把林絮"发配"出去的，现在特稿部重新把林絮挖掘出来，这明显是在挑战"权威"。

但梵高和苏娜心里也很清楚，我既然敢挑战，说明已经做好了准备，其背后一定有领导的支持。

这事连米斯都能看出来。

林絮的特稿连篇累牍地在特稿版刊出，自然会引起记者们的羡慕嫉妒恨。米斯是一个超脱的人，她对此不是很在意。

但她在意我。

谁都能看出来，站在林絮背后的是我。如果没有我，林絮不可能从布满灰尘的资料室里出来，而且高升到了特稿部首席记者。

米斯有些替我担心。

她在QQ上给我留言：让林絮重出江湖是不是你的功劳？这步棋很妙，可谓一箭三雕：既能壮大自己阵营力量，又能削弱对方人心，而且还能让林絮对你感恩戴德。但这样做，是不是有点霸气外露了？

我很快给她答复：这事我一开始没想这么多，只是考虑多要几个人手。从记者部调人过来已不可能，所以我只好把林絮从资料室调出来。

米斯问：那你就没想过会引起苏娜的嫉妒？当初是她要杀一儆百，把林絮调到资料室的，你现在充当好人，不是衬托出她的阴暗

贵　人

来了吗?

我笑笑：管不了那么多了！再说特稿部和记者部之间本来就存在利益冲突，我们这也是正常竞争嘛。

米斯发去一个摇头表情：你忘了我给你说过的，在职场要学会变通，最好不要树敌。你现在的做法，只会加剧和苏娜之间的矛盾。

我回了句：为了工作，没有办法。

米斯说：你是不是觉得自己背后有了任平生这棵大树，就不用谨小慎微了？如果你这样想，就错了。咱们公司的人事关系很复杂，可以说是剪不断理还乱，盘根错节，人事之间的斗争更是复杂。所以，你还是要小心谨慎一点。

我点点头：道理我都懂，但做起来很难。像把林絮调出这件事，我也是别无选择。现在整个报社都找不到一个"闲人"，调别人过来不可能。但我这边没有人，特稿部的任务量就无法完成，更不可能谈到部门奖励了！

我兜了底，米斯不再说什么了。

米斯问：中午有没有时间出来，我们一起吃饭，顺便聊聊情感问题。

我答应了。

米斯笑着问：把你借出来，你那位亲爱的不会有意见吧?

我发来一个笑脸：他能有什么意见？他现在根本就不管我。他忙他的，我忙我的。

米斯笑笑：中午见面再聊吧。

日志 33. 竞争需要真本领

苏娜为林絮加入特稿部恨意未消，记者部又发生了一件让她很不高兴的事情。

一向沉默寡言只顾写稿从来不管他人瓦上霜的钟灵竟然辞职了！而且她辞职的目的是要加入到紫苓的公司中去！

这意味着记者部又少了一个人，力量在不断削弱。

局面似乎对苏娜越来越不利了。

记者部的工作渐渐陷入困境。

紫苓依靠驻地记者站的名头，大有要把地盘做大的意图。最近，她依靠中央大报的平台，已经连续发出了几篇有影响的大稿，成功扩大了报纸的影响力，增加了零售数量和报纸的订户，和《快报》形成了同城竞争的局面。

最近的一次调查显示，《快报》的市场份额正在被其他媒体所冲击，其中就属紫苓所效力的报纸最大。

更要命的是，紫苓刚刚创办了地方版报纸《都市》，全力服务本地读者。现在是读者细化的时代，地方版是大势所趋。紫苓抓住有利时机，办一张贴近本城读者的报纸，必将对《快报》形成致命的影响。

现在想来，当初炒了紫苓的鱿鱼是一个错误。

这一点，不但苏娜意识到了，连任平生都有点儿后悔。

以前，紫苓只不过是他手底下的一个小兵，现在她摇身一变为中央大报地方站负责人，《都市》的执行主编，几乎算是和任平生

贵　人

平起平坐！

这能不让《快报》感到难堪吗？

而且，从紫苓咄咄逼人的发展态势看来，她就是要和《快报》一决高下！

紫苓把钟灵挖走，而且给了她一个地方版副主编的头衔，就是要她全力以赴地打理《都市》，办出一份好报纸。

这真是应了那句话：你得罪了一个朋友，就树立了一个敌人。

现在，紫苓的强势发展不但是记者部要面对的，也是整个报社不得不要面对的！

看来当初苏娜和梵高联手犯下的"错误"，必须由整个报社来买单了。

自从进入到报社的那一天开始，苏娜一直没有离开梵高的关照和扶持。从写稿到发稿，从普通记者到竞聘记者部主任，一路走来，看似潇洒，其实都是梵高在背后给她出谋划策。

可以说，如果没有梵高，就没有她苏娜的今天。

正是因为梵高主动地帮助自己，苏娜才对他有了好感，两人结成了攻守同盟。

或许，当初，苏娜只是对梵高的默默关心充满了感激之情，还谈不上什么爱慕之心。

随着彼此往来不断增加，频率越来越高，便被报社里的员工所误会。他们都说梵高和苏娜在谈恋爱，搞婚外情。

这种声音传到两个人那里，并没有引起他俩的特别注意，反而让他俩更加肆无忌惮。

因为苏娜是个很有个性的女孩，属于你越是不让她干什么，她越是要去干的那种犟牛脾气。梵高更是如此。

在这期间，梵高的婚姻又出现了问题，他和妻子分居了。苏娜想都没想就投到了他的怀抱。

我猜测，苏娜之所以会如此地毫不犹豫，一方面是因为她的性格使然，另一方面也和她的遭遇有关。

我知道她刚刚经历了一场并不成功的爱情。正是在这个情感空隙，梵高闯了进来。

两人的关系确定之后，他们的利益便捆绑在了一起。为了在报社占据有利的位置，两人经常联手攻坚克难。

苏娜现在能成功跻身报社中层，梵高功不可没。

当然，苏娜也对梵高的发展起到了一些促进作用。梵高做记者部主任期间，苏娜是最坚定的支持者，有力地维护着梵高在记者部的地位和权威。

当初，如果不是紫苓的莽撞，她俩的关系不会这么早地暴露出来，更不会暴露得这么多。如果不是梵高背靠大树，两人的发展必将受到影响。

当然，对于我现在的情况，苏娜和梵高心里都非常有数。

我能够绝地反击，顺利地当上特稿部主任，背后肯定有贵人相助。

而这个贵人不是别人，正是任平生。

只有他，才能做到超越常规地成立一个新部门，而且指定由我来当这个部门的主任。很显然，这是为我量身定做的。

在任何一家单位，要想平步青云，仅仅依靠自己的能力似乎是不可能成功的。必须遇到你事业中的贵人，你才能在官途上有所发展。

我在特稿部做得风生水起，全仰仗任平生创造了一个平台。

如果不是因为这个，我至少要再奋斗几年才能如愿以偿。

由此，苏娜应该能猜测出来我和任平生的关系不一般。

我和任平生在马尔代夫的单独接触，明眼人一看就知道是怎么回事儿。

任平生在飞机上和我的谈话，以及在马尔代夫所做的一切，或许都没有逃脱苏娜和梵高的眼睛。

只是，他俩对此并没有表现出过多的"好奇"罢了。

谁都知道，对我这样的职场小白领来讲，任平生不但是最佳的生活伴侣，更是事业发展的强大依靠。

于我而言，有了任平生的帮助，以后的事业发展怕是要进入"高铁时代"了！

而梵高对苏娜来说，最多不过是"动车组"。

"动车"的发展，怎么可能和"高铁"相提并论呢？而且任平生在报社的地位，作为苏娜是无法和他相抗衡的。即便是她和梵高联手，似乎也无法撼动任平生的地位。

因此苏娜和我，暂时只能选择和平共处了。即便是要展开竞争，也必须竞争在明处。这是真刀真枪真本领的竞争，而不是背后的倾轧和算计。

日志34. 不妨陪他"耍耍"

恍如做梦一般。

这天一上班，我刚打开门，就听到了任平生办公室里传出一声花盆破碎的声音。

我有些不放心，快步跑了过去。

看到好几个办公室的人都探出了脑袋。

我意识到出事了！而且这件事可能和自己有关。

我前脚踏进任平生的办公室，后脚还没迈进呢，就听到任平生朝我低声吼了一声："你来干什么？！"

我呆住了。

任平生大概觉出自己的态度有些生硬了，他指指电脑，示意我过来看看。

我走过去。

任平生打开了他的QQ，进入了QQ空间以后，点击鼠标查看共享文件。

眼前出现的内容让我傻眼了。

那是自己和任平生的聊天内容！里面涉及了最隐秘的对话！

天呐，我又一次陷入了QQ危机。

更糟糕的是，这次还不是我一个人，还涉及了任平生！他可是报社的领导，这不是让他彻底难堪吗？

这是谁这么大胆？

我差不多要哭了。

任平生拍拍我的肩膀，安慰我说："别着急，这事儿和你上次QQ被盗事件很相似，估计是同一个人所为。你放心，我一定会彻查到底！"

我担心地说："这不等于是把咱俩的关系在全公司公开了吗？"

任平生笑笑："公开怕什么？早晚都要公开！我担心的不是这个！"

我说："这会不会对你在公司发展造成不利影响。"

贵　人

任平生点点头，又摇摇头："没事，只要徐总那边不造成影响就行。"

愣了一下，任平生又说："你回去吧，看一下自己的 QQ 是不是被盗了，我估计还是你那边出了问题，我的 QQ 一直是安全的。我现在马上想办法把文件清除掉！"

我点点头，哭丧着脸出去了。

任平生提醒我："高兴一点！就当什么也没发生！"

我强颜欢笑地回到办公室。

迫不及待地打开了电脑。

在不到半年的时间里，竟然两次遭遇同样的 QQ 被盗事件，这肯定是有预谋的！

这个可恶的家伙会是谁？

我陷入了沉思。

首先想到还是那个人：苏娜。

只有她有作案动机。

但这样说似乎又有些不合理，如果第一次 QQ 被盗是她所为的话，那是因为我们之间存在着竞争。这次 QQ 被盗针对的是两个人，和她似乎没有直接的利益冲突。况且，她也不可能有这么大的胆子。

那又会是谁呢？

我想到了米斯对她说过要小心杨松的话。

这次会不会是他？

他知道了我和任平生之间的关系之后，恼羞成怒，所以要蓄意报复。

有这个可能，也有这个动机。

我似乎找到了问题的答案。

如果要评选全中国传播最快的消息是什么的话，可能小道消息会是最佳答案之一。而在小道消息里面，涉及情爱的内容往往传播得更快。

我能够想象得到，当自己和任平生在谈恋爱的消息传到杨松耳朵里的时候，他会是怎样的表情。一开始他或许不肯相信，但他一旦联想到特稿部的成立以及我的上任，以及他最近屡次的约会都被婉言相拒，他自然会相信。

他一定会很懊恼地想：煮熟的鸭子竟然会飞了！

岂止是煮熟了，而且眼看就要吃到嘴了！

现在，居然没了。

杨松的愤怒和失望之情可想而知。

愤怒的杨松最先想到的应该是对我如何打击报复。

他肯定能想到这致命的一招。

他肯定知道，作为热恋中的人，我和任平生之间一定会在QQ上聊一些隐私话题，如果能把这些聊天内容公布于众，岂不是就可以置对手于死地了吗？

而且作为一个电脑和网络高手，他很容易就能破解我的QQ密码。

何况我的QQ密码就是在他的帮助之下设置的！

想到这些，我感觉眼前豁然开朗了！

我想赶紧把自己的推断说给任平生。

可是，我忽然又犹豫起来：如果把自己的猜测告诉任平生的话，他肯定会问及杨松的作案动机，那样的话，岂不是把自己和杨松之间的交往暴露了？任平生知道了这些事情以后，会不会很生气？和杨松之间的这些事会不会影响自己和任平生之间的关系？

想到这里，我开始犹豫不决。

打开 QQ，看到那个被盗取并共享的文件还在。

我不能再犹豫了，任平生是我所深爱的人，我要对爱人完全敞开。自己和杨松之间那点儿事估计早晚都会被他所察觉，与其被动等待，不如主动和盘托出。

再说，和杨松之间的那些所谓罗曼蒂克，都是在和任平生好上之前的事儿，任平生是不会在乎的。退一万步讲，即便他在乎，他以前还和嫣红好过呢！哼！

最重要的是，说出来可以帮助任平生早点解决这场危机。

我决定赶紧告诉任平生。

QQ 我不敢再用了。

刚从任平生办公室里出来，再去找他又不合适。

只好给他打电话。

公司内部开通了免费的办公室电话短号，可以随便打。

电话响了半天，任平生才接，他直接问："有什么急事吗？"

他的电话有来电显示，知道是谁打的电话。

我说："我知道是谁搞的鬼，我怀疑一个人。"

任平生一愣："我这边正在忙着删除文件，等会儿我到你办公室再说。"

任平生挂上了电话。

我只好耐心地在办公室里等待。

这时，杨松突然出现在 QQ 上，发来一个消息：QQ 空间共享文件里怎么又出现了有关你的谣言？你的 QQ 又被谁给盗了？

我知道杨松是在揣着明白装糊涂，不想搭理他。

愣了一下，杨松又发过来一句：那些都是谣言吧？

我心想：既然他主动送上门来，不妨将计就计试探试探他。

我迅速给他发去了一个消息：你不是电脑高手吗？上次按照你说的方法重新设置了QQ密码，怎么又出现了QQ被盗事件？

杨松笑笑：天外有天人外有人呢，我们报社里面有不少大内高手啊，我的那个方法对付一般菜鸟是没问题的，但对付高手可能不行。

我：那你的意思是说，像你这样的高手，盗取我的QQ密码简直是易如反掌喽？

杨松：怎么？你不会是怀疑我吧？

我：我没说怀疑你啊。

杨松：说实在的，或许你认为我有作案动机，对吧？你以为，我看到你和任平生谈恋爱，我就羡慕嫉妒恨了，是不是？

我：……

杨松：你当然完全可以这么想。但我也完全可以告诉你：这事不是我干的！

我：我想也不是你，你胸怀那么宽广，哪能干出这样的龌龊事儿呢！而且你上次还主动帮我解除了文件，可以看出，你是一个好人。

敲完了这句话，我冷笑了两声。知道跟杨松废话没有用，他是不会承认的。与其跟他争论，不如装作毫不察觉，让他放松警惕。

杨松果然中招：那你这次要不要我来帮你？只要你说话，我现在就可以帮你删除那个文件。

我故意说：大家都看过了，删除不删除意义不大。谢谢你的好心！

杨松默然。

贵　人

我再次打开空间，看到那个文件已经被任平生删除了。

杨松又发来一句：不管那个文件是真是假，我现在仍然喜欢你。你什么时候有时间，我们一起聊聊。

我知道杨松在玩阴谋诡计，不动声色地回了一句：你就当那个文件说的都是事实吧。

这句话大概刺痛了杨松的神经，他不再说什么了。

这时，我听到有人敲门，知道是任平生，起身去开。

任平生进屋就问："你说的那个人是谁？"

我说："我怀疑是杨松。"

任平生不相信地问："他？杨高容的儿子？我们和他无冤无仇，没有理由啊。难道是杨高容在背后指使？我和杨高容一直不是太对脾气。"

我表情黯然："这一点我倒没想到，我之所以怀疑是杨松，因为他曾经动过我的QQ密码。"

我把和杨松交往的过程大致给任平生说了一遍。

听了我的叙述，任平生脸上的表情很严肃。

我有些担心："你不会生我的气吧？"

任平生勉强笑了一下："怎么会。我是在思考他的动机，是纯粹的吃醋和嫉妒，还是他有别的目的。"

我皱了皱眉头："他还会有别的目的？"

任平生点点头："徐总快退居二线了，接班人锁定在我和杨高容两个人身上。"

我张大嘴巴："我没想到这背后还有这么复杂的背景，可无论是在年龄上还是在能力上，杨高容与你比都不占什么优势啊。"

任平生摇摇头："他在公司的根基比我深，资历也高得多，他的年龄还没到上限，干一届是没有问题的。至于能力，那还不是领导一句话！"

我哑口无言了。

愣了一下，我问："如果真是这样，那这次事件肯定会对你接班不利！"

任平生咬咬嘴唇："嗯。关键还是看徐总那边的态度。"

任平生学着《让子弹飞》中黄四郎的口吻说了句："杨高容要和我斗，我是不会轻易服输的，我倒是有兴趣陪他'耍耍'！"

在这个时候任平生还有心情搬弄他的模仿秀，这让我很是佩服他的淡定与镇静。

我对任平生说："目前这还只是猜测，还需要去调查。"

任平生点点头："我会有办法找到证据的，他杨松是网络高手，我还可以找到比他更厉害的高手！"

日志 35. 不能耽误了大好前程

米斯很少到特稿部这边来。

从我升任特稿部主任以来，她就来过一次，还是在我的强烈要求下才来的。

那次，我在QQ上给她留言说：我都来特稿部上任这么久了，你这当姐姐的，也不过来看看我！太不够意思了！

于是，米斯就应付差事一样来过一次。

她来也不认真看，装模作样地随便瞅了一圈，不咸不淡地说了句："到底是晋升中层了，办公条件比我们小虾米好多了！"

我只当她是故意吃醋，笑笑。

贵　人

那一次之后，米斯就再也没有主动到特稿部来过。

我猜测其原因有两个：

一个是米斯确实比以前忙了，忙着走马灯似的恋爱，尤其是遇到那个大学生后。

另外一个原因则是米斯在有意无意地疏远我。办公室政治很微妙，当初的好姐妹很容易因为其中一个得到升迁，关系迅速改变。当自己的好朋友成了上级，心里总有些不舒服的地方。

当然，我只是这么猜测。

从米斯的性格来看，她对待朋友并不是那种小肚鸡肠的人。当初，为了能让我晋级中层，她不是还帮着出了不少主意吗？

我可不想因为升职而失去了好朋友。

所以，我常常隔一段时间就主动和米斯联系一次。多数时候是在 QQ 上留言，有时也发条短信，打个电话。在一起吃饭的时间肯定少了，因为两个人似乎都变得比以前忙碌了。

但我的一行一动都没有逃脱米斯的眼睛。

这一次 QQ 聊天记录被上传到公共平台的事儿，她一定会知道。

我一脸愁容地坐在电脑前，回味着任平生刚才说的话，如果真像他所说的，杨松背后是杨高容在指使，那这个事情就变复杂了。

职场的斗争我不是没领教过。

当初作为普通职员，苏娜和自己之间的斗争都这么激烈，可谓刀光剑影，现在处于报社高层的任平生和杨高容要是也斗争起来，那还不是血流成河？

想想都不寒而栗。

我最担心的是任平生会因为自己的事儿受到牵扯，那样的话，我会很内疚。

正这样瞎想着,有人来敲门。

我开门一看是米斯,有些意外,又有些惊喜:"你咋来了?也不提前说一声。"

米斯笑笑:"离得这么近,过来还用打招呼?"

我故意摆出一副怨恨的样子来:"既然明白,咋不常来?"

米斯知道中了我的招,笑笑:"你这个丫头片子,嘴巴比以前厉害多了!"

我请她坐下来,给她倒了杯水,问米斯:"你是不是来安慰我来了?"

米斯点头:"我听张姐说的,你的QQ聊天记录又被盗了?有许多人都看到了被共享的文件,现在记者部差不多都传开了!"

我神情黯淡:"我这也算是二进宫了吧?你说我怎么这么背呢,怎么总遭人算计,而且每次都是这么狠!"

米斯提醒我:"你有没有想过这两次算计都是同一个人所为?"

我摇摇头:"我只是猜到这一次是杨松,他或许知道我和任平生在谈恋爱,出于嫉妒,就想出了这个阴招,打击报复我。"

米斯点点头:"或许就是杨松!这个人一向阴险,他在公司里几乎没有什么朋友。你幸亏没有和他在一起,要不然后果不堪设想。"

我笑笑:"我怎么会和他那种人在一起!"

米斯也笑:"那可不一定,要不是任平生及时出现,你说不定早已经委身于他了!"

"即便是那样,我也不会嫁给他!"我语气坚决。

米斯皱皱眉头:"那上次的事件呢?你觉得会不会也是杨松所为?"

我低头沉思,想了一会说:"上次他没有理由啊?找不到作案

贵　人

动机嘛。"

米斯点点头说:"倒也是,他不能仅仅为了接触你就想出那样的损招吧。"

愣了一下,米斯又说:"看你现在的精神状态还算不错,遇到这样的事你能坦然处之,我就放心了。本来想安慰安慰你,现在看也没那个必要了!"

我感激地笑笑说:"我的抗打击能力与日俱增!"

米斯也笑了。

我问她:"那个小男朋友怎么样了?"

米斯苦笑了一下:"还是那样,不过新鲜感已经过去了。表面上看,是我的年龄比他大,但从实际表现看,他比我老练多了!我已经做好了随时和他说撒由那拉的思想准备!"

我点点头。

在这种事情上,我没有多么高明的见解。男女之间的感情,多半只能靠自己去把握,别人再说也都是瞎说。所谓"游鸭在水,冷暖自知"。

米斯站起来,对我说:"我该回去了,今天的稿件还没完成呢!现在记者部人手少了,任务却比以前多了,苏娜整天叨叨着要超越要超越,没有人干活怎么超越?"

我说:"听说钟灵被紫苓挖了去,这倒是一个很大的损失。"

损失多了!都怨苏娜心胸狭小!林絮好好的,被下放到资料室,现在成了你的主力。那个紫苓也是个人才吧,她还串通梵高把人家给赶走了!现在人家发达了,转过头来要吃她!她现在抓住我们几个,使劲派任务。总有一天,我受不了了,也想办法调走!看她还能指望谁?

我笑着说:"你要是真想走,不如到特稿部来!"

米斯眼睛一亮:"你要是真要我,我立马就来!"

我说:"怎么会不要?等过了这阵儿风声,我就想办法调人!"

米斯很高兴地搂住我的肩膀:"姐真是没白疼你!"

两人说着散了。

在门口,米斯突然对我说了句:"我提醒你一句啊,你和任平生的事儿通过这次传播,估计嫣红很快会知道,她可是喜欢过任平生并且现在还很爱他的女人,你要小心一点啊。"

我神色凝重地点点头。

米斯说得对,嫣红可不是一个简单的女人!如果她知道了任平生已经放弃了她,她做出的反应可能比杨松更厉害。

女人在受刺激的时候往往是很不理智的!

事实证明,米斯的提醒和我的担心都是多余的。

嫣红通过QQ给任平生留言,希望能和他私下谈谈。

任平生没有给她答复。

嫣红不甘心,又给他的办公室打电话。

任平生接了,嫣红问他为什么不答复?

在嫣红的反复恳求下任平生终于答应了。

两人约定下班后在咖啡馆见。

放下电话,任平生马上给我在QQ上留言,告诉我他要和嫣红好好谈谈。

我很高兴他没有瞒着我,作为恋人,他必须对我忠诚。

或许任平生心里很清楚,这种事情不坦白相待,早晚会被对方发现的。别说嫣红和我都在一个单位,就是不在一起,也保不准会知道。

贵　人

　　任平生还对我说：如果你不放心，可以和我一起去，到时候你坐在隔壁就行了。

　　但我不想这样做，对任平生说：你去和她谈吧，我相信你。我不跟你去了，去了你们都不好说话。我在办公室等你，你们结束以后你给我打电话，我再去找你。

　　任平生答应了。

　　在这件事上，我做得相当有分寸，我明白即便是恋人，也要给对方留出足够空间的道理。

　　你要想得到什么，就必须先学会放弃什么。

　　这是颠扑不灭的真理。

　　下班以后，任平生去找嫣红了。

　　我就坐在办公室里，表面上很平静，内心里面却不断地在打鼓：任平生能把持住自己吗？他不会被嫣红说动心了吧？

　　这样翻来覆去地问个不停，问完了又自己回答：任平生一定可以的，因为他爱的人是你！不是她！

　　在焦灼的煎熬中，半个小时过去了，任平生还没有给我打电话。

　　又过了半个小时，任平生还是没有打电话。

　　我终于坐不住了，干脆到咖啡馆去看个究竟！

日志 36. 下一盘大棋

　　此时的咖啡馆，正回旋着曼妙的音乐，在昏暗的灯光下，我看到任平生和嫣红面对面安静地坐着。我在他们不远的位置悄悄坐下来。这个座位正好在一盆绿植后，他们并不知道我的到来，而他们压低的声音却能若有若无地传过来。

嫣红低着头,保持着沉默。

任平生在不停地转动着手里的咖啡。

谈话此时已经接近尾声。

或许嫣红知道她和任平生之间的感情已经无可挽回。

她不再说什么了。

任平生像是在解释,又像是在安慰她:"我们之间的那段感情根本不是什么爱情,以前的那些交往大都是朋友层面的。我承认,我这样做,对你有点儿不公平。但我不能欺骗你,把白说成黑,那样,对你更不公平。"

嫣红面色凄然地点点头:"我可以问你一个问题吗?"

任平生说:"你问吧。"

嫣红极力扮出一副笑脸来:"你到底有没有喜欢过我?哪怕只是那么一点点儿。"

任平生在沉思。

过了一会儿,他说:"或许有过,但那多半是对你工作能力的欣赏。"

嫣红笑笑:"即便是这样,我也心满意足了。"

愣了一下,嫣红又说:"我知道我得不到你,但我想告诉你一句话:无论你对我的态度怎么样,我对你的态度始终都是一样的,我对你的感情是不会改变的!这一点我必须向你说明。当然,你可以不在乎,但我必须说出来。"

任平生摇摇头:"你这样又何必呢?只会让你自己不愉快,而且我也会因此背上沉重的负担。你应该尽快调整一下状态,重新开始自己的生活。"

贵　人

嫣红笑:"你放心,我是不会因这个事儿耽误了广告部的工作的!我把感情和工作分得很清楚!"

任平生不作声了。

他看上去有些着急,他知道我在等他的电话,他必须早点结束这场谈话。

无奈嫣红还是不肯就此放弃,她问任平生:"你确信和唐果果之间就是所谓的爱情吗?"

任平生一愣:"我确信。"

嫣红追问道:"那你是什么时候爱上她的?"

任平生想了想说:"真正的喜欢上她大概是在她竞聘的时候,那以后就一直关注她。"

嫣红神色黯然:"这么说,你也确信她也喜欢你?"

任平生点点头:"我确信。"

嫣红无话可说了。

她有些无奈地叹了口气:"那我祝福你们!"

任平生脸部的表情复杂,他幽幽地说:"希望你尽快忘记从前,赶紧开始新的生活!"

嫣红眼睛湿润了:"从前?哪有这么容易就可以忘掉的!毕竟自己曾经付出过。至于新的生活,还不知道在哪里等着我呢。"

嫣红说完笑笑:"不过,你也不用为我担心。即便是做不成恋人,我们还是好朋友,对不对?"

任平生点点头。

我在心里说:真不知道任平生上辈子积了什么德,今生碰到这么多好女人。

他们离开不久,我也默默走出咖啡馆。

外面的空气有些沉闷，一阵阵热风拂面吹来。

看样子，是要下雨了。

刚回到报社，任平生打来电话。

我迅速接了，迫不及待地说了句："谈话结束了？"

任平生笑笑："刚结束，我就在咖啡馆，你过来吧，我们在这里坐一会儿。"

我心里说：早知道你还约在咖啡馆，姑奶奶我就不回来了！

心里这么想，嘴上却说："好啊，我这就赶过去。"

放下电话，我就急匆匆地往咖啡馆走去。

门卫看到我，似笑非笑地打了个招呼："唐主任出来进去好几趟了，这么忙啊？"

这话在我听来有些不舒服，在心里说，不会连这些人都知道了我和任平生之间的事情了吧？

转念又一想，管他呢！都知道了又能怎么样？

这样一想，对门卫笑笑，笑得很光明灿烂。

刚走到报社大门口，我碰到了迎面走来的嫣红。

看到嫣红，我的表情有些尴尬。

嫣红的表情也很不自然，她看到我匆忙的样子，立即明白了我要去干什么。她微笑着对我说："看你着急的样子，是去找任总吧？"

我点点头。想说几句安慰嫣红的话，张张嘴却说不出来，真不知道该对她说些什么。现在不管讲什么话，好像都是非常的虚伪。

但在内心里，我确实觉得自己有点儿对不住嫣红。嫣红曾经在最困难的时候帮助过我，两人因此还成为相互信赖的好姐妹。如今，嫣红突然间面对好姐妹和自己喜欢的男人在一起的现实，或许

贵 人

会有一种受到欺骗的感觉。

从内心来说，我是不愿意给嫣红留下这样的印象的。

可我又能做出什么样的解释呢？

不是自己要故意伤害她？一切都是任平生主动的？自己不知道她喜欢任平生？

这些解释都是十分苍白无力的。

但我又必须得说点什么。

犹豫了片刻，终于想出了一句得体的话："我也没想到事情会弄成这样！"

嫣红摆摆手："你不要说这种安慰我的话了！你和任总的用意，我都明白。刚才我和他谈了一会儿，他对我说很爱你，有这一句话，我就知道是怎么回事了。作为好朋友，我衷心地祝福你们！"

我动情地叫了声："嫣红姐！"

嫣红拍拍我的肩膀："你们好好相爱吧，不要管其他的人有什么看法。这次的QQ被盗事件，明显是有人在给你们捣乱。越是在这种时候，你们越要坚定信心，共同迎接挑战。任总有很强的应对问题能力，相信你们很快就会渡过这场危机的！"

我很感激地点点头。

嫣红笑笑："任总在等你吧？你快去吧！有空我们再聊，大家还是好朋友，以后时间有的是！"

说完，嫣红伸出双臂，我们拥抱了一下。

我快步向咖啡馆走去。

嫣红则走进了报社。

我俩的谈话和动作被门卫看在眼里，他饶有兴味地微笑着。

我一路小跑着来到咖啡馆。

任平生看到我气喘吁吁的样子，问："走这么急干什么？"

我脸色微红："刚才在报社门口碰到嫣红了，说了一会儿话，我怕你等急了。"

任平生笑笑："那急啥？我在这喝咖啡，顺便上上网。"

我看到任平生身边放着一个笔记本。问他："怎么想起来请我喝咖啡了？"

任平生笑笑："这里安静，我正好要和你商量点事儿，也给你来一杯咖啡怎么样？"

我点点头。

任平生朝服务生挥挥手。

一会儿工夫，一杯热腾腾的咖啡端过来了。

我看了一眼任平生的笔记本说："想和我商量什么事儿？"

任平生抿了一口咖啡说："两件事，第一个是有关刚才我和嫣红的谈话的，我猜你肯定想知道我和她都谈了些什么。"

我摇摇头："我不想知道，我相信你。"

我的回答大概让任平生感到几分意外，他重复了一句："真的？"

我十分肯定地再次点点头。在心里说："我早都看到了！人家嫣红也早给我说过了，还用你来重复干什么？我不让你说，一来可以表示对你的放心，二来嘛，也显示一下我的大度。"

任平生看到我确实对此不感兴趣，就微笑着说："那咱们讨论下一话题！"

我知道他在模仿赵本山的小品台词，笑笑："你说吧，我听着呢。"

任平生清清嗓子，压低声音说："你提供的情报很准确，刚才

贵　人

一个弄网络的朋友给我在 QQ 上留言说，这次事件的凶手就是杨松，他破解了你的 QQ 密码，复制了聊天记录，设置了群共享。"

虽然此前已经是心中有数，但我听到此事确是杨松所为时还是有些吃惊。这个杨松，也太卑鄙了吧？

"那你打算怎么对付他？"我急切地问任平生。

任平生摆摆手："我们按兵不动，只当不知道。"

我有些不明白："为什么不把他指认出来，让公司的人都知道他是个多么卑鄙的小人！"

任平生摇摇头："现在还不是时候。"

我皱紧眉头："那你想等到什么时候？"

任平生看看四周，悄声说："我怀疑这件事情或许不是杨松一人所为，他背后可能站着他的老子杨高容。他一直在暗中和我较量，他很想接替即将退居二线的徐总当一把手。这次的事件如果真是他们父子联手陷害我们，那我们就将计就计，大不了我们先做出一点儿牺牲，让他们得意一阵子。等徐总真正要退下来那一天，我们再把这事兜出去，徐总自然不会用这样道德败坏的人。到那时候，别说杨松，就是杨高容也别想逃脱掉责任！"

我点点头，在心里说，看来嫣红说得没错，任平生是一个有勇有谋的人。

我问："你说的我们先做出一点儿牺牲是什么意思？"

任平生把嗓音压得更低："我们按兵不动，他们肯定自以为得计，会接着到徐总那里揭发我，徐总肯定会找我谈话，我就让徐总该怎么处分怎么处分，这种事情说大也大，说小也小。我了解徐总的为人，他不会太过于追究的。"

我有些不放心地说："那万一此事影响到你接班怎么办？"

任平生摇摇头，十分肯定地说："不会的。到徐总遴选接班人时，我只要把杨高容的事儿兜出来，徐总肯定会原谅我。"

　　我还是有些不放心："如果徐总真要做出处分，我就把责任全部揽到我一个人身上，就说是我主动的。这样，就算撤了我的主任职务也不要紧，等你顺利接过徐总的接力棒，我就可以翻身了。"

　　我的话让任平生颇感意外，或许是因为我的主动牺牲所感动，他充满深情地说："不到万不得已的时候，我们不要这样做！"

　　我笑着说："牺牲我这个马前卒，是为了保住你这个大将军，只有如此，才能赢得全面战争！"

　　任平生很认真地看着我，知道我不是在开玩笑。

　　任平生激动地对我说了句："我们在下一盘很大很大的棋！"

　　我点点头。

　　任平生又说："有你的辅助，这盘大棋一定会精彩，也一定能成功！"

贵 人

结尾：决胜千里

日志 37. 职场的派系斗争

老实说，当任平生告诉我这次事件确实是杨松所为时，我心里还是很有触动的。我没想到自己和杨松到头来会反目成仇，而且杨松报复的手段是如此卑劣。

如果任平生没有猜错的话，是杨高容支持杨松设计的这次事件，那他们一定不会善罢甘休。因为目前来看，他们的目的还没有达到，什么时候杨高容坐上公司的头把交椅他才会放过任平生。

与其这样被动挨打，还不如主动出击呢。

我坐在电脑前，作着沉思和遐想。

可是，即便是想出击，自己手里也没有可用的牌啊。

而且按照自己和任平生与人为善的性格，也很难下得去手。

正这样想着，我看到QQ窗口在不停地闪烁，有人发来了消息。打开一看，竟然是紫苓。

她问我：听说你和任总被黑了？是不是真的？

这事连紫苓都知道了！可见这次的QQ被盗事件影响有多大！

我回复紫苓：是真的，你怎么知道的？

紫苓回答：听钟灵说的，她不知道听谁说起的，我还以为这是谁在造谣呢。我在想既然这个人敢对任总下手，说明他大有来头。你们查出来这人是谁了吗？

我犹豫着要不要对紫苓说实话。她毕竟是从报社出去的人，这种事对她讲大概没有什么风险。但讲了似乎也没有什么用处。到底是说还是不说？

正在犹豫着，紫苓自己说了句：我猜应该是杨高容那个老东西在背后捣鬼！在公司内部，敢和任总捣乱的人只有他一个！而且这个人生性狡诈，用心险恶，我最了解他！

我心里一惊，这个紫苓，竟然能看出问题的关键所在。当年真是小看她了！在记者部的时候，没怎么觉得她有过人之处。现在看，自己看错了。

我回复紫苓：我们也正在调查，或许你说的有道理，但凡事都需讲究个证据，没有证据，无法证明！

紫苓发过来一个冷笑的表情：我和杨高容之间有不共戴天之仇，我最了解他这样的人，好事不做坏事做尽，指认他根本不要什么证据。

愣了一下，紫苓又敲过来几句话：你知道我当初为何会被报社炒鱿鱼？主要的原因就是因为杨高容这个老色鬼！

我呆住了：原来紫苓被炒鱿鱼时在日志中写到的那个骚扰她的

贵　人

人是杨高容！怪不得她这么恨他！

我问紫苓：当初不是因为你看到了苏娜和梵高的事才……

紫苓说：切，那算什么大事？再说她俩哪有这么大的权力，能把我开走？我知道都是因为那个老东西。

犹豫了一下，紫苓又说：不过想想走了也好，如果还待在记者部，哪能有今天的成绩？

我不置可否。

紫苓又发来一句：其实我们可以联手，给杨高容一点颜色看看！我手里掌握着他性侵犯的证据，终有一天，我会把他给抖搂出来的！我也会采用他们的方式，把这些文字发到共享中去，让全公司的人都看到杨高容的真面孔！

我提醒她：你不怕暴露了自己的身份？

紫苓回答：不怕，反正现在我已经不在报社了，他杨高容管不到我！我会找一个安全的方式，把他的劣迹都给抖搂出来。

前几天听任平生说过，紫苓那边发展得很不错，大有和《快报》一争高下之意。如今，她主动介入到报社的派系斗争中来，会不会有别的想法？

想到这里，我便不再和紫苓继续深谈了。

我把和紫苓交谈的内容复制下来，发给了任平生。

任平生看到了，回了句：紫苓是否愿意站出来揭露杨高容，那是她自己的事情。在这个节骨眼上，我们最好不要和她拉帮结伙。

看来，任平生和我想到一起去了。

虽然接连受到了同样方式的打击，我在内心里面还是不愿意主动去陷害和攻击别人。我想通过自己的努力，正大光明地得到自己想要的东西。

在这样的想法下,我努力摆脱掉这次事件对自己的干扰,更加勤奋地工作,我要把特稿部的工作做到更好,以此,还击那些羡慕嫉妒恨的人。

可是,树欲静而风不止。

我和任平生这边越是想清净,杨松那边越是步步紧逼。

这一次,杨高容要亲自出面了。

看起来任平生说得没错,杨高容正在实施着他那不可告人的庞大计划。

杨高容之所以这么心急,或许和紫苓对他的揭发有关。

紫苓的行动在无意中起到了推波助澜的作用。

这是我没有预料到的。

和我聊过没几天,一篇QQ日志在公司QQ群中疯传起来。

那篇日志揭发了某公司领导对女记者性骚扰的丑闻。

我看到日志的第一个反应就是:紫苓开始行动了。我松了一口气:"看来,不用自己动手,也可以出一口恶气了!"

谁都看得出来,揭发信中的那位领导是谁。这样一来,大家也终于都弄清楚了当初紫苓被炒鱿鱼的真正原因!

出乎我的意料之外,任平生看到这篇日志时并没有显出很高兴的样子来,恰好相反,他脸上的神情十分凝重。

他告诉我:"紫苓的这篇日志打乱了我的计划。半路上杀出个程咬金,对于我们来说,这不是什么好事。"

我不明白任平生的话。

任平生解释说:"现在杨松陷害咱俩的事儿还没过去,徐总那边一直想把咱俩的事儿大事化小小事化了,最后不了了之。现在,紫苓这么一闹,不是把杨高容逼上绝路了吗?他肯定会加紧反

击,死死抓住我的把柄。不出意外的话,他一定会怂恿徐总处理我的!"

任平生的话很有道理。

我皱紧眉头:"那现在紫苓把他揭发出来,他就不怕徐总处分他吗?"

任平生摆摆手:"紫苓现在只是写了一篇日志,并没有把这个事情捅到徐总那里去。俗话说民不告官不管。而且紫苓的这篇日志,并没有点出杨高容的名字来,尽管大家都知道她说的是谁,但毕竟她没有确切地指出来。"

我说:"如果杨高容向徐总提出要处分你,那你也可以要求徐总处分他呀。"

任平生摇摇头:"我们的事他手里有确切的证据,而他的事我们只是听说。除非紫苓自己站出来。但现在我们不能和她联合,现在我还弄不清楚她的真实目的到底是什么,是真的想帮助我,还是想趁着浑水摸鱼。"

我点点头。

没想到,事情越弄越复杂了。

日志 38. 两全其美的结果

不出任平生所料,杨高容果然开始狗急跳墙了。

这天,公司召开了董事会,研究了有关公司下一步的发展。会议散了之后,徐总把任平生留了下来。

任平生知道徐总要和自己谈什么。

新光传媒总裁徐浩在公司的威望很高,如果没有他这么多年的苦心经营，新光传媒绝对不会有今天这个大好局面。

当年，新光传媒要转轨改制，大部分人都持反对意见，只有他力排众议，他在公司的大会上说：在目前的情形下，早转晚转都要转，晚转不如早转，早转了还有机会。

正是这个决策，让新光传媒获得了一个发展的战略机遇期。改制以后，公司事业获得了长足发展。在改革中，徐浩充分利用手中的用人自主权，大力培养和大胆提拔了一大批青年人才，这其中，就包括任平生。

当年，破格提拔任平生做公司副总的时候，公司内部有不少人包括杨高容都持反对意见。认为任平生还太年轻，难以服众。但徐浩认为，事业发展必须要靠年轻人，他们有闯劲儿，能创新，善操作，会落实。公司只有依靠这些人，才能实现弯道超越超常规发展。

事实证明，徐浩的决策是正确的。他大胆使用提拔起来的一批年轻人，为公司的事业发展做出了重要贡献。

对于任平生，徐浩一向都是很欣赏的。

他不但经常在公司大会上表扬任平生，还大胆放权，让其创办了综合性娱乐报纸《快报》，为公司的发展增加了一个新的增长点。

徐浩对任平生的欣赏和重用，让杨高容这样的老派人物心里总是不太舒服。作为老资格的副总之一，杨高容一直以为等徐浩退下来，他一定能够顺利接班。但从任平生的发展势头来看，徐浩说不定会把接力棒交给年轻人。

任平生是公司少壮派的代表人物，少壮派代表着力量和勇气以及闯劲儿；而杨高容作为公司老派人物，则有着丰富的经验和耐力，他们做事沉稳，能比较好地把握住公司发展的方向。可以说，

贵　人

这两派各有优势劣势，就看徐浩怎么全面权衡了。

就在这关键时刻，任平生竟然惹出了一个大麻烦。本着保护年轻人的想法，徐浩本想装作什么都不知道的样子。但杨高容却抓住了这个有利时机，要求徐浩一碗水端平，处理任平生。

后来，任平生告诉了我徐浩和他谈话的整个过程。

那天，任平生到了徐浩办公室，也不说话，一屁股坐在真皮沙发上，冷静地等待着徐浩的发问和处置。

碍于两人之间的关系，徐浩开门见山，直奔主题："怎么会出了这种事？"

徐浩的口气并不严厉。

任平生做出一副轻松的样子："你是指和员工谈恋爱，还是指聊天记录被公开？"

徐浩一愣："当然是指后者。你之前和嫣红不是也谈过，我问过吗？"

任平生吃惊地说："原来你什么都知道！"

徐浩笑笑："什么都不知道我怎么能做你们的头儿。"

任平生点点头："我也不知道是怎么回事儿，可能是我那边出了点问题，唐果果的QQ被盗了两次了。"

徐浩沉默。

他愣了一会儿说："上次也是因为QQ被盗，她没竞聘成功。这次又出了问题，对她很不利。我本来不想过问这件事的，但有人到我这里反映，我如果再装作什么都不知道就说不过去了。你知道，再有几个月，我就该退下来了，在这之前，我想安排好一切，然后安全降落。在这个节骨眼上，我不希望公司出任何问题。"

任平生说我明白。

徐浩摇摇头:"你不明白,明白的话就不该出这样的事情。这种事虽说不上很严重,但如果被人捅上去,对你下一步的发展会很不利。我的意思,你能领会吗?"

任平生点点头。

徐浩又说:"我现在两头为难,这事如果不处理,有一些人会站出来说话;如果处理,对你会很不利。"

任平生说:"你还是处理吧,这样可以有一个交代。"

徐浩说:"我这两天一直在思考,觉得这件事牵扯到你和唐果果两个人,既然你们已经是恋人,不妨牺牲一个成全一个。这是最好的选择。"

见任平生在犹豫,徐浩又说了句:"暂时的牺牲是为了保存实力!"

任平生很明白徐总的意思,他点头表示同意。

徐浩摆摆手:"既然你同意这样处理,那就去办吧。你亲自去处理她,让那些盯着你们的人看到你的态度。"

当任平生向我转述这些时,我心里有一种怪怪的感觉。

虽然我主动提出来要牺牲自己来保全任平生,但毕竟是才当上特稿部主任没多久,自己还有一番很大的抱负没实现呢!虽说这可能只是暂时的"委屈",但谁又敢保证自己的牺牲一定会换来好的结果?如果徐总最后不让任平生接班呢?如果杨高容盯住这事儿不放呢?

退一步讲,即便是他任平生当了公司一把手,他也不能明目张胆地重新提拔任命我啊,他毕竟是要避嫌的!

这样一来,我的牺牲可就太大了。

贵 人

任平生觉得这样对待我不公平。

虽说这是为了爱情，但爱情也不是一味付出的！

任平生陷入了矛盾和纠结。

他不知道自己如何向我开口。

任平生只告诉我徐总找他谈话内容。

其他就没有说什么。

作为恋人，我察觉出了任平生的踌躇。

犹豫了一下，任平生说："徐总考虑让我接班，他不想因为这个事情影响了接班的大局。如果不是考虑到这一点，我们其实是不用太在意这个事情的。"

我摇摇头："我委屈一点没什么，只要能保住你。你不是说过，我们这是在下一盘很大很大的棋吗？为了我们的爱，我愿意为你付出！"

任平生咬咬牙："那就委屈你了！我明天就宣布，撤去你的特稿部编辑部主任职务。"

我眼含泪花，点了点头。

任平生可以体会出我此刻的心情，毕竟才刚刚得到这个职位没多久，正是想做出一番事业的时候！

他问我："撤去你的职务，你是想继续待在特稿部还是调到别的部门？"

我想了想说："还是在特稿部吧，我留下来可以继续做一些事情。"

愣了一下，我又问："你想让谁来接替我？"

任平生说："我还没想好，你认为呢？"

我皱了皱眉头："你总不能让主任空缺吧？"

任平生说："我还真有这个想法，目前看，没有谁适合这个职位。你如果留在特稿部，虽然名义上不再担任主任，但可以在实际上继续领导。"

我摇摇头："这不太好，俗语说名不正言不顺，你让我怎么继续做？我倒是觉得林絮可以做主任，但不知道你敢不敢用她？"

"她？"任平生沉吟了一下，"好像不太合适吧？她刚刚借调过来，大家本来对她就有一些看法，现在再让她出来做主任，恐怕不行。"

"临时负责总可以吧？"我建议说，"让林絮临时负责一下，我辅助她，这样，特稿部的工作还可以照常运转。不然，仅靠郑穹、景蓝和玛瑙他们三个年轻人是不行的。"

任平生点点头："这样也好。那就内部任命一下，让林絮做起来。"

说到这里，任平生深情地抱了一下我，小声地对我说："宝贝，让你受委屈了！"

我泪如雨下。

在任平生肩头哭了一会儿，我破涕为笑："都是爱情惹的祸！"

任平生笑笑："我会补偿你的！"

我用小拳头捶了一下任平生的胸口："你咋补偿啊？"

任平生动情地说："等过了这次危机，我们就结婚好不好？"

我甜蜜地笑了一下："人家还没答应要嫁给你呢！结什么婚！"

任平生闻听此言，脸色一变："难道你不愿意？"

我刮了一下他的鼻子："你还没求人家呢？"

任平生看看周围，办公室里没有花，他急中生智，风风火火地去了楼下，从报社的小花圃里摘了两朵玫瑰，捧着花儿就单膝跪在

贵 人

了我面前。

我幸福地接过那两朵散发着浓重香味的玫瑰花,说了句:"你这个求婚成本可够低的,一分钱都没花!"

任平生笑笑说:"等下班以后咱们一起去商场买订婚戒指!"

遭遇了这一悲一喜,我说不上太伤心,更多的是幸福和快乐。

我忍不住在心里想,任平生这个人不管是在职场上有本事,在两性交往上也很有策略。他选择在我可能会因撤职而伤心的时候向我求婚,既起到了安慰的作用,又实现了抱得美人归的目的。这个人,狡猾狡猾的!

总体来说,经过这次事件,我学到了不少东西。

首先,在职场上,选择办公室爱情不是最好的出路,除非迫不得已,不要和自己的上司谈恋爱。

其次,如果迫不得已地选择了办公室爱情,最好做好牺牲自己的准备。通常情况下,办公室爱情不可能有两全其美的结果。对于女人来说,要么得到事业,要么得到爱情,想两者兼得,基本不可能。

再次,办公室爱情发生了就要面对,不能退缩。在职场,如果不能收获事业,能收获爱情也不错。前提是这是真正的爱情,不是职场斗争的爱情,更不是相互利用的爱情。

最后,不管什么样的爱情,都应该是甜美的。如果你感到幸福,那就是正确的选择。如果你的爱情能够促进你的事业,那是最好的。如果不能,那就守好爱情。因为职场是可以不断变化的,值得等待的爱情可能会稍纵即逝。

基于以上看法,办公室爱情有利有弊,就看你如何抉择了。

日志 39. 给别人使绊子的人

那个陌生的"烟雨江南"有些时日没在 QQ 上露面了。

我有些想他。

往常在碰到什么事情的时候,他总是能及时地出现,给我警告或者鼓励,怎么现在突然消失了呢?

我很想把自己最近的情况和他说说。

这么长时间在 QQ 上交往,我已经把"烟雨江南"当作了知心朋友。这是一种淡淡的君子之交,没有任何功利。

但这位知心朋友咋就不出现了呢?

这段时间,他的 QQ 头像一直处于黑色的状态,或许他很忙,不上 QQ 了?也或许他一直在隐身?

想到这里,我主动给他发了一个 QQ 表情。

他没有回复。

我有点儿失望,看来他真是不在线。不在线也无所谓,自己主要的目的就是要找个陌生人倾诉一下。我继续给他留言:

我最近碰到了一件烦心事。

我又一次被人算计了,不过这次还好,我虽然做出了一点牺牲,但这种牺牲只是暂时的,虽然我被撤职,让我和他在面子上都有些挂不住。最重要的是,我们得到了爱情。即便是在公司里被别人讥笑,我也不后悔!如果你了解了这件事情的前因后果,你也一定会支持我的!

刚写到这里,"烟雨江南"上线了。他刚发过来一句话:你的

贵　人

付出是值得的,相信你自己,也相信他。

过了一会儿,他又发过来一句:世间自有公道,公道自在人心。没有谁会讥笑你,除了你的对手。

看到最后这句话,我开心地笑了一下,回复他:谢谢你的鼓励。

"烟雨江南"又说:你是一个能力很强的人,是一块可以发光的金子,是不会被埋没的。这次的撤职对你不是一件坏事,有时候后退一步,是为了更好地前进。正如《潜伏》中余则成所说:有一种撤退叫作进攻,有一种占领叫作失败。

我回答他一个微笑的表情。

看得出来,"烟雨江南"是一个幽默的男人。

他对我说:我最近很忙,不大上线。我想提醒你的是,徐浩也有QQ,你可以加他为好友。在职场上的大多数时候,多和领导沟通只有好处没有坏处。

"烟雨江南"给我发来一个QQ号码。

我试着搜索一下,果然是徐浩,他的网名叫"浩然正气"。

我加了他,但没有立即得到他的回应。

"烟雨江南"发来一个再见的表情,下线了。

我开始改稿子。

明天就是公布处理结果的日子,我要站好最后一班岗。

从明天开始,自己又要回到一个普通记者的状态了,不用再为特稿部的前途操劳了,可以轻松一下了。

我没有想到,在即将离任的最后关头,特稿部还是发生了一件令人非常不愉快的事。

有人给公司领导写了一封举报信,信中说,林絮不适合做特稿部临时负责人，还说林絮是在记者部受过处分的人，刚从资料室借调到特稿部，怎么能担任负责人呢？

那封信还列举了林絮种种劣迹，那些事情一看就是编排出来的。

问题不在这里。

让我伤心的是，这封信竟然会出自特稿部内部人之手。

特稿部一共才几个人？这明显是郑穹、景蓝和玛瑙他们中的一个人所为。可怜自己一再强调部内要团结团结，可在利益面前，他们还是要出来互相攻击和陷害。

而我最恨这种打小报告的人！

当初之所以从记者部逃出来，就是为了换一个比较干净的工作环境，现在看来，只要有职场利益，就会有斗争和诬陷。

尤其让我失望的是，这种事的始作俑者竟然会是那么阳光的年轻人！无论是郑穹、景蓝，还是玛瑙，他们不过是刚刚参加工作才一年，怎么这么快就沾染上了职场上的不良风气？而且还是在自己的眼皮子底下！

我有些想不通。

想不通归想不通，我必须面对。

举报信是直接写给徐浩的，他转给了任平生，叮嘱他尽快处理好此事，不要让那个这件事在公司里传播，把事态控制在小范围里面，特稿部不能再出任何问题了！

任平生把徐浩的授意说给我，我表态说："我来处理吧。"

任平生问我："能行吗？"

我点点头："我站好最后一班岗，保证在明天你宣布对林絮的临时任命前平息此事！"

贵 人

任平生点点头。

我马上召集特稿部人员分头谈话。

先找来林絮。

自从借调到特稿部，林絮像是换了个人似的，努力工作，拼命发稿，她一个人的上稿量差不多占到了特稿部总量的一半还多。或许，这正是她遭人怨的一个原因。

此前，任平生已经找林絮谈过话，她知道自己将被任命为特稿部的临时负责人。她以为我找她来也是谈此事，就没太放在心上。她和我一直配合得很默契，私下里关系也很融洽。

林絮一进我的办公室，没等我开口，她自己先发问："你怎么会主动辞去特稿部主任的职务了呢？不是做得好好的吗？难道就仅仅因为那件事？"

我笑笑："没有那件事，我也会辞的。这段时间我实在太累了，特稿部的工作已经步入正轨，我当初的筹建特稿部的任务已经完成，现在只想做一个优哉自在的普通记者。"

林絮说："可是你让我来做这个临时负责人也不合适，难以服众。"

我说："不用管这么多，咱们特稿部人少，好管理。没有谁比你更合适，他们三个都很年轻。"

说到这里，我话锋一转："不过，你说的问题确实存在。我刚刚得到了一个消息，有人写你的举报信。我找你来就是为了这个事情。我要告诉你的是，这个事不会影响对你的任命，你只要装作什么都不知道就行。"

林絮点点头，脸上的表情十分复杂，她自言自语地说："我平时在特稿部没得罪过谁啊？难道是记者部的人干的？"

我摇摇头:"这个人就在特稿部,记者部的人不会知道你即将被任命的消息。"

林絮疑惑地说:"那会是谁呢?"

我问她:"郑穹、景蓝和玛瑙,你觉得谁最有可能?"

林絮想了一会儿,摇摇头:"我不知道。"

我说:"按照常理来讲,陷害你的人肯定是你得罪过的人,或者是嫉妒你的人,你觉得是哪一种?"

林絮皱皱眉头:"后一种?但我没挡谁的路啊?我又不争这不争那的!"

我笑笑:"不是你争不争的问题,羡慕嫉妒恨是职场最常见的,不奇怪。既然你也不知道,那我分别找他们来谈话就是了。你回去吧,记住,当作什么都不知道!"

林絮点点头,回去了。

我把景蓝叫了过来。

景蓝平时给我留下的印象,是一个与世无争的小姑娘,这次事件,她的嫌疑最小。所以,我直接问她:"景蓝,你觉得林絮这个人怎么样?"

景蓝想都没想,脱口而出:"林絮姐挺好的呀,她比我们年龄大许多,经常指导我们写稿。她给我们很辛苦地改稿,却从来不署名字,她是一个无私的人。她还特别关心我们的生活,是一个很好的大姐姐。"

我明白了,问景蓝:"如果将来报社让林絮来做特稿部的主任,你有什么意见吗?"

景蓝说:"没有意见!坚决支持!"

说完,景蓝自己就笑了。

贵　人

我也笑了笑，让她回去了。

我接着叫来了玛瑙。

玛瑙平时给人的感觉是头脑灵活，做起事来比较踏实。同样是策划一个选题，她往往更有深度。小姑娘很喜欢看书，除了写稿和采访，没事就在办公室里抱着一本书看。这样的人，背后给别人使绊子的可能性不大。

我直截了当地问玛瑙："同意不同意让林絮做特稿部的临时负责人？"

小姑娘反应快，她没着急回答问题，反过来问我："她做特稿部的负责人，那你呢？"

我笑笑："你先别管我，你先回答我的问题嘛。"

玛瑙说："我当然同意了，林絮姐平时对我们都挺好的。"

我点点头："有你这句话就行了。"

我让玛瑙回去了。

这个小姑娘刚才问她话的表情实在是可爱得很，我忍不住笑出了声。

最后谈话的是郑穹。

小伙子戴着一副深度近视镜，平时话不多，但稿子写得蛮漂亮，我一直以为他将来前途无量，有意识地把他作为一棵重点培养的苗子。

郑穹在我的面前坐下来，神色有少许的不安和踌躇。

我心里差不多有数了。问郑穹最近在忙什么？

郑穹扶扶眼镜说："没忙啥，写稿子。"

我笑笑："也不能只顾写稿子啊，要注意休息，你看你眼窝都是黑的，是不是熬夜太多了？"

郑穹点点头:"最近总失眠。"

我关心地问:"为什么?"

郑穹不回答。

我继续说:"那你对林絮这个人怎么看?"

郑穹愣了一下,慢腾腾地说了句:"还行吧,写稿经验挺丰富的!"

我问:"还有吗?"

郑穹嘟囔着:"还有就是比较低调。"

我问:"那她有啥缺点没有?"

"缺点?"看起来郑穹对这个问题有些意外,"要说缺点肯定也有吧,谁能没有个缺点呢!"

我不易察觉地笑了笑:"那你说说看,林絮都有啥缺点?"

郑穹想了想:"最大的缺点就是不适合做领导。"

"为什么?"我步步紧逼。

郑穹有些窘迫,低着头:"就是有这种感觉,也说不上来什么原因。"

我心里明白了,举报信多半是他写的。

但他为什么要写这封信呢?

我继续问他:"那你听说什么了吗?"

郑穹抬起头:"是不是她要当我们的头儿了?"

我笑笑:"你是不是不愿意让她做特稿部的领导?"

郑穹不说话了。他在考虑怎么表达才能把话说得妥帖。

我引导他:"你的工作能力和敬业精神都值得肯定,但你还年轻,经验相对缺乏。而领导工作最注重的就是经验和协调能力。事业发展需要的是团队的力量,不是仅靠一个人就可以完成的。当然

贵　人

年轻也有优势,那就是闯劲儿足。同时,年轻也意味着今后还有很多机会。"

郑穹点点头:"我明白唐主任的意思。但凡事总得讲究个先来后到吧,我和景蓝、玛瑙可是跟着你创建特稿部的第一批'元老',其他人总得往后排一排。"

我没想到郑穹脑子里还有论资排辈的想法。

不错,在职场,绝大多数情况下是特别讲究论资排辈的。在升职、涨工资的时候,往往要考虑到资历啊,参加工作的时间啊,威望啊什么的。正是这种落后的体制,钳制和束缚了一批年轻人的发展。凡事都要论资排辈,那势必会挫伤一批人的积极性,影响事业的发展。

看来,这个问题需要好好跟郑穹解释一下。

我决定谈一下自己的亲身经历。

我把自己如何努力工作,如何取得工作成绩,又如何在竞聘中失利,最后如何顺利晋级等经过给郑穹说了一遍。希望他能从中得到一些启发。

郑穹很认真地听着,面部表情复杂。

他听完我的话,很诚恳地说了句:"我懂了。"

我最后又特别提醒他:"要做事先做人,要学会和同事友好相处。有话说在明处,不能采取不光明的手段。这样,只会害了自己。你要清楚,在职场,大家最讨厌的就是背后算计别人的人,一旦大家认为你是一个善于打小报告的人的话,那你在单位里就无法立足了。所以,职场里面,大家要坦诚相待。那些喜欢在背后给别人使绊子的人最后往往都没有好下场。

职场上的每个人都清楚,善于打小报告的人就是小人。他们从小学一年级起就极其痛恨这种人。但这种人却在任何地方都大量存在。那些凡是在公司里混得不好的，不被信任的，不被重用的，被人排挤的乃至被裁的，大多数都是这种人。"

我的话说得语重心长，郑穹的脸色变得通红。

谈话到这里，我基本上达到了目的。郑穹已经认识到了自己的错误，那就不需要再说什么了。

日志 40. 职场晋级的一个前提

为了显示处分的严厉，公司专门下发了免去我的特稿部主任的通知，并把通知放到了公司办公网上。一同放上去的，还有对林絮的任命。

特稿部的人事变动，很快就引发了各种猜测，明白一点的知道这是派系斗争的结果，不清楚内情的则把我的被免职看作是公司对员工之间谈恋爱的一个警示。

这是杨松愿意看到的一个结果。

尽管这个结果还远远没有达到他的目的。

他本想把任平生也牵扯进来，但现在的结果则是我一个人承担了所有的"过错"。

这样的结果，不知道杨松会做何感想？

毕竟，他曾经和我之间有过那么一段伤心太平洋的往事。

而且，他十分清楚，我是怎么一步步艰难地从普通记者走到特稿部主任这个职位上的。我一直在努力工作，应该得到更多更好的回报。但现在的情形是，我在不断地代人受过。

杨松心里起了一丝怜悯。他的本意并不是针对我，但我现在的

贵　人

所有一切却都是他造成的！

杨松会不会后悔？

其实，他心里很清楚，我是一个无辜的人。不管是这次事件，还是上次的 QQ 被盗，我都是最大的受害者。可怜，我到现在都不清楚这到底是怎么回事儿。

这前后两件事，牵扯进来的人有好几个，其中，最为关键的就是苏娜和杨高容。

杨高容就不用说了，他主要介入的是第二次事件，他的目标是任平生，不是我。本来是想来个隔山打牛，没想到牛没打着，山却塌了。

后来我才知道，苏娜是第一幕戏的总导演。

这一切，都被记录在了杨松的 QQ 空间里面，只是，他给自己的空间设置了好几道密码，没有人能够看到这几篇日志罢了。

只有杨松，偶尔会去自己的 QQ 空间里看一看，回顾一下那次事件的来龙去脉，借以整理自己的思路。

其中一篇日志是这样写的：

今天，在报社会议室看到了一美女。参加工作这么些年，接触到的美女不说有一个连，至少有一个排总没有问题。但这次碰到的这位有些特别，长得出色不说，身上也透着一股子清纯气息。而且，看她的样子，就知道是个刚走出大学校园的学生妹。

这年头，如此清纯的学生妹可不多了。

窈窕淑女，君子好逑。

于是，便主动和她搭了几句话。一聊才知道，她叫苏娜，今年刚刚被招聘到报社来。

看着她略带羞涩的花骨朵一样的脸庞，突然萌发了"摘花"的念头。

于是，便给她留了一张名片。为了掩饰一下，我还把名片给了她旁边一位美女，那位美女叫唐果果。和苏娜比起来，她略显稚嫩了。

我做这一切的时候，察觉到一双不太友好的眼睛。

我四处瞅了一下，原来是记者部主任梵高。

这小子可真是有福，两个美女都是他手底下的新兵。我知道在公司内部有一个不成文的潜规则，那就是谁的手下谁当家，别人不好染指。梵高看到我和他手底下的美女套近乎，估计有点儿羡慕嫉妒恨。

此后，我便盯住了那个叫作苏娜的女孩。

我搜索到了她的QQ，并且把她加为了好友，这样，"骚扰"她就很方便了。

聊过几次以后，她答应和我出来吃饭。

吃了几次饭，我还想再深入发展一下，她变得很犹豫。

我没有想到，她心里会装着别的男人。

更没有想到，梵高这个已经身处婚姻围墙内的家伙竟然敢"玩火"。

要不是苏娜喝醉了酒，说出了梵高和她的一切，直到现在我可能都会蒙在鼓里！

可惜的是，我已经无法自拔。

我深深地喜欢上了这个叫作苏娜的女孩。

贵 人

在我的一再恳求下,她答应和我一起去郊游。

我把醉酒的她带到郊外的一个小旅馆,想在那里和她来个彻底"了断"。

可惜的是,我没有得逞。

醉酒的她依然清醒,并且臂力过人。

我以为我们之间的关系会就此结束。

但后来的事情让我知道,什么叫最毒不过妇人心。

如果不是亲身经历,我根本无法想象这么漂亮的女孩竟然会有如此"谋略"!

她竟然会以起诉我对她强奸未遂相威胁,要求我帮她陷害另一个女记者。

对此,我别无选择。

这篇日志到此就结束了。

隔几页,还有这样一篇日志:

窃取公司员工的QQ密码对我来讲,并不是一件难事,甚至说只是小case。

苏娜想利用我的正是这一点。

我想不通的是,这么一个清纯的小姑娘咋会有那么复杂的想法呢?为了自己能升职,就值得去做这种伤害别人的事情吗?

想想真是可怕。

我有点庆幸自己没有和这样的女孩发生关系,要不然,我死都不知道是怎么死的。

在苏娜（我怀疑这里面可能有梵高的谋划）的授意下，我窃取了那个名叫唐果果的女孩的QQ密码，并且把她的日志公开在了公司的共享文件中。

苏娜就此成功"消灭"了一个潜在的竞争对手。

我以为事情到此就结束了。我没有料到自己会在接触的过程中慢慢喜欢上唐果果。

我本来是想通过和她的接触来弥补一下自己的"过错"，可是在接触的过程中，我渐渐被她的美丽和善良所吸引。

与苏娜相比，唐果果才是真正表里如一的美丽。

我很想把苏娜所做的一切都告诉她，但我一直没有鼓起勇气。因为是我盗窃了她的QQ密码，并且公开了她的隐私。我担心一旦告诉她真相，就会失去她。当我终于鼓足勇气想说出真相时，却发现她已经投入了那个可恶的任平生的怀抱。

其实，我早就察觉她喜欢任平生了。

在和我接触的过程中，她一直没有敞开自己，或许她对我还有所顾忌，或者她并不喜欢我。尽管我在她面前表现得十分殷勤，而且一直在默默弥补我的窃取密码行为所带给她的伤害。

我从老爸那里听说了她升职到特稿部主任的背后内幕，任平生在这中间起到了至关重要的作用。这对我来说是一个很不好的消息，这只能说明任平生对唐果果也有了兴趣。

我对她的彻底失望是在滨湖新天地的那天晚上。本

贵　人

来以为我会在那里"修成正果",哪里想到人算不如天算,半路杀出个任平生。

她醉酒之后的表现,毫无疑义地说明她喜欢的是任平生。

但直到此时,我还在苦思冥想如何可以获取她的芳心?

当我听说他们一起去了马尔代夫时,直觉告诉我,我没有机会了。

果然,回来之后,苏娜就把在马尔代夫看到的有关她和任平生的一切告诉了我。

我愤怒了。

此时,恰好老爸和我谈起了公司接班人的问题……

日志到这里就没有了。

这以后,杨松的日志中再也没有出现过"我"的名字。

有关这所有的一切,我都将一无所知。

此时,我正在背后默默地辅助着林絮,维持着特稿部的工作运转。

任平生保持着高度的警惕,他不知道杨高容还会耍出什么样的花招。他必须像荒原里的野狼一样竖起耳朵,捕捉来自暗处的哪怕一点声响。

徐浩的任期很快就到了,在这之前,他必须确定好接班人。

班子交接时期是一个单位最容易出现内斗的时候。

在这个时期,斗争的双方都会千方百计地拉拢势力,为自己的胜出积累人脉资源。

对于杨高容来说，借着他在公司根深叶茂的优势，他要极力培植自己的势力，削减对方的人气。

对于任平生来讲，他要以静制动，以不变应万变。

两人的斗争进入了瞬息万变的非常时期。

有点儿不妙的是，任平生察觉到杨高容在不断地策反自己阵营里的人，在不断成功瓦解着自己的力量。

首先传来的消息是，嫣红最近和杨高容往来频繁。

按照公司的管理规则，嫣红领导的广告部对任平生直接负责，需要汇报工作首先要找任平生。但不知道是因为她嫉恨任平生，还是不愿意再继续接受他的领导，嫣红最近主动和杨高容的接触渐渐多起来。

这不是一个好苗头。

如果公司的各部门都不愿意看到任平生升职，那任平生就失去了群众基础，徐浩就不得不重新考虑接班人人选。

形势不容乐观。任平生不得不认真对待。他在思考如何应对杨高容的挑战。

在职场，群众基础广泛是任用领导干部的一个前提。

任平生很清楚，编辑部主任梵高和记者部主任苏娜基本上都是站在杨高容那边的，现在再加上一个广告部，杨高容那边的力量不容小觑。

而自己这边除了副刊部、摄影部等小部门之外，只有一个特稿部。现在看，他这边的力量偏弱，必须争取几个大部门过来。只有如此，徐浩那边才有底气排除争议，破格提拔任用年轻的任平生。

贵　人

日志 41. 藏而不露

半年的时间转眼间就过去了，徐浩的任期马上就到了，公司高层变动几乎成为公司所有人的关注重心。

任平生像一条匍匐在杂草中的蛇，冷眼关注着公司的一切动向。

出乎所有人的预料，突然从公司那边传来了梵高即将升职《快报》总编助理的消息。

刚一听到这个消息，我和任平生都大吃一惊。如果这个消息准确，那就太有点儿反常了。如此重要的人事变动，是公司即将发生重要调整的征兆，但作为公司核心高层，任平生却一点儿都不知道！问题是，梵高是杨高容的人，梵高升任总编助理，那不就等于是壮大杨高容的阵营力量吗？

无风不起浪。既然有此消息传出来，肯定有其原因。

任平生告诉我，消息传出第二天，徐浩把他叫到了办公室。那天，他直截了当地告诉任平生："杨高容举荐编辑部主任梵高做《快报》总编助理，我答应他了，想在今天下午召开董事会议，研究这个问题。"

任平生点点头，等待着徐总继续说。

徐浩笑笑："你对此就没有什么意见？"

任平生耸耸肩膀："既然徐总已经答应他了，总归有你的考虑。"

徐浩点点头："算你了解我。这次梵高升职，杨高容举荐是一个幌子，上面那位大人的推动才是我们真正的压力。"

任平生瞪大眼睛："你是说梵高的那位亲戚？他也出面了？"

徐浩默然。

"那看来此次任命来头不小啊？"任平生自言自语。

徐浩淡淡地笑了一下："也没什么太复杂的，公司现在面临着新老交替，梵高想趁此机会混进公司高层，实属苦心孤诣之举。论资历，他在公司也算是老人了，并且先后在几个关键部门做过领导，在资历上是没有什么问题的，其他人也说不上什么。"

看来，这就是徐浩之所以答应杨高容的举荐的直接原因，梵高升职总编助理顺理成章。

现在，我和任平生最忧心的不是梵高能否升职，而是杨高容和梵高的联手。杨高容走这一步棋的用意很明显，就是要拉大旗作虎皮，把梵高背后的那个关系拉到自己这边来，为自己的成功接班增添上层力量。

杨高容这步棋走得相当微妙。

徐浩脸上一直挂着一丝微笑。

任平生不知道他在笑什么。

徐浩问他："你是不是觉得这事对你不太有利？"

任平生犹豫了一下，点点头。

徐浩笑笑，进一步问："你是不是觉得杨高容最近走了两步不错的棋？第一步棋成功撤销了唐果果的特稿部主任职务，顺便打压了一下你；这第二步棋他又成功壮大了自己的队伍，无形中又打压了你一下？"

任平生愣了，原来徐总什么都明白！他很清楚自己和杨高容正在明争暗斗！

贵 人

徐浩继续说："对于杨高容的第一步棋，你回应得不错，虽然委屈了唐果果，但却保存了你的实力，是一个非常巧妙的回应。我对此很欣赏。唐果果也因此给我留下了好印象。她在QQ上加我为好友，对我开放了她的QQ空间。那里面的文章我都看了，她确实是一个难得的人才！"

徐浩接着说："对于杨高容这第二步棋，你怎么看？"

任平生眨巴眨巴眼睛说："愿意聆听徐总教诲！"

徐浩哈哈笑，指着任平生说："你呀你呀，想考考我的智商。自己心里有数不说，让我替你说。那我就说说看吧。"

徐总喝了一口水，咳嗽了两声，起身去关上了门。然后在任平生对面的沙发上坐下来，慢条斯理地说："我想问问你，在目前你执掌《快报》工作的情况下，你觉得编辑部主任和总编助理哪个的职位更重要？"

任平生想都没想，随口说了句："当然是总编助理重要了。"

徐浩摇摇头："总编助理助理什么？"

任平生摇摇头："我不知道，那要看对这个职位如何界定了？"

徐浩进一步追问："在你主持《快报》工作的前提下，谁来界定这个职位？"

任平生眼睛一亮，犹豫着说："您的意思是，他的权力有多大，我说了算。"

徐浩笑着点点头："这是常识嘛。"

可是杨总也是公司副总，他如果和梵高联手……

任平生说出了自己的担心。

徐浩微微点头："你的担心是对的，但说到联手，他俩早就联手了，以前联手的是编辑部主任梵高，这次联手的是总编助理梵高，两个梵高其实是一个人。但从实际力量来讲，总编助理梵高还不如编辑部主任梵高。"

任平生有些不明白，他被徐总的话绕糊涂了。

徐浩继续说："表面上看，梵高当上总编助理以后，其实力增强了，但他的职位权力范围却是你可以掌握的。而他离任编辑部主任以后，却失去了一个实际部门的权力。这也就是他为何要坚持在做总编助理的同时，还要求继续兼任编辑部主任的一个原因。"

任平生有些意外："梵高还要继续兼任编辑部主任？"

徐浩笑笑："先别紧张，我已经明确给他表过态了，在总编助理和编辑部主任这两个职位之间，他只能选择一个。"

任平生松了一口气。

徐浩欲起身倒水，任平生抢先一步，帮他往茶杯蓄满水。

徐浩说了声谢谢。

两个人重新面对面地坐下来。

徐浩问任平生："你就没有什么要说的吗？"

任平生笑笑："您想让我说什么？"

徐浩说："你就没考虑过让谁接替梵高做编辑部主任？"

任平生愣了一下："您的意思是……"

徐浩笑着说："孔子云举贤不避亲啊，人家杨总可以举荐自己喜欢的人，你也可以嘛。"

任平生明白了，同时他又很担心。

任平生向徐浩说出了自己的担心。

徐浩摇摇头："这个处分不算什么，况且你我都很清楚那究竟是怎么一回事儿。无论从能力还是从资历来说，唐果果都是编辑部主任的最佳人选之一。我看过她的QQ空间，她是一个有进取心的年轻人,而且是难得的德能兼备型人才。"

任平生忧心地说:"我是担心杨总那边。"

徐浩淡淡地说:"我知道你在下一盘很大的棋,你很担心对唐果果的任命会破坏你所谓的'大局',但我想告诉你的是,此事并不会给你带来冲击。再说我也马上就要退居二线了,你可以慢慢向对手发力了。更为重要的是,你不能太自私了,为了自己的前途,牺牲了唐果果的事业。等你当上公司一把手,再来任用她,别人会说你徇私情。我在退居二线前,把她扶上来,别人说不上来什么。"

任平生很感激徐浩的知遇之恩,他激动地说了句:"谢谢徐总,我代表果果谢谢您!"

徐浩摆摆手:"别跟我客气,我培养你那么多年,就是想让你带领公司继续把事业不断做大。我会竭力举荐,这个你放心。杨总毕竟年龄大了,他虽说还有那个雄心,但年龄不饶人啊。下一步怎么发展,你自己一定要好好把握。"

任平生点点头。

最后,徐浩问他:"你知道我最看重你的是哪一点吗?"

任平生摇摇头。

徐浩摸了摸脑袋说:"我最看重的不是你超强的能力,而是你做事的方式。你头脑好用,而且善于隐忍,遇事不骄不躁,锋芒藏而不露。这些素质是做领导所必须具备的。你在这些方面,做得就很好。"

任平生动情地说:"谢谢徐总培养!我一定努力工作,不辜负您的期望!"

任平生说,这就是那天他和徐浩谈话的全部内容。

对此，我没有说什么，只是觉得徐浩这个人真是一个不错的领导。

自从不再担任特稿部主任职务之后，我就很少在办公室里待了。除了协助林絮搞搞策划，写写稿子，其余的时间要么替任平生打理一下生活——我们已经同居了，要么和米斯一起去逛逛街，生活过得很滋润。

任平生肯定明白，我不来办公室也情有可原。以前，一个人一间办公室，被拿掉特稿部主任职务之后，我就不好意思再接着"享受"这样的特殊待遇了。于是，就让林絮搬了过来。这样，从一个人到两个人，从以前的自由自在到现在的拥挤不堪，我很不习惯。

所以，我又回到了从前做记者时的自由状态。

能伸能屈，这才是将帅之才。

我时常这样安慰自己。相信只要自己足够优秀，总有一天会东山再起。就像刘欢那首歌中所唱"大不了从头再来"！

但米斯不这样看。

她好几次都劝说我趁早放弃东山再起的想法。她像以前那样掰着手指给我分析：

第一，杨高容现在依然是公司的副总，他那一派的势力像苏娜他们都还占据着重要的位置，他们是不希望看到你东山再起的。

第二，你趁早别再把任平生当靠山，因为无论他最终能不能当上公司的一把手，对你的升职都没有好处。这里我们还可以分析一下：

无非有两种结果，第一种结果是他当不上，他就是有心把你扶上中层岗位，也得顾忌到杨高容他们。

贵 人

第二种结果是他成为公司一把手,那你更别想指望他能帮你了,因为他是公司最高领导,他就必须得考虑到个人形象,有这样的顾忌,他怎么能主动帮你?

我承认米斯分析得很有道理。

但我还不死心,问米斯:"那照你的说法,我就没有升职的任何希望喽?"

米斯说:"那倒也不是,任平生可以在徐浩退下来之前把你扶上去,这样大家都以为是徐浩而不是任平生要用你。"

这是我和米斯在逛金鹰百货时的对话。当时,我们正在为买一件秋装争执不下,一个说衣服不错,就是价格贵了点;另一个说,价格倒是不贵,就是款式太保守了。

我们每次逛街都不会空手而归,尤其是米斯,主要看见满意的衣服,毫不犹豫地就买下来。在她的熏陶下,我也变得越来越"潮"了,也越来越像白领阶层了。

我正在从事业型女人转向时尚型女人。

日志42. 关键在领导

我没想到,自己还会有机会来成就自己的事业。刚下决心要做时尚女人的,不得不又把主要心思集中到工作上来。

正逛得不亦乐乎,林絮给我的手机QQ发了一个留言:任总刚才到办公室来找你了,看样子有什么事。

看到留言,我主动给任平生打电话,问他:"我正在和米斯一起逛街,领导找我有啥指示没?"

任平生笑了笑:"没啥指示,回头再说吧。晚上我们一起去吃巴西烤肉，到时候详谈。"

我说好吧，就把电话挂了。

米斯故意戏弄我："领导召唤你呢？是不是今晚要到'东宫'去'临幸'啊？"

我挥起拳头做打人状："呸！看你这张臭嘴，啥时能吐出象牙来！"

米斯哈哈笑起来，边笑边说："姐可是过来人，你正经历的姐可都早已经历过了！在这方面，姐可是当之无愧的先行者。"

米斯说话没正形，我不再搭理她。心里琢磨着："任平生今晚究竟要谈什么事呢？"

巴西烤肉馆就在我和任平生住所的楼下。逛街回来，我不慌不忙地洗了个热水澡。刚洗好，他就回来了。

我擦着湿漉漉的头发去给任平生开门。

任平生一进来就抱住了我的腰，鼻子贪婪地闻着头发上的香味，嘴里喃喃地说着："真香！"

我推开他，娇滴滴地说："少来啊你，人家刚洗完澡。你不是说要带我去吃巴西烤肉吗？"

任平生不怀好意地笑笑："我先吃了你！"

说着，任平生抱起我，直奔卧室。

我挥舞着胳膊，佯装生气的样子，不停地打着任平生的肩头："快放我下来，快放我下来！"

任平生轻轻把我放到床上，我感觉一阵热浪袭来，变得意志不清了。

折腾完，我浑身发软，赖在床上再也不愿意起来。

任平生冲完了澡，拉我去楼下吃烤肉。

贵　人

我撒娇："我不想起床了，你把人家折腾死了！"

任平生笑："人逢喜事精神爽，我要告诉你一件好事。走吧，我们边吃边聊。"

我只好爬起来，慢腾腾和任平生一起下楼。

这家巴西烤肉馆的生意一直很好，我们每次来几乎都是人满为患。今天时间稍晚，空位置多了些，正好方便说话。

因为刚刚消耗了体力，我们都有点饿，每人点了一份七分熟的烤肉，再加上两份烤肠，外加两份水果沙拉，就这还恐怕不够，又各自去弄了一份自助餐。看着满满登登一桌子盘子，我们同时指着对方说了句："你是猪！"

吃了几块沙拉，我憋不住了，问任平生到底有什么好事？

任平生故意吊我的胃口，慢条斯理地吃着，就是不张口。

我噘起嘴巴说："你不说我也知道，是不是徐总找你谈话了？"

任平生一愣："你咋知道的？"

我笑笑："我猜的！我还知道徐总肯定许诺你什么了！"

任平生点点头："I 服了 YOU。你说说看，他许诺我什么了？"

我转转眼珠："肯定是明确要你接班了！"

任平生摇摇头："不是关于我的，是关于你的！"

我又转转眼珠："关于我？我就是一普通记者，徐总怎么会关注到我？"

烤肉上来了，任平生吃了一块，细细嚼着。

我急了，用叉子点着任平生的脑袋："你说不说？不说我可真生气了！"

任平生看看周围，隔壁桌一对男女正好奇地看着他俩。他压低嗓音说："你别指着我脑袋啊，人家笑话咱们呢。

我放下刀叉：“那你快点说！”

任平生笑笑：“徐总很关心你，说实话，连我都没想到，他会这么主动关心你的成长！”

我愣了：“徐总关心我？”

任平生点点头：“我先告诉你一个坏消息吧，杨高容提议让梵高调任《快报》总编助理，徐总同意了，今天已经征求过我的意见。”

我着急地说：“这样他们的力量岂不是又增强了！”

任平生点点头：“表面上看是这样，但也未必。徐总说总编助理可以是实职，也可以是虚职，是实是虚，关键在我。”

我似懂非懂地点点头。

任平生继续说：“梵高调任总编助理以后，编辑部主任的位置就空出来了，徐总提议让你顶上来。这样，我们的力量也在无形中加强了。”

我瞪大眼睛：“我？我可是刚刚被免职才半年多的'罪人'！徐总就不怕杨高容他们反对？”

任平生点点头：“我也担心这一点，但徐总说你是个人才，他想在临退下来之前把你扶上去，不然等他退了以后，你就没有这么好的机会了。”

我愣住了，在心里说：“看来米斯说的对，那个神秘人物"烟雨江南"的建议也是对的。正是他建议自己加了徐总为QQ好友，才让徐浩更多地了解自己。”

任平生见我直发呆，笑着问：“是不是觉得很意外？没想到好运这么快就降临了。”

我点点头：“这一点我的确没有想到。但我更关心的是你，徐总到底想不想让你接班?"

　　任平生吃完最后一块烤肉,不慌不忙地说:"我是他一手培养起来的,他当然希望我接班。问题的关键不是在徐总,徐总只能向上面提出建议人选,最后的决定权在于上层。"

　　我担心地说:"那咋办?杨高容可是树大根深,他上面的人脉资源可比你多得多!"

　　任平生笑笑:"别担心,徐总的意见上面还是要尊重的,再说,你知道上面是谁在主管公司吗?"

　　我摇摇头:"不知道具体是谁。"

　　任平生得意地笑了一下:"分管咱们公司工作可是徐总的夫人!"

　　我明白了,合着公司一直都掌握在徐总两口子手里了,这个消息一般人可都不知道!这样说来,任平生接班的可能性还是很大的。

　　任平生说:"不管从哪个角度说,你接替梵高做编辑部主任都是一件好事,这样也更有利于壮大我们的阵营。"

　　我点点头。

　　今天是个好日子!

　　受到利好消息的刺激,我和任平生情绪很高涨。吃完烤肉,又一起去了电影院,我们要去看刚刚上映的《功夫熊猫2》。

　　看电影已经成为我的主要休闲娱乐方式。说起来这还要感谢杨松呢,前几年我是很少到电影院去的,即使有好片子出来,也常常选择在网上看一看。自从杨松频繁地开始请我看电影之后,我发现同样一部影片在电影院和电脑上看,效果是不一样的。我就此猜测,这也是这几年电影院线快速扩张发展的一个直接原因。

随着广大人民群众生活水平的不断提高，大家的娱乐需求不断增多，到电影院第一时间看新上线的电影，越来越受到大家的欢迎。尤其是白领阶层，跟踪娱乐圈谈论电影话题似乎越来越成为一种时尚。

这一点，我从《快报》订户的增长和广告投放量的激增也能感受出来。

尽管嫣红对任平生的态度已经不再像从前那样亲密，但她还是能够做到把工作和感情分开对待的，工作是工作，感情是感情。她没有让感情影响到工作，也没有把工作混同感情。广告部在她的主持下，营业额不断攀升。

我还是很佩服她这一点的。

而且，虽然我听到不少有关嫣红加入杨高容阵容的传闻，但嫣红始终都没有因此疏远任平生。只不过，她很聪明地把关系变回纯粹的工作关系。

我时常有一点对不住嫣红的感觉，总觉得自己亏欠她什么。当初，嫣红那么友好地对待自己，自己一不小心却成了她的情敌，还夺走了她的感情。我为此感到一点说不出的愧疚。

但这样说好像又不对。

感情这个东西是无所谓夺不夺的，再说嫣红和任平生之间的感情确实是没有到达那种离不开的地步，正像任平生说的那样：他们之间的感情是单向的。

因为即将再次升职的缘故，我工作热情十分高涨。打算执掌报社最关键的部门以后，也像嫣红那样，做出一番成绩出来，让全公司的人都看看，我绝对不单单有美貌和气质，更重要的是我有非同寻常的能力和实力。

贵　人

但执掌编辑部又谈何容易？

编辑部是《快报》社最大一个业务部门，其人员及任务和记者部实力相当，单从重要性来说，比记者部还要突出。各版块编辑大都是能力强资格老的资深记者出身，可以说个个都是身怀绝技，哪一个都不是省油的灯。

要带领这样一个部门，把事业再往前推进一步，确实不太容易。

这对于仅有过短暂中层管理经验的我来说，是一个很大的考验。

更为不妙的是，我出任编辑部主任，肯定会惹来不少人的羡慕嫉妒恨。一些老资格包括苏娜这样的人，都多多少少会对我有一些不好的看法。

我必须要在短时间内打几个漂亮仗，把自己的能力展示出来，证明给他们看。

宣布任命就是发令枪，等到枪一响，就要以百米冲刺的速度向前冲！

我静静等待着。

日志 43. 任用喜欢的人

一周以后，公司接连下发了两个通知。第一个通知是关于梵高调任《快报》总编助理的任命通知。第二个通知是任命我接任梵高为《快报》编辑部主任。这两个通知一下发，就在公司内引发了各种猜测。有明白一点的能看透这其中的玄妙，不明白的就跟着看个热闹。

公司权力交接时期，每一个小小的动作都能反映出高层的动向。现在公司的许多人，都能看出杨高容和任平生形成了很强的竞争之势，他俩各自代表着一个阵营。此次人事变动双方各有一人胜出，基本上没有分出很明显的强弱与输赢。

梵高一开始对这次调动很满意，以为总编助理大小也算是进入了报社高层，所以免不了有一点洋洋得意。但任平生却一直没有给他明确的分工，只让他负责联系协调记者部的工作，连编辑部都不在他的管辖范围之内了。这就让他感觉有点儿明升暗降的味道，一开始的得意渐渐变成了失意。

对于我升任编辑部主任，公司里的不少人是很有一些腹诽的。他们觉得我刚刚受过处分，虽然有过一段时期的中层经验，但毕竟时间不长。让我来执掌编辑部，他们心中打了个大大的问号。好在这两个任命都是徐浩的决定，别人虽然有意见，但没有过于强烈的反弹。

我要证明自己可以。

上任伊始我就拉出了当年执掌特稿部的阵势，把编辑部内的资源来了个就地卧倒，全面整合分类，并对各版块编辑做了一个重新调整。万事在人，抓住了人力这个资源就抓住了事业发展的牛鼻子。经过我的重新分配，编辑部各块工作来了个大换位。

我按照编辑部内部人员的站位把他们划分为三个阵营：

第一个阵营是及时转向的人，并且能对自己服服帖帖的人。实践一再证明，对这类人可以委以重任，把一些最关键的版面交给他们。因为哪个领导都愿意任用自己喜欢的人，这个是常识。

第二个阵营是不能及时转向的人，思想还停留在梵高执掌编辑部时期，对我的到来怀有敌意或者不信任感者。这类人可能不是太

贵　人

多，但必须慎重对待。对于他们，我基本不予重用，先晾一段时间视其表现再作安排。

第三个阵营是中间站位者。这些人是多数，他们不会因为领导的变换而马上跟着转向，他们是比较聪明的人，尽量让自己永远处于中间位置，新旧领导哪个都不主动靠近。他们信奉"铁打的员工流水的领导"工作理念，安心做好自己分内工作，从不急于站位。对于这类人，我一方面是尊重，另一方面是分化，让他们中的一部分慢慢站到自己这边来。

因为此前做了大量的调研，并充分征求了各块编辑的意见，大家对这次调整基本上都很满意。

对手下人员分类调整之后，我的脚跟基本上就站稳了。编辑部内部因此开始焕发出了勃勃生机。

编辑部从梵高时代成功步入了唐果果时代。

我升职到编辑部主任以后，最郁闷的当然是苏娜。

后来，杨松告诉我，苏娜曾又想借助他的力量"窥探"一下我的隐私，看看是否有可以利用的价值，不过杨松这次拒绝了。

这次调整不久，公司开始传出徐浩即将离任的消息。公司表面上看很平静，深水区却涌动着种种暗潮。

进入雨季，城市的气压很低，空气中弥漫着潮湿和闷热，让人喘不过气来。

在这样的季节里，人总是容易变得烦躁不安。

任平生的脸色一改平时的沉稳和冷静，情绪不时随着公司各种消息的传播而变化。他的这些变化，我感觉得最明显。

任平生告诉我："徐总已经在我和杨高容两个人之间做出了选择，但上面一直没有给出明确的答复。还有人说，梵高背后的那个人物正在四处奔走,想把梵高推到公司一把手的位置。由此可以看出,当初杨高容把梵高推到公司高层的用意深远。他不单单是为了增强自己阵营的力量,更是为了防备自己一旦竞争失利,可以让梵高趁着浑水摸鱼。"

听到这个消息,我震惊了。

但我还是很疑惑:"梵高资历毕竟太浅了,根本不可能连升三级啊。"

任平生笑我缺少职场经验,他说:"只要有后台,别说连升三级,连升六级都有可能!"

这话说过没多久,又传出来消息说上面已经否定了梵高作为接班人的可能,竞争还是在任平生和杨高容两人之间。

紧接着,围绕这两个人选,上面开始找公司中层人员谈话,征求意见。

我提醒任平生:"最关键的时刻到了!这盘大棋也该收尾了,是不是该使用那个'撒手锏'了?"

任平生摇摇头:"本来我是想把杨高容对我们使用过的那些阴谋全说出来,但我现在改变主意了。这个事情我会把握好分寸的!"

没有想到,就在任平生和杨高容争夺接班人的敏感时刻,公司QQ群上又出现了一篇QQ日志。

这篇日志的标题是:《这样的人怎么能当领导?》。这个标题很吸引人,凡是在新光传媒公司工作的人恐怕都会对此很感兴趣。其正文如下:

我在新光传媒的那些日子,是我一生中最为昏暗的

贵　人

时期。我这样说，当然不是说这个集体有问题，事实上，新光传媒这几年发展很快，可以说步入了发展的快车道。但我在公司工作的那些日子里，一方面体会到了公司的发展活力，另一方面却也受到了公司一位领导的"骚扰"和压制。

不久前，我曾经写过一篇日志，那篇日志中写到了这位领导对我的"关照"。因为我不接受他的这种"恩赐"，他便怀恨在心，后来终于如愿以偿地把我开走。现在，我听说这个伪君子还被作为公司下一任领导人选之一，我为上级领导的失察感到遗憾。

或许是这位领导在公司隐藏得太深，所以上级领导很难察觉。他以为把我赶出公司，就再也没有人知道他做出的那些丑事了。虽然我现在已经是局外人，但不甘心看到这样的人继续逍遥。

希望所有的人都能睁大你们的眼睛，不要让这种人掌握了你们的命运。

这篇日志的用意很明显，对于这篇日志的作者《快报》社里的人大都心知肚明。只是大家感到奇怪，紫苓的日志怎么会一而再再而三地出现在公司 QQ 群上？

这篇日志显然对杨高容不利。联系到紫苓以前的那两篇日志，可以知道，日志中的那位领导就是杨高容。如果不是看到这篇文章，大概谁都不会想到温文尔雅的杨高容会是那种人。即便是现在，还有一些人在怀疑日志的来源和真实性，或许他们会想：在公司高层权力移交的关键时刻，出现这样的文章会不会是办公室政治阴谋？

当任平生看到这篇日志时，他并没有表现出特别高兴的情绪。他知道，现在公司的形势很微妙，这篇日志表面上看来对自己很有利，但祸福相依，谁知道其背后会隐藏着什么呢！

日志44. 正确的选择

组织谈话进行到了收尾环节。

这也就意味着公司权力交接进入了最后环节。

这天，市委宣传部干部处的秦处长分别约谈了杨高容和任平生。

和他俩的谈话一前一后，所提到的问题基本一样。

谈话地点就在报社的会议室。

当任平生被问及"你觉得杨高容杨总这个人怎么样？""你觉得你俩谁接替徐总领导公司发展更合适？"等问题时，他是这么回答的："杨总工作经验丰富，多年来为公司的发展殚精竭虑，做出了很大的贡献！无论从哪个方面看，都是一位好同志。如果说我和杨总谁更适合接替徐总，那我当然会推荐杨总，我还年轻，有的是机会！"

谈话结束。任平生为自己捏了一把汗。

他不知道这样说最后会不会对自己更有利，但徐浩早就告诫过他，背后莫论人非，尤其是在组织谈话的时候，更是如此。要多说别人的好处，是非自有公论，组织上的人眼睛都看得很明白，领导看得更明白。

当任平生把谈话内容说给我听时，我瞪大眼睛："你真是这么

贵　人

说的？"

任平生点头："我就是这样说的。"

我愣怔了一会儿说："你做得对，你这样做很'伟大'，我支持你。即便是最后不能接班做一把手，我们也不遗憾。"

任平生笑笑："你真会夸张，咋还用了'伟大'这个词？"

我抱住任平生的脖子："我就是觉得你很'伟大'嘛！"愣了一下，我又说："我和'伟大'商量个事儿呗？"

任平生环住我的腰："你说。"

我脸色微红："咱们在一起时间也不短了，你就没考虑过结婚的事儿？"

任平生笑："原来是想等接了班再考虑，如果你真想结婚的话，我们就不管什么接班不接班了！"

我点头说："我这样做也是为了你好，省得他们在背后说咱们的闲话。"

任平生说我理解你的意思，我们这个周末先把结婚证领了吧。

忽然，任平生接到徐浩的电话，在电话中，徐浩没有多说什么，只告诉他，做好接班的准备。

任平生心里一喜。

不知道是不是任命消息已经传到了公司，这天任平生从踏入公司大楼的那一刻起，就感觉到，几乎所有的人看自己的眼光都变了。

从门卫到普通职员，再到中层管理人员，包括梵高和杨高容，他们看到任平生以后，都很客气地打招呼。

变化最大的莫过于杨高容了。

在二楼楼梯口，任平生往上走，杨高容正好下来。两个打了个照面。杨高容身子往一侧闪开,给任平生让道。这个动作让任平生很吃惊。以前都是自己给杨高容主动让路,现在却反了过来!不但如此,杨高容脸上的表情也一改往日的严肃,他笑着主动和任平生搭话:"任总,恭喜你高升啊!"

任平生笑笑:"谢谢杨总,您是公司的元老,以后公司发展离不开您的支持!"

杨高容哈哈笑着说:"我会全力支持你老兄的!"

说着,两人各自走开了。

任平生细细咀嚼了一下杨高容的话,觉得他还是很真诚的,没有什么特殊的含义。或许,在虎狼横行崇尚丛林法则的职场,当竞争对手成为上司时,及时转变立场和改变态度才是正确的选择。

大局已定,任平生也没什么好担心的了。

他一个人安静地坐在办公桌前,突然想抽一支烟。任平生在办公室里找了半天,终于在橱柜深处找到一盒。

任平生平时不吸烟,只有在极其特殊的情况下才抽上一根。今天他心情很好,忍不住想喷云吐雾。

他认认真真把烟放在嘴边,仔仔细细地点上,慢慢抽上一口,再徐徐吐出烟雾,然后静静看着烟雾一点一点向上飞升。

任平生有点儿陶醉了。

陶醉了片刻,任平生重新把思绪转回到现实中来。他清醒地认识到,成功接班只是第一步,下一步如何带领公司取得新飞跃更为关键。公司现在的发展正处于爬坡阶段,一定要努力前行。

为此,任平生必须拿出一个"施政纲领"。

贵 人

日志 45. 职场奋战的日子

干部任命大会开得很隆重，徐浩和任平生分别做了发言和表态。

全公司的所有职员都参加了这次大会，这样的任命结果，让大家都很满意。和任平生一起坐在主席台上的杨高容脸上一直挂着微笑，从他的脸上看不出他心底有何波澜。

看着他的表情，我忍不住发出了这样的感慨：职场无情，当你比别人优秀一点点，别人会常常嫉妒你；当你比他们优秀一大截，别人就会羡慕你；当你成为他们的上司，别人只会服从你！成者王侯败者寇，这就是职场的生存法则。

新光传媒从此步入任平生时代。

新官上任的任平生着手的第一件事就是对中层干部进行重新洗牌。人是一切改革的根本，抓住了人力资源，就抓住了改革的关键。对此，任平生心里很清楚。

新光传媒下面共有五家媒体，三张报纸两本期刊加一个网站。作为公司的负责人，他必须要抓全局的工作。其他几家媒体的运作非常平稳，可以暂缓改革。眼下最需要变动的是《快报》。他不能像以前那样把主要精力都放在《快报》上，为此他必须找到一个合适的接班人来全面执掌《快报》。

这是当前最急迫的问题。

但从目前实际情形看，最合适接手《快报》的人只有梵高。

因为杨高容是公司的副总，让他接手任平生做《快报》主编他肯定不愿意，他的权力范围本来就已经大大超出了这个职务。这次在争夺公司一把手的过程中他已经失势，受到了不小的打击，如果此时再去刺激他不合适，很容易激起他的反弹。他可以忍受任平生接任公司一把手，绝对不能再忍受任平生削减他手中的权力。即便要削减，也要等到合适的时机。

选来选去，合适的人选只有梵高。

他是《快报》的总编助理，接任执行总编算是升了一级。同时，通过此举任平生也可以争取一下梵高背后的势力。杨高容肯定也乐于看到这样的结果。但任平生还是希望能够对梵高有些牵制，那么找谁来牵制梵高呢？也就是说让谁来接任梵高的总编助理职务呢？

想来想去，任平生想到了我。让我做总编助理，同时兼任编辑部主任，的确可以牵制梵高的权力。

想到这里，任平生决定，起用梵高，以此显示他只任人唯贤绝不以个人好恶来用人的姿态。在这样的前提下，提拔我别人也就不会有太大的意见。

为了谨慎起见，他把这个想法通报给了杨高容。

杨高容对任平生主动征求自己意见的态度很满意，作为职场上的老油条，他也很识趣。他对任平生说："你是公司一把手，人事调整你说了算，我支持你的一切想法。"

任平生笑笑："人事这一块徐总在的时候就是你主抓的，我有任何人事上的想法，当然都要和你商量。虽然梵高刚升任总编助理时间不长，但他在记者部和编辑部都负责过，算是最合适的主编人选。唐果果嘛，情况和梵高类似，晋身中层时间有限，但是记者部出来的，又主抓过特稿部，编辑部的工作她做得也很有起色。"

贵　人

杨高容点头表示同意。

和杨高容协商以后，任平生迅速对《快报》做出了调整。梵高当然很乐意执掌这一方天地，他没想到任平生会不计前嫌，重用自己，心里很感激，下决心一定要以德报德。至于我出任总编助理，梵高也能坦然接受。毕竟，我的能力摆在那里了。

我这边，连升两级，当然也很是春风得意。用米斯的话来说，这不仅仅是"夫贵妻荣"的问题，还是"夫唱妇随"的表现。关键是你们都有"金刚钻"，才会有这么好的"瓷器活儿"。

至于苏娜，虽然心里有些不爽，但也不得不面对现实。好在梵高做了《快报》执行总编，她开始更加努力地工作，把记者部打理得有模有样。

半年以后，我把米斯从记者部调到了编辑部，让米斯协助自己主持编辑部的工作。

因为任平生明确划分了执行总编和总编助理的职责所在，我要做的事情很多，特稿部和编辑部等都归我分管，有点儿忙不过来。特稿部是我参与创建的部门，对特稿部的感情要大于编辑部。随着《快报》规模扩张，我想重点发展一下特稿部。

米斯调任编辑部，特稿部那边有林絮打理，我的工作就好做多了。腾出时间，也可以做点其他事情。

自从任平生当上了公司一把手，他放在工作上的时间越来越多，整天应酬不断，有时候连和我一起去看电影的时间都没有。时间长了，我终于忍不住，给任平生提意见："看你整天忙这忙那的，也不注意休息，我们都好久没一起出去过了！"

任平生很无奈地说："等公司工作步入正轨就好了。"

我噘起嘴："那你咋不学习学习徐总，把权力充分下放，自己也好落得清闲。"

任平生点点头："会有这么一天的，到那时候我会整天陪着你，直到你厌倦！"

我笑笑。我能体会到，任平生还是很爱自己的。有这个，就足够了。至于逛街什么的，那就和米斯一起好了，反正她闲着也是闲着。

这天，那个陌生好友"烟雨江南"再次现身我的QQ，给我写了这么几句话：

    风景会让人迷失
    风景再美
    也只是你眼中的风景

    世界上最珍贵的不是"得不到"和"已失去"
    而是现在所能够把握到的"幸福"

    一滴水滴的孤独，仅仅是因为想起了整个海洋

这是一首诗，一首意境幽远内蕴深邃的诗。

我很喜欢。

因为此时幸福的我确实感到了一点点"孤独"，我时常怀念那些在职场孤身奋战的日子。

这个"烟雨江南"，到底是谁呢？

                2011年8月初稿写于江苏师范大学
                2016年5月定稿于美国爱荷华大学